KB075823

면식범

면식범

The Acquaintance

노효두 미스터리 스릴러

고즈넉
이엔티!

면식범

1쇄 발행 2021년 11월 4일

지은이 노효두
펴낸이 배선아
편 집 박미애
디자인 엄인경
펴낸곳 (주)고즈넉이엔티

출판등록 2017년 3월 13일 제2021-000008호
주소 서울특별시 중구 청계천로 40, 1203호
대표전화 02-6269-8166 **팩스** 02-6166-9199
이메일 gozknockent@gozknock.com
홈페이지 www.gozknock.com
블로그 blog.naver.com/gozknock
페이스북 www.facebook.com/gozknock
인스타그램 www.instagram.com/gozknock

ⓒ 노효두, 2021
ISBN 979-11-6316-210-0   03810

잘못된 책은 구입하신 서점에서 교환해 드립니다.
이 책은 저작권법에 따라 보호받는 저작물이므로 무단 전재와 복제를 금합니다.
이 책의 전부 또는 일부 내용을 재사용하려면 사전에 저작권자와 본사의
서면 동의를 받아야 합니다.

차례

1부

범
죄
심
리
학
자

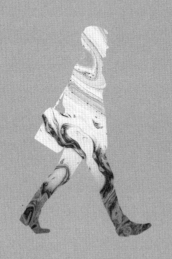

1

으으윽, 신음을 토해내며 간신히 눈을 떴다. 시야를 가로막던 뿌연 장막이 사라지더니 회색 벽면이 차츰 눈에 들어왔다. 힘겹게 상체를 일으켰다. 몸을 지탱해주던 간이침대가 시끄럽게 삐걱거렸다.

도경수는 눅눅한 녹색 모포부터 걷어냈다. 땀을 얼마나 흘린 건지 위아래로 걸친 하얀 환자복이 몸에 달라붙어 있었다. 눈을 벅벅 비비고 나서 주위를 둘러봤다.

벽에 붙어 있는 TV가 먼저 보인다. 높지 않은 천장에 LED 등과 넓적한 온풍기가 설치돼 있다. 창문은 없다. 얼굴에 닿는 미지근한 바람은 천장에서 불어오고 있었다.

사방이 회색 벽으로 둘러싸인 좁은 공간이었다. 매캐하고 습한 냄새가 코를 찔렀다. 두드리는 듯한 기분 나쁜 두통이 머릿속을 헤집고 다녔다. 엄지손가락으로 양쪽 관자놀이를 눌렀다. 어디를 어떻게 누르면 두통이 잦아드는지 손가락이 알고 있었다.

그러고 보니 오른쪽 어깨에서 통증이 느껴지지 않았다. 분명히 몇 시간 전만 해도 붕대를 두르고 있었다. 천천히 어깨를 돌려봤다. 은은한 통증이 남아 있었지만 그래도 이 정도면 신기할 정도로 회복이 빠른 거였다.

경수는 침대에서 내려와 땅에 발을 디뎠다. 상체에 몰려 있던 피가 단전 아래로 흐르며 두 다리에서 찌릿한 통증이 느껴졌다. 이틀 만에 다리에 힘을 주는 거다. 평소보다 다리가 무거운 것도 그 때문일 것이다.

첫발을 떼는데 묵직한 이물감이 느껴졌다. 환자복 하의를 걷어 올려보니 발목을 감싸고 있는 은색 물체가 보였다. 두 발목에 붙어 있는 알 수 없는 그걸 잠시 바라봤다.

특정 범죄자들에게 채워지는 전자발찌와 비슷한 모양이었다. 크기는 그것의 두 배 정도로 컸고 무게도 제법 나갔다. 문득 이십 대 때 근력을 기르려고 발목에 찼던 모래주머니가 생각났다. 몸을 굽혀 만져보니 두꺼운 쇳덩어리가 굵은 플라스틱에 휘감겨 있었다. 당장 벗겨내기 어려울 정도로 단단히 묶여 있었다.

일단 이게 뭔지는 나중에 알아보기로 하고 다시 두 다리를 움직였다.

발을 뗄 때마다 서늘한 기운이 밀려올라와 다리 전체에 긴장감이 전해졌다. 그렇게 퍼진 긴장이 흐릿하던 정신을 깨우고 있었다.

1.5평 정도 되는 공간을 빙빙 돌았다. 커다란 철문과 천장 모서리에 붙어 있는 CCTV 카메라, 한쪽 구석에 낮은 벽으로 가려진 싸구려

변기가 눈에 들어왔다. 교도소 독방을 염두에 두고 만든 공간으로 보였다. 자신이 꼼짝없이 갇혔다는 것도 직시했다.

붙잡혔다는 건 알고 있었다. 하지만 이 정도의 범행은 의외였다.

경수는 침대 옆에 있는 500mL 생수를 뒤늦게 발견했다. 침대에 걸터앉아 생수를 들이켰다. 바짝 마른 식도가 스펀지처럼 물을 빨아들였다. 배 속에 있는 위액이 물과 희석되어서인지 한결 속이 편해지는 기분이었다. 단숨에 생수통을 비우고 고개를 들었다. 그때부터 천장에 붙어 있는 CCTV 카메라를 노려봤다.

이틀 전, 교통사고가 있었다.

칠흑같이 어두운 산길을 오르던 중에 맞은편에서 내려오던 차와 정면으로 부딪쳤다.

경상남도 의령군에 있는 한 모텔로 향하던 길이었다. 아버지와 어머니 묘소 인근으로 매년 부모님 기일에 맞춰 가는 곳이다. 그 모텔에서 하룻밤을 보내고 다음 날 아침 일찍 산소를 찾을 생각이었다.

집에서 저녁 식사를 하고 느지막이 차에 올랐다. 항상 그곳에 갈때면 저녁 8시쯤 출발해 고속도로 정체를 피한다. 그날도 그랬다.

집을 나선 지 세 시간 정도가 지났을 때 의령군 톨게이트에 들어섰다. 대략 밤 11시쯤이었다. 톨게이트에서 산 중턱에 있는 모텔까지 삼십 분 정도가 소요된다.

낡은 모텔이지만 크게 불편하다고 여기지 않았다. 어차피 하루만 지내면 되는 곳이었다. 늦은 밤 구불구불 휘어진 산길을 올라가야 하는 것도 문제가 되지 않았다.

숙소 도착을 이십 분 정도 앞두고 있을 때 불빛 하나 없는 어두운 산길로 접어들었다. 그 산길 중턱쯤이었다. 맞은편에서 내려오던 헤드라이트가 자신의 차량을 향해 돌진했다. 경수는 급하게 핸들을 꺾었다. 하지만 충돌을 막을 순 없었다. 강한 충격이 온몸을 관통했다.

터져버린 에어백이 가슴과 얼굴을 압박했다. 타는 냄새가 진동했고 삐, 하는 소리가 귀에서 쉴 새 없이 울렸다. 그 소리와 함께 정신이 사라졌다.

얼마 뒤 차가운 바람이 얼굴에 닿았다.

"저기요, 눈 좀 떠봐요."

중저음의 허스키한 남자 목소리가 들렸다.

경수는 간신히 눈을 떴다. 열린 문으로 남자의 몸이 반쯤 들어와 있었다. 얼굴은 보이지 않았다. 남자는 부풀어 오른 에어백을 걷어내고 경수의 안전띠를 풀어줬다.

"정신이 좀 들어요?"

경수는 고개를 끄덕여보았다. 자르르 전기가 흐르는 것 같은 잔잔한 통증이 일었다. 그렇지만 이 정도는 견딜 만했다. 괜찮다고 말했다.

"몸 움직일 수 있겠어요?"

"네."

몸을 돌리려는데 입에서 절로 악, 소리가 나왔다. 오른쪽 어깨가 잘못됐다는 걸 깨달았다. 왼손으로 오른팔을 부여잡았다.

습관성 탈골로 어깨 인대들이 많이 약해진 상태였다. 또 인대 중 하나가 끊어진 모양이었다. 어깨에서 전해지는 날카로운 통증에 손발이 제멋대로 떨렸다.

"금방 올 테니 조금만 기다려요."

남자는 운전석 문을 닫고 사라졌다.

경수는 심호흡을 반복하며 찌르는 듯한 통증을 참아냈다. 반복해서 긴 숨을 토해내자 점차 안정을 되찾을 수 있었다. 조금 마음의 여유가 생겼고 그제야 바깥 상황이 눈에 들어왔다.

깨진 유리 너머로 앞 범퍼가 찌그러진 차량 한 대가 보였다. 자신을 향해 돌진한 차가 제법 큰 SUV라는 것도 그때 알았다. 머릿속에서 조금 전 사고 장면이 되살아났다.

중앙선을 뚫고 다가오는 불빛. 방향을 바꾸지 않았던 상대 차량. 큰 충돌음.

문득 사고 원인에 의문이 생겼다. 경수의 시선이 SUV 운전석으로 향했다. 운전자가 몸을 숙인 채 움직이지 않았다.

경수는 스마트폰을 찾았다. 사고가 있기 전까지 콘솔박스 위에 있었다. 그런데 지금은 어디에도 보이지 않았다. 바닥에 떨어진 모양이라고 여기며 운전석과 조수석 밑 공간으로 손을 뻗었다. 하지만 찾을 수 없었다.

방금 자신을 보고 갔던 남자가 이미 신고했을 것이다. 자신은 괜찮지만, 맞은 편에 쓰러진 운전자는 도움이 필요해 보였다.

운전석 문을 열고 밖으로 나갔다. 두 개의 차량에서 내뿜는 헤드라이트가 어두운 도로를 환히 비췄다. SUV 보닛에서 피어오르는 연기를 보고 발을 내딛으려는 순간, 조금 전 남자의 목소리가 들렸다.

"그냥 있으라니까, 어딜 가려고요."

경수는 고개를 돌렸다. 어둠을 뚫고 걸어오는 남자의 실루엣이 보였다. 경수의 차량 뒤로 또 한 대의 차가 서 있었다. 남자는 서두른 것처럼 빠른 걸음으로 다가왔다.

"금방 경찰이랑 구급차가 올 거예요."

남자의 얼굴을 뜯어봤다. 깊게 새겨진 팔자 주름에 툭 튀어나온 광대뼈, 뭉툭한 주먹코와 두꺼운 안경, 안경 속 삼백안이 눈에 띄는 육십 대쯤 돼보이는 남자.

"뒷좌석에 앉아 있어요. 저쪽은 내가 가볼 테니까."

남자가 턱으로 SUV를 가리켰다. 싸늘한 산바람이 부는 탓에 경수의 몸이 다시 덜덜 떨렸다. 경수는 일단 남자의 말을 듣기로 하고 자신의 차량 쪽으로 몸을 돌렸다. 남자가 차량 뒷좌석 문을 열어줬고 경수가 몸을 굽혀 차 안으로 들어갔다. 문은 닫히지 않았다.

남자는 자신이 열어준 문을 잡고 서 있었다. 한 손으로 외투 주머니에서 뭔가를 꺼내는 것처럼 보였다. 곧 남자의 팔이 차량 내부로 들어왔다.

코를 찌르는 싸한 냄새, 알싸하고 상쾌한 향이었다. 단번에 화학약품이란 걸 알았다. 하지만 그땐 이미 늦었다. 두꺼운 수건이 경수의 얼굴을 뒤덮었다.

온몸을 뒤틀며 차에서 나가려 했다. 하지만 그럴수록 남자의 팔과 다리가 자신의 몸을 더 강하게 짓눌렀다. 심호흡을 참지 못하고 수건에 묻어 있는 약품을 들이마셨다.

클로로포름이다. 실제 범죄에 종종 사용되는 동물마취제다. 남자의 의도가 뭔지 모르지만 사람을 기절시키려는 거라면 이건 틀린 방법이다. 그걸로 코와 입을 막는다고 해도 영화에서처럼 단번에 사람이 쓰러지지 않는다. 기절까지는 적어도 오 분 이상의 시간이 필요하다.

경수는 다리를 뻗어 남자를 밀어냈다. 조금의 거리가 확보됐다. 다시 한번 그의 가슴팍을 걷어찼다. 남자가 차 밖으로 튕겨 나갔다. 얼굴에 있는 수건을 걷어내고 뒷좌석 문을 닫으려 했다. 하지만 묵직한 두 손이 다시 뒷좌석으로 들어와 경수의 어깨를 붙잡았다.

어깨에 강한 압력이 가해지자 경수의 입에서 비명이 터져 나왔다. 남자는 떨어진 수건을 주워 경수의 입을 다시 틀어막았다. 온몸으로 전해지는 격통에 머리가 어지러웠다. 결국 몸에 힘이 풀렸다. 별수 없이 뒷좌석에 뻗듯이 누워버렸다.

남자가 경수의 어깨에서 손을 뗐다. 또다시 외투 안주머니에서 뭔가를 꺼냈고 한동안 그걸 만지작거렸다. 경수는 수 초가 지난 뒤에야 고개를 들었다. 남자의 손에 있는 얇은 주사기가 눈에 들어왔다. 주삿바늘이 손등에 꽂혔다.

창밖은 어둡기만 했다. 밤벌레가 울어대는 소리 말고는 그 어떤 소리도 들리지 않았다. 곧 정신을 잃을 것 같았다. 의식이 사라지기 전에 남자의 얼굴을 되짚어봤다.

깊게 새겨진 팔자 주름, 툭 튀어나온 광대뼈, 뭉툭한 주먹코, 사나워 보이는 삼백안.

스르르 눈이 감겼다.

다시 눈을 떴을 때 시야에 들어온 건 순백의 천장이었다. 긴 잠에 빠졌던 것 같은데 떠오르는 꿈은 아무것도 없었다.

고개를 돌려 뭐가 있는지 확인했다. 베이지색 벽면과 따뜻한 온기, 창밖에서 밝은 햇살이 들어왔다. 선반 위에 있는 가습기가 수증기를 끊임없이 뿜어냈다. 병실로 보이는 작은 방이었다.

경수는 어느새 침대에 누워 있었다. 입고 있던 검은 정장은 얇은 환자복으로 바뀌어 있었다. 오른쪽 어깨와 팔은 압박 붕대로 고정된 채였고, 왼팔에 꽂힌 주삿바늘은 링거팩과 연결돼 있었다.

코와 입은 산소마스크로 막혀 있었다. 붕대로 감긴 오른팔을 제외하고, 왼팔과 두 다리는 가죽끈에 의해 침대 기둥에 묶인 상태였다. 꼼짝없이 결박당한 거였다. 그나마 몸을 뒤척일 수 있어서 조금은 숨이 트였다.

바로 교통사고를 떠올렸다. 그리 크지 않은 사고였다. 어깨 부상 말고는 눈에 띄는 문제가 없었다. 그런데 곧 죽을 사람처럼 간호를 받고 있었다. 정말로 곧 죽을 사람이라서 이런 대접을 받는 건가, 하는 생각이 들기도 했다.

그 남자를 떠올렸다. 자신에게 마취제를 주사하고 이곳으로 데려와 치료까지 해준 이가 그일 것이다. 다시금 남자의 얼굴을 되새겼다. 딱히 낯익은 얼굴이 아니었다.

그가 누군지 알아야 의도를 파악할 수 있다. 의도를 확인해야 적절한 대처가 가능하다. 정보가 없는 지금으로선 할 수 있는 게 아무것도 없다. 영양과 수분이 부족한지 머리도 생각하기를 거부했다. 경수는 가습기에서 나오는 수증기만 멍하니 바라봤다.

창밖에서 들어오는 햇살이 점점 짧아졌다. 침대 위에 걸린 링거팩도 바짝 말라 갔다. 이내 팔과 연결된 호스에서 더는 액체가 흐르지 않았다. 꽤 오랜 시간이 지난 것 같은데 누구도 모습을 드러내지 않았다.

가습기까지 멈췄다. 그리고 얼마 뒤 밖에서 발소리가 들려왔다. 경수는 고개를 치켜들어 방문을 바라봤다. 드디어 문이 열렸다.

그런데 남자가 아니었다.

하늘색 간호복 차림의 여성이 성큼 들어왔다. 그녀는 하얀 마스크로 얼굴 절반을 가리고 있었다. 짧은 단발머리가 이마와 귀를 덮어 얼굴에 드러난 건 커다란 두 눈뿐이었다. 경수는 눈가 주름을 보며 대략적인 나이를 추정했다. 사십 대 중반 정도.

그녀는 경수에게 눈길을 주지 않았다. 아무런 말 없이 빈 링거팩을 새것으로 교체했다. 경수는 여러 차례 그녀를 불렀다. 하지만 입을 막고 있는 산소마스크 때문에 어떤 말도 전해지지 않았다.

양옆으로 몸을 뒤틀며 대화를 시도하려고 했다. 삐걱거리는 침대 소리가 조용하던 병실에 소란을 일으켰다. 그래도 그녀는 꿈쩍도 하지 않았다. 오히려 요동치는 경수의 행동이 거슬린다는 듯 산소마스크와 연결된 기계를 작동시켰다.

산소마스크 안으로 향긋한 알코올 향이 번졌다. 경수는 이번에도 무방비로 마취제를 들이마셨다.

그녀는 커튼으로 창문을 가렸다. 보일러 온도를 확인했고 가습기에 물을 채웠다. 그 뒤에 주머니에서 스마트폰을 꺼냈다. 그 스마트폰을 경수의 얼굴 앞으로 가져갔다.

스마트폰 화면이 경수의 두 눈에 초점을 맞췄다. 화면 속 자물쇠가 풀리더니 사진 한 장이 등장했다. 경수가 배경화면으로 해둔 과거 가족사진이었다.

경수는 눈을 부릅떴다. 소리를 지르며 몸을 흔들었다. 눈동자에 피가 고이는지 주변이 붉게 변해갔다. 하지만 병실 형광등이 꺼지며 모든 게 어두워졌다.

방문이 닫히는 소리가 들렸다. 그 소리를 끝으로 또다시 긴 잠에 빠져들었다.

지난 이틀간의 일이 파노라마처럼 머릿속을 훑고 지나갔다. 그중에서도 과거 가족사진이 유독 선명하게 떠올랐다. 그들이 자신의 스마트폰을 사용하고 있다.

경수는 여전히 CCTV 카메라를 노려봤다. 뭔가 복잡한 사건에 얽혔다는 것을 직감했다.

이 일에 가담한 사람은 최소 세 명이다. 사고 현장에 나타난 중년 남자와 간호복 차림의 여자 그리고 잠시 잊고 있었던 또 한 사람, SUV 운전자. 그 운전자에 대한 기억은 거의 없다. 고개를 숙이고 있어 남자인지 여자인지도 정확하지 않다.

교통사고는 커브가 심한 산길 중턱에서 일어났다. 자칫 잘못하면 추락 사고로까지 이어질 수 있는 지형이었다. 그런데 그들은 정확히 그 지점을 범행 장소로 정했다. 사고가 산길 입구에서 일어났다면 인접한 도로에 목격자가 있었을 것이고, 모텔 인근이었다면 큰 충돌음에 누군가 산길로 나와봤을 거다. 철저히 계획된 범행이었다.

그들은 경수가 그날 그 시각에 그곳으로 향할 거란 걸 알고 있었다. 경수는 곰곰이 기억을 더듬었다. 은연중 누군가에게 부모님 산소에 간다는 걸 말했을 가능성도 있었다. 하지만 언제 간다거나 어디서 묵을지 등은 단연코 입 밖으로 내뱉은 적 없다.

딱히 떠오르는 사람이 없었다. 한참을 고민해봐도 마찬가지였다. 굳이 꼽으라면, 전처는 알았을 것이다. 예전에 함께 다녀온 적도 있고, 경수가 매년 그 모텔에 간다는 것도 알고 있다.

기혼자가 사라지면 가장 먼저 의심받는 게 배우자다. 더구나 우리 부부는 의심받을 요건이 제법 있다. 3년 전에 이혼했고, 이혼 전후로 자녀 문제도 있었다. 하지만 부부의 속사정은 부부만 안다는 말이 있지 않은가. 우리에게도 남들이 알지 못하는 속사정이 있다. 그 속사정으로 미루어보아 전처는 절대 아니라고 확신해도 될 것이다.

조금 더 깊이 생각해보았다. 그날의 행적을 알 만한 사람이 누가 있을지 천천히 되짚어봤다.

전혀 떠오르지 않았다. 친구들과는 오래전에 연이 끊겼다. 동료들 사이에선 사적인 대화 자체를 피했다. 경수는 생각의 방향을 다른 쪽으로 변경했다.

누군가 깊은 원한을 품고 이런 짓을 벌인 거다. 하지만 이런 식의 범죄는 시간이 갈수록 실패할 확률이 높다. 누구든 사회생활을 한다면 금방 빈 자리가 드러난다. 더구나 한때 경찰 조직에 몸담았고, 현재도 경찰과 유대가 깊은 경수가 사라졌다는 게 드러나면 경찰은 사활을 걸고 이곳을 찾아낼 것이다. 이미 경찰에게 상당한 시간이 주어졌다. 놈들의 목적이 살인이라면 어쩔 수 없는 일이지만 아직 그런 낌새는 보이지 않았다.

경수의 뇌리에 다시금 과거 가족사진이 떠올랐다. 조금 전까지 선명했던 사진 속 얼굴들이 지금은 뿌옇게 변해 있었다. 바퀴벌레 한 마리가 몸 어딘가에 붙어 있는 것 같은 불쾌한 기분이었다.

경수는 고개를 흔들었다. 가족에게는 어떤 일도 일어나지 않을 거라고 되뇌며 공포의 불씨를 꺼트렸다. 그리고 그때, 어렴풋이 발걸음 소리가 들렸다. 소리는 점점 뚜렷해지더니 눈앞에 있는 철문에서 멈췄다.

2

철컹, 소리를 내며 철문 하단에 있는 쪽창이 열렸다. 손바닥만 한 크기로 뚫린 그곳으로 플라스틱 용기가 하나 던져졌다. 잇따라 물티슈 한 봉지와 생수 하나도 들어왔다.

경수는 침대에서 튕기듯 일어나 문으로 달려들어 몸을 숙였다. 쪽창이 닫히기 전에 놈의 얼굴을 봐야 했다. 바닥에 배를 깔고 엎드려 작은 창으로 얼굴을 들이밀었다. 시커먼 어둠만 눈에 들어왔다.

"당신 누구야?"

고개를 치켜들며 물었다. 대답 없이 쇳소리를 내며 창이 닫혔다.

"잠시만! 잠시만 기다려."

바로 일어나 소리를 질렀다.

"무슨 생각인지 모르겠지만 당신 생각대로 되지 않을 거야."

경수는 분에 못 이겨 주먹으로 철문을 쾅쾅 두드렸다. 놈은 대꾸가 없었다. 다시 발소리가 들려왔다. 얼른 철문에 귀를 붙였다. 시멘트 바닥에 발이 닿는 소리가 묵직했다. 병실에서 들었던 여자의 발소리와는 확연히 차이가 났다.

범죄 심리분석관으로 일할 때부터 감각 훈련을 게을리하지 않았다. 언제 어디서 사건을 마주칠지 모른다는 직업적인 발로로 예민하게 오감 능력을 키워왔다. 시력을 유지하기 위해 스마트폰 활용을 최대한 피했고, 민감한 후각을 얻고자 평소에도 향이 강한 방향제나 화장품은 사용하지 않았다. 청력 손상을 막기 위해서 꼭 필요한 경우가 아니면 이어폰을 쓰는 일도 없었다. 처음 보는 생물이나 물체는 꼭 만져보며 촉감을 기억했다.

다시 한번 철문 밖에서 들려오는 소리에 귀를 세우고 집중했다. 희미한 발걸음 소리가 어느 순간 바뀌었다. 놈의 보폭이 좁아지는 걸 느꼈다. 계단을 오르는 듯했다.

걸음이 멈췄고 아주 작게 문이 열리는 소리가 들렸다. 경수는 조금 더 귀를 기울였다. 그러나 더는 어떠한 변화도 감지되지 않았다. 대신 바닥에서 피어오르는 고소한 냄새가 또 다른 감각을 자극했다.

경수는 문밖에서 던져준 반투명 플라스틱 용기를 조심스럽게 손에 들었다. 손바닥으로 전해지는 따뜻한 온기에 잊고 있던 허기가 미친 듯이 몰려왔다. 용기 뚜껑을 열어보니 듬성듬성 고기와 채소가 담긴 하얀 죽이 담겨 있었다. 진한 참기름 냄새가 코끝을 찔렀다. 뱃속에서 가벼운 통증이 일렁거렸다.

먹을 걸 주는 걸 보니 당장 죽일 생각은 없나 보다고 생각했다. 그리고 적어도 오늘은 이곳에 꼼짝없이 갇혀 있을 것만 같았다. 일단 속부터 채우기로 했다.

식사 도구는 딱히 보이지 않았다. 교도소에서도 일회용 숟가락은 주는데……. 소리 없이 투덜거렸다. 침대에 걸터앉아 아직 식지 않은 죽을 입으로 가져갔다.

뜨끈하고 걸쭉한 액체가 식도를 타고 위장으로 내려갔다. 배 속뿐 아니라 몸 전체가 기분 좋게 뜨거워지는 느낌이었다. 용기를 더 높이 들어 올렸다. 입으로 들어오는 양이 점차 줄어드는 게 느껴졌다. 용기를 흔들어 들러붙은 죽을 입속으로 흘려 넣었다. 같은 행동을 반복하다 결국 플라스틱 용기에 얼굴을 처박았다.

얼마 지나지 않아 한동안 변기에만 앉아 있었다. 설사가 쏟아져 나왔다. 긴 공복 끝에 들어온 음식에 놀랐는지 배 속이 뒤틀려버린 모양이었다. 변기와 침대를 오고 가며 좀 전에 받은 물티슈를 반 이상이나 써버렸다.

부산했던 식사를 끝내고 빈 용기를 한쪽 구석에 정리했다. 생수를 한 모금 마신 다음 침대에 걸터앉았다. 그때 맞은편 벽에 붙어 있는 TV가 켜졌다.

TV 화면에서 몇 년 전 종영된 예능 프로그램이 나왔다. 몇 명의 연예인이 돈 가방을 두고 서로 차지하려고 쫓고 쫓기는 내용이었다. 화면 비율이 4:3인 걸 보니 꽤 오래전 방송인 듯했다. 쓸데없는 생각 말고 TV나 보라는 강요 같아서 기분이 좋지 않았다. 좁은 공간에 비해 화면도, 소리도 커서 그런지 금세 머리가 어지러웠다.

두 눈을 일단 질끈 감았다. TV 소리까지 떨쳐내기 위해 무슨 생각이든 끄집어내려 했다. 하지만 머릿속에 떠오르는 건 하나뿐이었다.

누구 짓일까?

용의자 프로파일링에서 가장 중요한 건 용의자와 피해자의 관계다. 먼저 피해자부터 파악해야 용의자의 윤곽을 그릴 수 있다. 이번 사건의 피해자는 도경수, 자신이었다. 어느 시사프로그램 MC는 자신을 이렇게 소개했다.

"하안대학교에서 범죄심리학을 강의하시는 '용의자 심리분석의 일인자' 도경수 교수님을 모셨습니다."

언제부턴가 '용의자 심리분석의 일인자'란 거창한 수식어가 이름 옆에 늘상 붙어 다녔다. 경수는 과장된 표현일 수밖에 없는 일인자니, 하는 수식어가 썩 마음에 들지 않았지만 어쨌든 세상 사람 대부분이 인정해주는 분위기였다.

피해자가 사건 이전에 어떤 수준의 위험을 감수했는가?

초기 수사 단계에서 피해자 파악을 위해 몇 가지 질문을 건넨다. 그중 하나가 이 질문이다. 이번 사건의 피해자가 자신이라고 생각하니 그간의 위험이 봇물 터지듯 생각났다.

경찰로 일할 때부터 제법 많은 사람이 자신에게 원한을 품고 보복을 예고했다. 경찰 일을 그만두면 더는 이런 일이 없을 거라 생각했는데 전혀 그렇지 않았다. TV에 얼굴을 비치게 되면서 더 많은 사람들이 다양한 방식으로 경고를 해왔다. 정기적으로 협박 편지를 썼던 사람도 있었고, 가족에게까지 욕설이 담긴 메시지를 보낸 사람도 있었다. 경수가 카페에 혼자 앉아 있을 때 허락도 없이 맞은편에 앉더니 얼굴을 똑바로 쳐다보며 당신의 말은 전부 거짓이라고 당신이야말로 사기꾼이라고, 당신의 내장을 꺼낸 뒤 죽어가는 걸 지켜보겠다고 협박하던 이도 생각났다.

경수는 그들 모두를 빼놓지 않고 꼼꼼히 떠올려보았다. 자신에게 위협을 했던 사람들의 대부분은 사건 속 용의자나 피의자가 아닌 주로 사건 밖에 있는 자들이었다. 머릿속에 그들의 얼굴과 이름을 펼쳤다. 대면했던 장소, 면담 내용, 그때 보였던 태도 등 여러 기억을 차근차근 끄집어내며 이번 범행의 용의자를 선별했다.

그 속에서 재력이 탄탄한 사람을 골랐다. 이번 사건은 최소 세 명 이상 해당되는 인원이 범행에 가담했을 것이다. 공범을 포섭하고 마취제와 감금 공간까지 준비한 걸 보면 제법 경제력을 지닌 사람일 것이다.

마지막엔 자신의 직감에 의지했다. 용의자 프로파일링을 이런 식으로 하는 건 금물이지만 정보가 부족할 땐 감각에 기댈 수밖에 없었다. 머릿속에 남아 있는 열댓 명의 얼굴을 일일이 확인한 후, 그중 세 명을 추려냈다.

경수는 그 세 명의 이름과 범행 동기를 되짚어봤다.

손정문.

15년 전 살해된 故 백현기 경사의 동료이자 유력한 용의자로 의심되는 인물.

피해자인 백현기 경사는 서울 강남경찰서 강력팀 소속으로, 강남 유흥주점과 조직폭력배 그리고 경찰의 유착관계를 수사 중이었다. 그런데 수사가 본격적으로 불이 붙을 시점에 홀연히 백현기 경사의 시체가 관악산 인근에서 발견됐다. 며칠간의 수사 끝에 경찰은 그의 사인을 자살로 발표하고 내사 종결했다. 고액의 대출금과 평소 앓던 우울증이 자살의 원인이라고 판단내린 것이다.

경수는 서울지방경찰청 과학수사계 소속 프로파일러로 해당 사건을 접했다. 현역 경찰의 자살 사건이었지만 내부 분위기는 이상하리만치 조용했다. 극도로 조심하는 것만 같아 오히려 그게 문제가 있는 것처럼 보였고, 누군가 수사팀의 입을 막고 있다는 걸 직감했다. 며칠 안 돼 그 직감이 틀리지 않았다는 걸 깨달았다. 백현기 경사의 심리 부검 자료에서 납득할 수 없는 부분을 발견했다.

그게 계기가 되어 그의 죽음에 본격적으로 관심을 갖게 됐다. 그때부터 백현기 경사의 동료이자 마지막 목격자인 손정문 경위의 행적에 의문을 제기했다. 그리고 얼마 뒤, 손정문 경위의 알리바이가 조작됐을 가능성과 사건 종결을 지시한 지휘관의 수상한 움직임을 포착했다.

하지만 경찰청 상부에서 해당 사건을 들쑤시고 다니는 자신의 행동을 포착하고 제재를 가하는 바람에 더는 사건 조사를 이어갈 수 없었다. 당시 경수는 뻔히 보이는 흑막이 자신의 몸을 옭아매고 있다고 느꼈다. 스물아홉 살에 처음 범죄 심리분석관이 된 이후로 불합리한 일들은 여러 번 겪었다. 그때마다 참아왔다. 그게 최선이라고 여겼다. 하지만 이 일이 결정적인 계기가 되어 10년간의 경찰 생활을 그만두고 교수의 길로 들어섰다.

손정문 경위는 사건 발생 1년 뒤 갑작스레 경찰을 퇴직했다. 이후 고향으로 내려가 친형이 벌여놓은 사업들 가운데 하나를 도왔고, 지금은 지역 내에서 제법 유명한 사업가가 되었다. 그와 상관없이 경수는 언론에서 백현기 경사 자살 사건을 다룰 때마다 당시 손정문 경위와 지휘관들의 수상한 행적을 간접적으로 언급하며 의혹을 부풀렸다.

몇 년 전부터는 손정문과 연관된 사람들이 지속적으로 경수를 찾아와 명예훼손을 들먹였다. 그럴수록 더 무시하며 경수는 계속 그 사건에 관심을 기울였다. 작년엔 백현기 경사 부모님과 함께 검찰에 재조사를 요구하는 진정서도 제출했다. 진정서를 제출하는 날, 손정문 측에서 메시지를 보내왔다. 메시지에는 더는 참을 수 없다는 내용이 담겨 있었다.

주영일.

5년 전 이십 대 남성을 청부 살해한 ㈜대주기업 주수원 회장의 둘째 아들.

한 남성의 시체가 발견된 건 하안시 외곽에 있는 저수지에서였다. 시체는 쌀 포대에 몸이 구겨진 채 담겨 있었다. 한 시간 만에 피해자 신원이 확인됐다. 이십 대 남성 최 씨. 경찰은 사망 전 최 씨의 행적과 통화 기록 등을 확인했고, 그와 내연 관계였던 여성을 유력 용의자로 특정했다.

여성의 이름은 김다래, 하안시에서 공장 여러 개를 운영하는 ㈜대주기업 주수원 회장의 부인이었다. 주 회장과는 재혼으로, 스무 살 나이 차가 난다고 했다.

피해자 최 씨와 김다래는 1년 정도 만나다 헤어졌다. 사건이 발생하기 며칠 전, 최 씨는 김다래에게 내연 관계 폭로를 빌미로 큰돈을 요구했다. 경찰은 그 점을 살해 동기로 봤지만, 김다래의 알리바이가 확인됐고, 집중된 수사에도 불구하고 그녀와 연관된 어떠한 증거도 발견하지 못했다.

얼마 뒤 경찰은 또 다른 용의자를 찾아냈다. 과거 대주기업 3공장에서 일했던 두 명의 외국인 노동자였는데, 그들은 이미 고국으로 출국한 상태였다. 몇 달간의 국제수사 공조 끝에 경찰은 그들을 검거해 자백을 얻어내는 데 성공했다.

범인들은 늦은 밤 발생한 교통사고를 숨기기 위해 최 씨의 시체를 감췄다고 했다. 청부 살인에 대해선 전면 부인했다. 경찰은 김다래와 그들의 관계를 집요하게 파고들었지만 살인의 대가를 찾을 수는 없었다.

당시 수사팀으로부터 사건 자료를 건네받은 경수는 범인들의 진술 내용을 면밀히 분석했다. 눈에 띄는 부분은 없었지만 묘하게도 진술 간의 이질감을 느꼈다. 얼마 뒤 그들이 언급한 어휘와 단어가 평소 언어 습관과 다르다는 점을 확인했고 제삼자의 개입 가능성을 다시 제기했다.

경수는 김다래의 남편인 주수원 회장에 관해서도 따로 조사를 진행했다. 청렴하고 강직한 성격으로 알려진 주 회장은 평생 기업에만 몰두해온 사람으로 알려져 있었다. 철두철미한 일 처리와 시원스러운 성격 탓에 직원 대부분이 그를 믿고 따르는 편이었다. 주 회장에 대한 범인들의 신뢰도 꽤 두터웠던 것으로 확인됐다.

경찰에 주 회장의 살인청부 가능성을 제시하자 경찰은 피의자 신문 전략을 변경했다. 수정된 전략으로 다시 피의자 면담을 진행했고, 이전에 드러나지 않았던 중요 정보 몇 개를 얻을 수 있었다.

며칠 후 주 회장이 외국에 있는 중개인에게 돈을 전달한 내역과 그게 범인들에게 흘러간 정황을 확인했다. 증거를 내밀며 압박하자 범인들은 주 회장의 사주를 자백했다. 재판 결과, 주수원 회장과 범인들 모두 무기징역을 구형받았다.

중견기업 회장의 청부살인사건은 한동안 대중의 관심을 끌었다. 뉴스 및 시사프로그램에서 주 회장의 범행을 조명했고, 그때마다 경수의 인터뷰가 포함됐다. 이 사건으로 경수는 대중에게 자신의 얼굴과 이름을 본격적으로 각인시켰다.

㈜대주기업은 파산 절차를 밟았다. 더는 사건에 대한 보도가 나오지 않던 어느 날, 경수가 재직 중인 대학교로 남자 하나가 찾아왔다. 주수원 회장의 둘째 아들 주영일이었다. 전문 경영인 과정을 수료한 후 기업을 이어받은 첫째 아들과 달리 둘째인 주영일은 불법 유흥시설을 운영하고 그로 인해 몇 차례 경찰 조사를 받기도 했다.

주영일은 아버지의 건강 악화와 김다래의 자살 소식을 알렸다. 굳이 찾아와 알린 데는 그만한 목적이 있었다. 그는 경수가 보란 듯 싸늘한 미소를 드러내며 경수 가족의 안위를 걱정하는 말을 남기고 자리를 떠났다.

지성안.

7년 전 발생한 하안시 팔봉산 여아 살인사건 범인 지원학의 아버지.

경기도 남부 끄트머리에 있는 하안시는 수도권 균형 발전을 유도하기 위해 2010년부터 본격적으로 개발이 추진된 도시다. 그때부터 공공기관과 기업들이 들어섰고, 주거 문화 교육 시설이 우후죽순 늘어났다.

경수가 하안시에 정착하게 된 건 6년 전 하안대학교 전임교수가 되면서부터였다. 총장과의 최종 면접에서 합격한 날, 경수는 자신이 살게 될 아파트보다 팔봉산을 먼저 둘러봤다. 한 해 전에 발생한 팔봉산 여아 살인사건 용의자가 아직 특정되지 않았기 때문이었다.

피해 아동은 산길에서 벗어난 다소 가파른 바위틈 사이에서 나체로 발견됐다. 성폭행 흔적과 몸 전체가 락스로 닦인 자국이 확인되었다. 범인의 지문은 발견되지 않았다. 다행히 아동 머리카락에 묻어 있던 미세 조직에서 남성 DNA가 검출됐다.

경찰은 유전자 데이터베이스를 통해 동일인을 찾았다. 결과는 실패였다. 어쩔 수 없이 발로 뛰며 용의자를 찾아 나섰다. 그것도 실패로 돌아가자 목격자가 나와주기만을 손꼽아 기다렸다. 하지만 누구도 팔봉산을 다녀간 범인을 보지 못했다.

팔봉산 사건이 발생하고 1년 뒤, 하안시에서 또 한 건의 여아 살인 사건이 발생했다. 하안시 남쪽에 솟은 팔봉산으로부터 멀리 떨어진 북쪽 경계선에 걸쳐진 무악산에서 여자아이의 시체가 발견된 것이다. 나체로 유기되었는데 아이의 몸에 성폭행 흔적은 없었지만 락스로 닦인 자국은 선명히 남아 있었다.

DNA와 지문은 검출되지 않았다. 증거 또한 없었다. 그런데도 경찰은 팔봉산 사건과 무악산 사건의 범인을 동일인으로 보고 수사를 진행했다. 이번에도 결과는 실패였다.

이후 2년이 흐른 어느 날, 하안시 원순동 주택가에서 여자아이를 납치하려던 한 남자가 체포됐다. 이름은 지원학, 당시 서른 살이었다. 납치미수로 유치장에 구금된 그는 이틀 뒤 전국을 떠들썩하게 만든 주인공이 되었다.

지원학의 DNA가 팔봉산 사건에서 채취한 DNA와 일치했다. 그 사실을 확인한 경찰은 지난 두 건의 여아 살인사건의 범인으로 그를 기소했다.

지원학의 변호사는 DNA가 검출되지 않은 무악산 사건은 물론이고 팔봉산 사건까지 모두 부인했다. 재판은 1년간 지속됐고 결국 팔봉산 사건만 지원학의 범행으로 인정됐다. 증거가 확실치 않다는 이유로 무악산 사건은 무죄가 선고됐다.

경수는 지원학의 분석 자료를 경찰에 전달했다. 청소년기부터 형성된 지원학의 열등감과 소아기호증 성향을 봤을 때 분명히 여죄가 있을 것으로 추정했다. 일상에서 드러난 강박 장애 증상으로 보아 범행도구나 피해자 물품 등을 자신만의 공간에 숨겨뒀을 가능성도 제시했다.

경수의 분석은 정확히 일치했다. 지원학이 어린 시절을 보냈던 조부모 시골집 툇마루 밑에서 다량의 여자아이 옷가지들이 발견됐다. 그것들 속에 무악산 사건 피해 아동인 나성경의 옷과 신발도 숨겨져 있었다.

경수는 지원학의 아버지인 지성안을 만난 적이 있었다. 대형 조선소에서 부장으로 재직 중이던 지성안은 아들의 범행을 절대 믿을 수 없다고 했다. 모든 게 경찰의 짜맞추기식 수사이며 경수의 분석 또한 조작된 것이라고 목소리를 냈다. 언젠가 근무지로 찾아와 사람들이 다 보는 앞에서 반드시 진실을 밝히겠다고 떠들며 당신을 가만두지 않을 거라고 협박도 서슴지 않았다.

경수는 등줄기를 훑고 내려가는 서늘한 기운에 부르르 몸을 떨며 눈을 떴다. 여전히 TV에선 예능 프로그램이 나오고 있었다.

지금으로선 누구의 짓인지 감이 오지 않았다. 정보가 더 필요했다. 누구와도 좋으니 대화를 나눠야 했다. 거기서 정보를 얻어야만 범인을 특정할 수 있을 것이다.

고개를 들어 눈을 맞추듯 CCTV 카메라를 쳐다봤다. 고함이라도 지르고 싶었지만 입술을 깨물며 꾹 참았다. 가둔 놈들과 기싸움을 위해서라도 안절부절못하는 모습을 드러내선 안 된다. 놈들이 어떻게 나오는지 조금 더 기다리기로 했다.

어느새 멍하니 넋을 놓은 채 TV를 보고 있었다. 시끄러운 음성이 귓속으로 들어왔다. 뇌리에서는 방금 떠올린 세 명의 용의자와 대면하는 시뮬레이션이 돌아갔다.

오랜 시간이 지났다. 정확한 시간은 알 수 없지만 TV 속 프로그램 회차가 세 번 이상 바뀌었다. 침대에서 일어났다 앉았다를 반복했다. 괜히 물을 찔끔찔끔 마시며 지루함을 달랬다. 그렇게 한참을 기다린 끝에야 다시 두 귀가 반응했다.

누군가 다가오고 있었다. 경수는 바닥에 쪼그려 앉아 쪽창이 열리길 기다렸다. 쪽창이 열리자마자 튀어가 말을 걸었다.

"날 여기 가두는 이유가 뭐요?"

대답이 없다. 경수의 말이 이어졌다.

"아니, 대답 안 해도 돼. 그냥 잠시만."

경수는 손바닥 크기의 쪽창에 얼굴을 붙였다. 시커먼 어둠이 눈에 들어왔다.

"그냥 가지 말고 하나만 말해줘요."

상대가 어디에 서 있는지 가늠이 되지 않았다. 그래도 완전한 암흑은 아니었다. 차츰 시야가 어둠에 익숙해지며 윤곽이 보였다. 상대는 우두커니 서서 쪽창을 내려다보고 있었다.

"내가 언제까지 여기에 있어야 하는 거요?"

어둠 속에서도 상대가 움직이고 있다는 것이 어렴풋이 보였다. 그는 주머니에서 뭔가를 꺼내더니 그 물체를 손가락으로 눌렀다. 윙 소리가 나직이 울렸고 곧 경수의 외마디 비명이 터져 나왔다.

"악!"

경수는 그 자리에서 몸부림치다 쓰러졌다. 발목에서 전해진 강한 충격이 사지를 뒤흔들었다. 바닥에 엎어진 채 한동안 온몸이 제멋대로 비틀렸다. 발목에 있는 은색 물체는 단순히 발목에 무리를 주기 위해 달린 게 아니었다. 전류를 내뿜는 고문 기기에 가까웠다.

상대가 문에서 떨어져 나갔다는 걸 인지했는지, 이어서 쪽창을 통해 반투명 플라스틱 용기와 물티슈, 생수 한 병이 들어왔다.

경수는 쪽창이 닫히는 걸 그저 바라만 봤다. 발작이 멈추고도 한동안 몸을 일으킬 수 없었다. 전류는 순간이었지만 날카로운 잔열이 남아 근육 구석구석을 휘젓고 다녔다. 뾰쪽한 바늘이 온몸의 신경 세포를 찔러대는 느낌이었다.

몇 분이 흐른 뒤에야 겨우 상체를 들어 올렸다. 바닥에 있는 생수를 한 모금 마시고 플라스틱 용기 뚜껑을 열었다. 따뜻한 주먹밥 네 개가 담겨 있었다. 한숨을 뿜어내듯 내쉰 뒤에 천천히 몸을 일으켜 세웠다.

플라스틱 용기와 물티슈를 집어 들고 침대에 앉았다. 물티슈 한 장을 꺼내 손에 맺힌 땀부터 닦았다. 두 장을 더 꺼내 얼굴을 문질렀다. 하얀 티슈에 시커먼 먼지가 묻어났다.

주먹밥을 한입 크게 베어 물었다. 쌀밥과 함께 새콤한 맛이 느껴졌다. 침샘이 터져 나와 남은 반쪽도 입에 집어넣었다. 입안 가득 찬 밥알을 우걱우걱 씹었다. 머릿속에는 방금 눈에 들어온 형태가 떠올랐다.

160cm 정도 되는 키에 제법 벌어진 어깨와 탄탄한 하체, 튀어나온 광대뼈와 뭉툭한 주먹코.

경수는 두 번째 주먹밥을 집어 먹었다. 입을 활발하게 움직이니 머리 돌아가는 속도도 빨라지는 것 같았다.

그는 교통사고 때 나타났던 중년 남자였다. 아무리 정신이 없던 상황이었지만 그것만큼은 확실했다. 그런데 그 순간 머릿속 깊은 곳에서 희미하게 얼굴 하나가 떠올랐다. 한눈에 봐도 사나운 인상에 눈동자가 위로 치우친 삼백안이 눈에 띄는 얼굴이었다.

뇌리에 떠오른 얼굴과 눈에 들어온 형태가 묘하게 닮았다. 그제야 과거에 그를 본 적 있다는 사실을 깨달았다. 남은 주먹밥을 입으로 가져갔다. 한참 동안 밥알을 씹으니 어떤 표정 하나가 섬광처럼 머릿속에서 번쩍였다. 과거에 본 적 있는 그 남자는 의미를 알 수 없는 이상한 표정을 짓고 있는 것만 같았다.

식사를 마친 뒤에도 그 남자 생각뿐이었다. 하지만 언제 어디서 봤는지 도무지 기억나지 않았다. 본 적이 있는데 누군지 모르겠다. 침대에서 나와 좁은 공간을 빙빙 걸었다. 일부러 몸을 움직이며 계속 두뇌를 자극했다. 어떻게든 남자를 둘러싼 뿌연 안개를 걷어내고 싶었다. 그런데 갑자기 시끄럽게 떠들던 TV가 꺼졌다.

천장에서 따뜻한 바람이 내려왔다. 어느덧 익숙해진 알싸한 냄새가 코끝에서 맴돌았다. 경수는 숨을 참았다. 이대로 잠들면 다시는 남자를 떠올릴 수 없을 것만 같았다. 하지만 얼마 버티지 못하고 부족한 숨을 크게 들이쉴 수밖에 없었다.

나른해지는 몸을 이끌고 침대로 올라갔다. 방금까지 머릿속에 있었던 남자가 안개에 휩싸이는 것처럼 하얗게 사라졌다. 눈을 치켜뜨고 찾아봐야 하는데 눈꺼풀이 닫히는 걸 막지 못했다. 그렇게 좁은 회색 공간에서의 하루가 지나갔다.

3

이곳에 들어온 지 사흘째가 되었다.

환한 천장 불빛이 켜지는 것과 동시에 잠에서 깼다. 얼마 뒤 쪽창이 열렸고 물품이 들어왔다. 아침에 하얀 죽, 저녁에 주먹밥, 중간중간 초코파이 같은 간식이 들어오기도 했다.

아침 식사를 마칠 때쯤 TV가 켜졌다. 매일 다른 예능 프로그램이 화면에 나타났다.

식사까지 하고 난 뒤에도 여전히 몸이 무겁고 머리가 지끈거렸다. 마취제를 과도하게 마셔서 나타나는 부작용인 듯했다.

경수는 중년 남자가 식사를 넣으러 오거나 이따금 무언가를 확인하려는 것처럼 지나가듯 올 때마다 재빠르게 말을 걸었다. 단 한 번도 그는 이렇다 할 반응을 보이지 않았다. 어제는 참지 못하고 손과 발로 요란하게 철문을 때렸다. 주먹 살갗이 벗겨지고 피가 배어 나왔지만 돌아오는 건 발목에서 시작해 순식간에 온몸을 집어삼키는 고통스런 전류뿐이었다.

온종일 남자에 대해 생각했다. 그가 누구이고, 언제 어디서 봤는지. 내내 안개 속에 갇혀 있는 것만 같았다. 아무리 머리를 쥐어 짜내도 떠오르지 않았다. 시간이 갈수록 생각의 속도는 걷잡을 수 없이 느려졌다.

경수는 우두커니 서서 주먹밥을 먹었다. 생수를 들이켜고 통을 찌그러트렸다. 빈 용기와 물통이 벽면에 차곡차곡 쌓여갔다. 다시 한번 쓰레기를 정리한 뒤 바닥에 앉아 TV를 봤다.

시간이 지날수록 놈들에게 불리하게 흘러간다. 이번 주만 해도 언론사 인터뷰와 동료 교수들과의 정기 모임이 있다. 누군가 자신의 부재를 확인하고 신고했다면 경찰이 금방 이곳을 찾을 것이다.

이런 희망 섞인 생각으로 시간을 보내다가도 자신의 스마트폰이 그들에게 있으리란 걸 떠올리면 금세 불안해졌다. 메시지로 적당히 핑계를 대면 그만이다. 여차저차 참석을 못한다거나 당분간 그렇게 되었다고만 두루뭉술 말을 남겨도 누구 하나 자신의 부재에 의문을 갖지 않을 것이다.

경수는 오른쪽 어깨를 슬쩍 돌렸다. 찌릿한 통증에 얼굴이 일그러졌다. 구겨진 인상을 숨기기 위해 얼른 고개를 숙였다. 이마에 땀이 배어 나왔다. 깊이 숨을 마시고 내쉬며 경직된 몸을 달랬다. 천천히 오른쪽 팔에서 힘을 뺐다.

어제 몸까지 던져 철문을 때린 뒤로 간간이 통증이 느껴졌다. 회복 돼가던 오른쪽 어깨 인대에 다시 충격이 가해진 탓이었다.

어깨 통증을 과도하게 호소해보면 놈들을 만날 수 있지 않을까 생각해 봤지만 병실에서의 하루가 떠올라 입을 닫았다. 그들은 어떤 상황이 벌어져도 무시할 것이다. 설사 스스로 목숨을 끊으려 극단적인 행동을 할 때조차 나설 것 같지 않았다. 과연 그럴까? 그들의 의중을 전혀 모르고 있으니 어떤 예측도 불가능했다.

경수는 CCTV 카메라를 힐끔 쳐다보고 지루하다는 듯이 바닥에서 일어났다. TV에서 눈을 떼지 않고 조금씩 몸을 흔들었다. 이내 스트레칭을 했다. 그다음 팔굽혀펴기를 시작했다.

오른팔에 힘을 싣고 움직임을 반복했다. 곧 소름 끼치는 통증이 몰려왔다. 어금니를 꽉 깨문 채 계속 팔을 움직였다.

오늘 밤 이곳을 나간다. 다시는 기회가 없을 것이다. 오늘이 살아서 나갈 수 있는 마지막 날이다. 이 생각을 되뇌며 밀려드는 고통을 참아냈다.

취침 시간을 알리는 것처럼 내부 불빛이 갑자기 꺼졌다. 천장에서 바람이 내려왔다.

경수는 그게 순서라도 되는 것처럼 침대에 누웠다. 어깨 통증이 점점 심해졌다. 얼굴을 침대에 파묻고 혼미해지는 정신을 붙잡았다. 환자복을 적신 식은땀이 마르며 싸늘한 기운이 감돌았다. 녹색 모포를 끌어와 몸을 감쌌다. 몸을 잔뜩 움츠렸지만 뼛속까지 오한이 느껴졌다.

좀 더 참아야 한다. 놈들이 마음을 놓고 있을 때까지 기다려야 한다. 오늘이 아니면 기회가 없다. 입안에서 이런 말들을 계속 되뇌며 흐릿해지는 의식을 깨웠다.

그 상태로 최대한 버텼다. 시간이 얼마나 흘렀는지 모르지만 한두 시간은 지났을 것이다. 왼손을 이마에 갖다 대자 불덩이처럼 뜨거운 열이 느껴졌다. 오른쪽 어깨를 만져보니 어깨 상단이 크게 부어 있었다. 이제 됐다고 여겼다. 더는 참을 수 없었다.

경수는 왼쪽 검지와 중지 손가락을 목구멍 끝까지 밀어 넣었다. 속이 메스꺼워지며 금방 구역질이 치밀었다. 두 손가락을 빼고 침대에서 튀어나와 속을 게워냈다.

허여멀건한 토사물이 바닥에 쏟아졌다. 토사물 옆에 쓰러진 경수는 참았던 비명을 내질렀다. 오한이 되살아나며 온몸이 떨렸다. 잔뜩 일그러졌을 얼굴을 CCTV 카메라 쪽으로 돌렸다. 잠시 후 천장 불빛이 켜졌고, 얼마 지나지 않아 철문 밖에서 발소리가 들려왔다.

사흘간 닫혀 있던 철문이 열렸다. 누군가가 안으로 들어와 철문을 닫고 앞에 서서 경수를 내려다봤다. 경수는 실눈으로 상대를 확인했다. 곤색 바지와 검은 외투, 사설 경비업체 복장을 한 남자.

남자의 얼굴에 초점을 맞췄다. 살집이 두둑한 턱과 튀어나온 광대뼈, 눈동자에 꺼림칙한 핏발이 몇 개 서 있었다. 두꺼운 안경은 쓰고 있지 않았다. 그래서인지 사나운 눈매가 더 도드라져 보였다.

남자는 잠시 경수를 쳐다보고 어디론가 전화를 걸었다. 경수는 보란 듯이 거친 신음을 토해냈다. 왼손으로 오른팔을 끌어안고 고통스런 비명을 내질렀다. 좀 더 뒹굴다 이대로 번쩍 일어나 남자를 밀쳐 쓰러트릴까도 생각해봤지만 승산을 확신하기가 어려웠다. 좀 더 기회를 엿보기로 했다. 곧이어 다른 누군가의 목소리가 들렸다. 여자였다.

"많이 안 좋아요?"

"자는 줄 알았는데 갑자기 저러네요."

"제가 한번 볼게요."

남자가 철문 앞에서 물러서자 여자가 들어왔다. 하늘색 잠옷을 입은 여자는 마스크로 얼굴을 가리고 있었다. 마스크 위로 커다란 눈동자가 드러났다. 병실에서 본 여자였다.

그녀는 경수와 한걸음 떨어진 곳에서 무릎을 굽히고 쪼그려 앉았다.

"몸 좀 돌려주세요."

여자가 지시하자 남자가 다가왔다. 남자는 엎어져 있는 경수의 몸을 반대편으로 돌렸다. 땀에 젖은 환자복 단추를 풀어 경수의 어깨가 보일 정도로 옷을 내렸다. 여자의 손길이 오른쪽 어깨에 닿았다. 강하게 누른 탓에 경수의 입에서 아악, 소리가 나왔다.

"저녁에 무슨 일 있었나요?"

"없었는데……."

두 사람은 경수와 한걸음 떨어진 곳에서 상황에 대한 대화를 주고받았다. 인대 손상이 재발한 것과 통증을 어떻게 참았는지 따위의 말이 이어졌다. 그사이 여자는 챙겨온 손가방을 열어 뭔가를 꺼냈다. 비닐이 부스럭거리는 소리에 경수는 그녀가 뭘 준비하는지 눈치챘다. 배 속에서부터 힘을 짜내 양쪽 손을 움켜쥐었다.

"잠시만 붙잡아주세요."

여자의 말이 지금 당장 일어날 일을 예고했다. 두 사람이 어떻게 움직일지 그림이 그려졌다. 경수의 오감이 지금이라고 알렸다.

두 손으로 바닥을 밀고 단번에 일어나 여자 쪽으로 몸을 뻗었다. 쪼그려 앉아 있던 여자가 몸을 일으키려 했지만 경수가 뻗은 손에 붙잡혀 다리를 펴지 못했다.

경수는 여자를 붙잡고 뒤엉켰다. 얼른 왼팔로 목을 조이듯 감쌌다. 힘을 준 것과 똑같은 강도로 고통이 밀려들었지만 참아내야 했다. 오른손 완력으로 여자의 주사기를 뺏었다. 곧장 주사기 바늘을 여자의 목덜미에 갖다 댔다.

"움직이지 마."

두 사람이 한 몸처럼 뒤엉키느라 뒤늦게 움직이던 중년 남자가 우뚝 멈춰 섰다. 경수는 남자의 행동을 경계하며 천천히 몸을 일으켜 세웠다. 몸의 일부가 붙어 있어 여자가 힘을 주는 걸 감지했다. 그녀가 몸을 비틀기 전에 주사기 바늘로 목덜미를 찔렀다. 바늘을 빼내자 목에 생긴 작은 구멍에서 피가 새어 나왔다.

"다음엔 눈알을 파고들 거야. 가만히 있어."

중년 남자와 여자 둘 다 몸이 굳었다. 경수는 고통으로 얼굴이 일그러졌지만 화가 난 것처럼 보일 거라고 생각했다. 계속 팔에 힘을 실었다. 그만큼 점점 힘에 부치는 게 느껴졌다. 얼마간 정적이 흘렀다. 남자의 손이 슬그머니 외투 주머니로 향했다. 주삿바늘이 다시 여자의 목덜미로 들어갔다.

"가만히 있으라고!"

경수는 여자의 목에 주사액을 반 정도 주입한 뒤 바늘을 뺐다. 곧장 바늘을 여자의 커다란 눈동자 앞으로 가져갔다. 남자는 어쩔 수 없다고 판단했는지 주머니에서 손을 빼고 손가락을 펴 보였다.

"그거 벗어서 밖으로 던져."

경수의 턱이 남자의 외투를 가리켰다. 머뭇거리며 시간을 끄는 게 분명한 남자에게 경수는 서두르라고 소리쳤다. 주삿바늘을 조금 더 들이밀자 남자가 양손을 흔들어댔다. 그는 외투를 벗어 문밖으로 던졌다.

약 기운이 퍼지는지 여자의 몸이 늘어지기 시작했다. 제 한 몸 가누기도 쉽지 않은데 인질을 삼은 여자의 무게까지 더해지자 경수도 한계에 다다랐다. 눈앞이 어질어질했다. 경수는 주삿바늘을 여자의 허벅지에 내리꽂았다. 단번에 남은 주사액을 모두 주입하고 여자를 남자 쪽으로 밀었다.

남자가 쓰러지는 여자를 붙잡는 사이, 경수는 럭비 선수처럼 몸을 반쯤 숙인 채 철문으로 돌진했다. 갸우뚱하는 남자의 몸을 한쪽으로 밀쳐내며 사흘간 버텼던 좁은 공간에서 빠져나왔다.

철문을 닫았다. 바닥에 떨어진 남자의 외투를 집어들고 어둑한 복도 통로를 내달렸다.

시야가 어둠에 익숙해지며 계단 형태가 보였다. 허겁지겁 계단을 오르자 계단 끝에 작은 문이 보였다. 문고리를 잡아당겼다. 다행히 문이 열렸다. 벌어진 문틈 사이로 몸을 내밀고 어둠에서 벗어났다.

눈앞에 다시 긴 복도가 펼쳐졌다. 복도 끝에서 은은한 노란 불빛이 번지고 있었다. 그 빛에 이끌리듯 다시 뛰었다. 머릿속에서 또 다른 누군가 숨어 있다 기습을 할지도 모른다는 위험을 경고했지만 다리는 거침없이 앞으로 나갔다. 오직 이곳에서 벗어나야 한다는 생각만이 상처투성이가 된 몸과 정신을 지탱해줬다.

귓가로 타닥타닥하는 소리가 들렸다. 얼굴에 닿는 온기도 느껴졌다. 복도 끝에 다다르자 온기의 정체가 드러났다. 널찍한 벽면 아래 벽난로가 있었다. 벽난로 속에서 흔들리는 불꽃이 빛과 열기를 발산했다.

거실로 보이는 공간이었다. 벽난로 맞은편에 소파가 있었고, 커다란 TV가 스탠드형 거치대에 세워져 있었다. 경수는 본능적으로 TV로 다가갔다.

TV 속에 아홉 개의 분할 화면이 있었다. 대부분 외부를 비추는 CCTV 카메라 화면이었다. 오른쪽 가장 아래 있는 화면만 달랐다. 그 화면 속에는 조금 전까지 자신이 있었던 회색 공간이 나타났다. 여자가 벽에 기댄 채 앉아 있었다. 중년 남자는 보이지 않았다.

분할 화면 위를 정신없이 훑던 경수는 시선을 돌려 현관을 찾았다. 거실과 부엌 사이에 또 다른 통로가 있었다. 그 통로 끝에 있는 대문이 눈에 들어왔다. 동시에 등 뒤로 다급한 발소리가 들렸다. 그 소리를 따돌리듯 대문을 향해 달렸다.

대문을 밀고 밖으로 나갔다. 늦겨울 밤바람이 날카롭게 불어왔다. 찬 공기가 몸을 감쌌지만 춥다기보다 상쾌하게 느껴졌다. 다리를 계속 움직이면서 손에 쥔 검은 외투를 걸쳤다.

주머니에 손을 넣어 금속성 물체를 꺼냈다. 휴대전화 절반 크기로 ON/OFF 버튼만 표시되어 있었다. 은색 발찌에 전류 신호를 보내는 물건이었다. 그걸 다시 주머니에 넣고 다른 게 있는지 찾았다. 주머니 어디에도 휴대전화는 없었다.

달빛에 의존해 무작정 달렸다. 눈 덮인 잔디밭과 바짝 마른 화단을 지났다. 나무들이 거센 바람을 맞으며 수런거렸다. 곧 앙상한 수풀이 나왔다. 수풀 사이로 한줄기 산길이 보였다. 거기밖엔 길이 없었다. 산길 입구로 들어가려던 순간, 강렬한 기시감에 발길을 멈췄다.

등골을 훑는 서늘한 기운이 찬물을 끼얹듯 정신을 깨웠고 가슴을 덜컹 흔들었다. 경수는 고개를 돌렸다.

겨울나무로 둘러싸인 2층 주택이 한눈에 들어왔다. 어두운 산속이었지만 주택 내부에서 나오는 밝은 불빛으로 전체적인 외관이 선명하게 드러났다. 과거에 봤던 이곳 모습이 자연스레 겹쳐졌다. 지금처럼 수풀 속에 몸을 숨긴 채 이 집을 지켜본 적이 있었다.

설마 그럴 리가…….

머리카락이 거꾸로 뻣뻣하게 서는 느낌이 들었다. 눈을 의심했다. 예상보다 훨씬 큰 위험에 빠졌다는 생각이 들었다. 하지만 이 사실을 받아들였다고 해서 적절하게 대처할 체력이 남아 있지 않았다. 다리에 힘이 풀렸다. 그대로 주저앉고 싶었다. 정신 또한 아득해지는 기분이었다. 집에서 문이 열리고 자신을 향해 달려오는 실루엣이 보였다. 얼른 정신을 가다듬고 몸을 돌렸다.

좁은 산길로 내려가려고 크게 발을 디뎠는데, 발이 바닥에 닿자마자 끊어질 듯한 충격이 발목을 타고 머리끝까지 솟구쳤다. 경수는 휘청거리듯 무릎을 굽히고 바닥에 쪼그려 앉았다.

오늘 밤 이곳을 나간다. 다시는 기회가 없을 것이다. 오늘이 살아서 나갈 수 있는 마지막 날이다.

가까워지는 남자의 발소리가 들렸다. 얼른 주위를 둘러봤다. 산길 옆으로 수풀이 비어 있는 급경사를 발견했다. 있는 힘껏 무릎을 폈다. 다리를 질질 끌어 겨우 서너 걸음을 옮겼다. 눈을 질끈 감고 뻥 뚫린 급경사로 몸을 날렸다. 세상이 제멋대로 흔들렸다.

한참 데굴데굴 구른 뒤에야 축축한 땅에 멈췄다.

경수는 꼼짝도 할 수 없었다. 몸에 전혀 힘이 들어가지 않았다. 눈꺼풀을 들어 올리는 것조차 어려웠다. 근육과 연결된 모든 감각이 끊어져버린 것만 같았다.

다행인지 불행인지 의식은 끊어지지 않았다. 뇌리에서 수많은 생각이 휘몰아쳤다. 어디서부터 되짚어봐야 할지, 어떻게 대응해야 할지 등이 뒤죽박죽 떠다녔다. 그것들이 뒤엉키며 생각이 좀처럼 앞으로 나아가지 못했다. 그러다 한 가지 사실에 직면했다. 어수선하던 머릿속이 차갑게 가라앉았다.

가족이 위험하다.

땅에서 싸늘한 기운이 올라왔다. 어둠 속에서 불어오는 산바람이 얼굴을 때렸다. 경수는 가쁜 숨을 내뱉었다. 입김이 사방으로 퍼져갔다.

6년 전, 아내의 전화를 받았던 그날. 삶의 균열이 시작된 건 그 순간부터였다.

대학교 정교수가 되고 첫 번째 범죄심리학 강의를 하던 날이었다. 학생들에게 강의를 소개하고 질의응답 시간으로 넘어갔는데, 강단에 올려둔 스마트폰에서 진동이 울렸다. 진동은 멈추지 않고 계속됐다. 직감적으로 좋지 않은 일이라는 걸 감지했다.

첫 주 강의라 조금 일찍 끝낸 뒤에 바로 전화를 걸었다. 아내는 덜덜 떨리는 목소리로 아들이 사람을 죽였다고 말했다.

당시 열다섯 살이던 지웅이는 지적장애 3급으로 하안시에 새로 생긴 특수학교에 다녔다. 평소 장모님이 아들을 봐줬는데, 그날은 장모님 건강검진 일정으로 아내가 집에 있었다.

결혼하고 한동안 주부로 살며 사회 경력을 펼치지 못했던 아내는 하안시로 이사 온 후 그토록 열망했던 새로운 도전에 몰두했다. 그날도 집에서 함께 도전에 나선 동료들과 통화하며 밀린 일을 처리하고 있었다. 그래서 아들이 집을 나간 걸 뒤늦게 인지했다.

아내는 집 안에 있어야 할 아들이 보이지 않는 걸 확인하고 아파트 1층으로 내려갔다. 그때까지만 해도 또 줄넘기하러 나갔겠거니 대수롭지 않게 생각했다. 생긴 지 얼마 안 된 아파트 단지라 공공시설 설비에 박차를 가하는 중이었다. 시설설비 담당자와 이삿짐을 옮기는 사람들이 곳곳에 보였다. 호기심 많은 아들이 구경하며 있을 만한 곳이었다. 그러나 그들 속에서 아들의 모습은 보이지 않았다.

놀이터에도 아들이 없는 걸 확인하고 아파트 건물 앞 3단지 지하 커뮤니티센터로 들어갔다. 아직 공사가 진행되기 전인 빈 공간이었는데 며칠 전에도 그곳 창고에서 아들을 발견한 적이 있었다. 그런데 그날은 창고에서도 아들을 찾지 못했다.

아내는 옆 단지 아파트까지 범위를 넓혀 찾아다녔다. 놀이터와 상가를 둘러봤지만 아들은 눈에 띄지 않았다. 걱정이 불안으로 바뀌어 갈 때쯤 2단지 지하 커뮤니티센터 간판이 눈에 들어왔다. 그쪽으로 발길을 돌렸다.

옆 단지도 사정은 마찬가지였다. 지하 시설 설비가 늦어지고 있었다. 군데군데 설치되어 있는 CCTV 카메라도 아직 렌즈 비닐을 벗기기 전이었다.

아내는 설마, 하며 들어간 지하 커뮤니티센터 창고에서 아들을 찾았다. 아들 옆에는 작은 체구의 여자아이가 반듯하게 누워 있었다.

아들에게 다가가는 동안 가슴이 쿵쾅거렸다. 여자아이는 움직임이 없었다. 옆에 무릎을 꿇고 앉아 아이의 얼굴을 살펴봤다. 하얀 얼굴에 시퍼런 멍 자국이 있었고 목에 벌건 자국이 띠처럼 새겨져 있었다. 조금 더 지켜보고서야 아이가 이미 죽었다는 걸 감지했다. 헉, 소리를 내며 고개를 돌렸다. 그때 아들의 손에 있는 줄넘기가 눈에 들어왔다.

경수는 가능하면 표정을 드러내지 않으려고 애쓰며 묵묵히 아내의 말을 들었다. 아들이 언젠가 큰 사고를 일으킬 거라는 예감이 끝내 적중하고 말았다는 생각밖에 들지 않았다.

하안시로 이사 오기 전, 서울에 살 때도 아들은 자기보다 작은 아이들에게 자주 폭력을 행사했다. 그때마다 부부가 타이르고 혼을 냈지만, 아들이 양심의 가책을 느끼는 것 같다는 생각은 들지 않았다.

지적장애와 별개로 감정 조절을 판단하는 뇌 검사를 시행했는데, 아들의 전두엽 피질과 측두엽 회백질 양이 평균보다 적다는 걸 확인했다. 흔히 사이코패스나 반사회적 인격장애자 특징을 언급할 때 전두엽 피질 감소와 측두엽 부피 감소 등이 꼽힌다. 세부 검사는 진행하지 않지만 단편적인 사실만 봐도 아들의 폭력성은 매우 심각해 보였다.

상황을 전하던 아내가 말을 멈추자 휴대전화 사이로 정적이 흘렀다. 짧은 침묵이 흐른 뒤에 아내의 울먹이는 목소리가 들려왔다.

"신고해야 하는 거지? 다른 방법은 없는 거지?"

경수는 대답 없이 생각에 잠겼다. 이미 살인사건이 벌어졌다. 어찌 어찌 사건을 숨긴다고 해도 며칠 버티지 못하고 드러날 것이다. 앞으로 벌어질 일들을 떠올렸다. 어렵게 얻은 안정된 삶이 산산이 부서지는 모습이 지진으로 건물이 내려앉는 것처럼 생생하게 그려졌다. 이어서 딸 지원이가 떠올랐다.

자신과 아내뿐만 아니라 첫째 딸도 새로운 삶의 첫걸음을 내딛는 중이었다. 그해 하안시에 있는 고등학교에 입학한 지원이는 여느 때보다 표정이 밝았다. 자주 환한 미소를 지어 보였다.

서울에선 그런 얼굴을 보지 못했다. 딸이 중학교에서 힘든 시간을 보냈다는 걸 뒤늦게 알았다. 지원이가 남동생 문제로 친구들과 갈등이 생기기 시작했고 그게 악화되어 집단 괴롭힘으로 이어졌다고, 담임선생님한테 들었다. 아내 말을 듣고 분을 참지 못해 학교까지 쳐들어가 한바탕 하듯 따졌다. 처음 겪는 일이라 제대로 대처하지 못한 셈이었다. 결코 현명한 방법이 아니었다. 그게 학생들을 동요 시켰고 딸아이의 생활을 더 복잡하게 만들었다. 그래서 더는 자신이 직접 나서는 일이 없었다.

그 뒤로 종종 그 일에 관해 물은 적이 있는데, 그때마다 지원이는 그런 일이 있기나 했나, 하는 투로 별일 아니라며 대수롭지 않게 넘겼다. 그 모습이 더 마음을 아프게 했다.

"그냥 모른 척하고 가면 안 될까?"

아내의 떨리는 목소리가 이어졌다.

"나 더는 못 버티겠어."

"정신 똑바로 차려."

경수가 냉정한 어투로 말했다. 자기도 모르게 내뱉은 그 말이 상대가 아닌 자신에게 하는 말 같았다.

방법이 전혀 없는 건 아니었다. 여자아이 시체를 몰래 갖고 나올 수만 있다면 살인을 숨길 방법이 있을지도 몰랐다. 자리를 맴돌며 실현 가능성을 따져봤다.

"거기 들어갈 때 마주친 사람 있었어?"

"아니."

"CCTV 카메라 아직 작동 전인 거 맞지?"

"응."

"일단 내가 시키는 대로 해."

경수는 이마에 맺힌 땀을 닦았다. 자신이 그곳으로 가겠다고 했고, 아내에게는 아들과 조용히 나와서 누구와도 마주치지 말라고 했다. 집에서 보자고 말한 뒤 전화를 끊었다.

학교 주차장에서 차를 끌고 나왔다. 금요일 오후 강의를 마친 뒤라 추가 일정은 없었다. 학과장과 가벼운 미팅이 있긴 했지만 아이가 아프다는 핑계로 미뤘다.

몇 분 후 아내가 알려준 옆 단지 지하주차장으로 들어섰다. 일부러 주차장 내부를 돌며 CCTV 카메라를 확인했다. 입구와 출구 쪽 카메라 말고는 전부 작동하지 않았다.

재차 주변을 확인하고 차를 돌렸다. 커뮤니티센터 입구와 최대한 가까운 곳에 차를 정차했다. 입구와는 10미터 정도로 가까웠다.

뒷좌석에서 골프 가방을 꺼냈다. 주말에 잡힌 골프 라운딩 때문에 넣어둔 거였는데 이런 식으로 사용될 줄은 상상도 하지 못했다. 골프 가방을 들고 커뮤니티센터 창고로 들어갔다.

창고 안에 여자아이가 덩그러니 누워 있었다. 아이의 얼굴은 죽기 전에 느꼈던 고통을 드러내듯 눈동자와 입 주변이 심하게 뒤틀려 있었다.

경수는 라텍스 장갑을 끼고 조심스럽게 여자아이를 들어 가방에 넣었다. 주변에 남아 있을 흔적을 지우기 위해 물티슈로 구석구석 닦았다. 얼굴과 등에서 식은땀이 비 오듯 쏟아졌다. 바짝 마른 생쥐 사체와 야생 고양이 배설물까지 전부 치웠다. 약 십 분 동안에 걸쳐 일을 마치고 창고 문을 열어 주변을 확인했다. 인기척이 느껴지지 않아 조용히 나왔다.

집으로 돌아가자마자 아들의 멱살을 붙잡았다. 수많은 범죄자를 관찰하며 느꼈던 불온한 기운이 아들에게서 느껴졌다. 왜 그곳에 갔는지, 그 여자아이와 무슨 일이 있었는지, 어떻게 그런 짓을 할 수 있는지 다짜고짜 다그쳤다.

아들은 옆 단지 놀이터에 간 것과 엄마를 만나 집에 돌아온 것만 반복해서 말했다. 지하에서의 기억이 통째로 사라진 것처럼 굴었다. 그 모습이 기억상실을 운운하며 면죄부를 요구하는 범죄자들과 겹쳐졌다. 경수는 참지 못하고 아들의 뺨을 후려쳤다.

아내가 두 사람을 떼어냈다. 큰 충격에 휩싸이면 기억의 회로를 닫는 경우가 있다며, 아들 역시 그런 이유로 기억상실을 일으킨 거라고 대신 변명을 해줬다. 아들이 기억하지 못하는 편이 사건을 숨기기에 더 좋지 않냐고 되묻기도 했다.

그건 아내의 말이 맞았다. 아들이 기억하지 못하는 편이 더 좋을 것이다. 이젠 돌이킬 수 없었다. 자신의 골프 가방 속에 여자아이 시체가 있었다. 경수는 아무리 퍼부어도 소용없을 아들에 대한 분노를 거두고 다음 계획을 떠올렸다.

"이틀간 애들 데리고 호텔에 가 있어."

아내에게 말했다. 주변 사람들에게는 부부싸움을 해서 그렇게 됐다고 둘러대라고 했다. 삼십 분 뒤 안방에서 짐을 챙겨 나온 아내는 현관 앞에서 걸음을 떼지 못하고 결국 눈물을 흘리며 연신 미안하다는 말만 했다.

경수는 서재로 들어갔다. 책상 한쪽에는 여전히 수사 중인 팔봉산 여아 살인사건 자료가 쌓여 있었다. 이 주 전 경찰로부터 받은 자료였다. 컴퓨터를 켜 바탕화면에서 문서 하나를 클릭했다. 팔봉산 사건 자료를 검토하고 나서 경수가 작성한 분석 내용이었다. 아직 경찰에게 알리지 않은 것들이었다.

범죄 심리학자는 범인의 습관과 흔적을 재구성해 과거와 현재 그리고 미래의 행동을 예측하는 사람이다. 경수는 이 문서 속에 용의자가 거주하는 지역과 다음 범행 장소 등을 추정해뒀다. 하안시 원순동을 용의자 거주 지역으로 꼽았고, 추가 범행이 이뤄진다면 팔봉산과 조건이 비슷하고 인적이 드문 무악산에 시체를 유기할 거라고 예상했다.

경수는 문서를 닫고 온라인 지도를 펼쳤다. 지도 속 하안시 지역에서 무악산 부분을 확대했다. 위성지도로 무악산 내 산길을 전부 살펴봤다. 등산로에서 제법 떨어진 산길 한 곳에 점을 찍었고, 해당하는 위도와 경도를 수첩에 적었다.

곧장 방금 열었던 문서와 인터넷 브라우저 방문 기록을 삭제했다. 불안한 마음에 인터넷 연결 프로그램까지 지웠다.

서재에서 나와 골프 가방에서 여자아이를 꺼냈다. 아이를 화장실로 옮긴 뒤에 옷과 신발을 벗겼다. 이미 파랗게 변한 아이의 작은 몸을 똑바로 볼 수가 없었다. 경수는 변기에 얼굴을 넣고 여러 번 토악질을 했다. 배 속에 있는 액체가 전부 짜내듯 나온 느낌이었다. 그런데도 눈물은 멈추지 않고 계속 흘렀다. 락스를 적신 수건으로 아이의 몸을 닦는 내내 몇 번이고 몸을 돌려 소리 죽여 울었다.

베란다에서 오래된 배낭을 꺼냈다. 유학 생활 중 아내와 다녀온 배낭여행을 추억하기 위해 간직한 30L짜리 백팩이었다. 뻣뻣하게 굳은 아이의 무릎을 억지로 굽혔다. 그제야 겨우 배낭에 들어갔다.

배낭을 냉장고에 넣어두고 부엌에 주저앉았다. 땅속으로 꺼질 듯이 늘어진 몸으로 멍하니 냉장고를 바라봤다. 오 분이나 흘렀을까,

정신을 차리기 위해 제 뺨을 수차례 치고 나서 부엌에서 나왔다. 아이가 입고 있던 옷가지와 신발을 비닐로 밀봉해 서재 서랍 깊숙한 곳에 숨겼다.

새벽 5시쯤 집에서 나와 배낭을 차에 싣고 무악산으로 향했다. 나중에 누군가 물으면 아내와 다투고 나서 마음이 울적해 산을 찾았다고 대답할 작정이었다. 토요일 이른 아침이었지만 무악산으로 향하는 차량은 보이지 않았다. 산길 입구에 도착했을 때도 등산객은 경수뿐이었다.

산길로 오르다가 길이 닦이지 않은 옆길로 빠졌다. 스마트폰으로 위치를 확인하며 걸었다. 곧 수첩에 적어둔 위도와 경도에 다다랐다. 주변을 둘러보니 인근에 커다란 바위가 있었다. 그 바위틈 사이에 여자아이를 집어넣었다.

모든 접촉은 흔적을 남긴다는 프랑스 범죄학자의 말이 생각났다. 흔적은 남을 수밖에 없다. 하지만 그 흔적이 자신을 가리켜선 안 된다. 경수는 자신의 흔적을 가능한 한 모두 제거하려고 했다. 그리고 팔봉산 사건에서 드러났던 범인의 흔적을 남겨뒀다. 아직 파악되지 않은 범인의 습관, 성격, 가치관까지 떠올리며 사건을 재현했다.

팔봉산 사건과 다른 점이 있다면 아이를 바위틈 깊숙이 넣지 않은 거였다. 너무 빨리 발견돼도 문제지만 너무 늦어져도 안 된다. 늦지 않게 경찰 수사의 방향이 아파트 출입자에서 아동 성폭행범으로 바뀌어야 한다.

준비했던 모든 일을 마치고 나서 경수는 바로 산에서 내려왔다. 내려오는 동안 그는 한 번도 뒤돌아보지 않았다.

이틀 뒤 여자아이의 이름을 알게 됐다. 나성경, 당시 열 살이었다. 부유한 집안에 태어난 데다 곱상한 외모 때문인지 나성경의 실종은 하안시를 넘어 전국을 떠들썩하게 했다. 그로부터 두 달 정도 지났을 때 무악산에서 시체가 발견됐다.

경수는 범죄자의 눈과 범죄 심리학자의 눈을 동시에 켜고 경찰과 언론의 행동을 지켜봤다. 다행히 그들은 경수가 설계해둔 계획 안에서 움직였다. 팔봉산과 무악산 사건을 동일범의 소행으로 봤고, 연일 두 사건을 분석하며 범인의 특이점을 찾았다.

하안시 원순동 납치 미수 사건이 발생하기 전까지 범인의 정체는 오리무중이었다. 나성경 시체가 발견되고 두 해가 지났을 때 지원학이 검거됐다. 팔봉산 사건 피해 아동 몸에서 검출된 DNA와 지원학의 DNA가 일치한 거였다.

진짜 범인의 등장에 애써 잠재웠던 경수의 불안이 스멀스멀 피어올랐다. 범인이 드러났으니 경찰의 관심이 팔봉산에 이어 무악산 사건으로 집중될 수밖에 없었다. 굳어진 시멘트도 작정하고 쏟아지는 폭우를 맞으면 속을 드러내는 법이다. 좀 더 미제 사건으로 유지되길 바랐는데, 이렇게 된 이상 경찰이 사건의 진상을 파악하기 전에 자신도 준비를 해둬야 했다.

경수는 경찰 인맥을 총동원해 지원학 분석 자료를 입수했다. 그 자료를 토대로 지원학이 숨기고 있을 또 다른 여죄를 조사했다. 그의 여죄를 밝혀내면 무악산 사건도 그의 범행으로 굳힐 수 있을 것 같았다.

탐정 놀이를 하듯 한동안 홀로 지원학의 동선을 훑으며 돌아다녔다. 그러다 폐가가 된 지원학 조부모의 시골집을 방문했다. 그때 툇마루 밑에서 울고 있는 고양이를 꺼내려다 작은 치마 하나를 발견했다. 조금 더 손을 뻗어봤다. 치마 하나만 있는 게 아니었다. 그게 무엇을 뜻하는지 단번에 깨달았다. 곧장 차량으로 달려갔다. 그 길로 집으로 돌아가 나성경의 옷가지와 신발을 꺼냈다.

1년 뒤 지원학의 대법원 판결이 선고된 날, 경수는 자신이 분석한 자료를 경찰에 제공했다. 해당 자료로 경찰은 폐가 툇마루 밑에서 지원학이 숨긴 것으로 추정되는 다량의 여자아이 옷을 발견했다. 이후 재수사가 일사천리로 진행됐다.

하지만 여자아이 옷가지에서 지원학의 유전자가 검출되지 않았고, 지원학이 숨겼다는 걸 입증할 만한 직접 증거가 나오지 않아 수사는 더디게만 흘러갔다. 그사이 언론에 자주 보이던 나성경 부모가 어디론가 종적을 감췄다.

나성경 부모인 나석준과 김지연은 하안시에서 제법 큰 성형외과를 운영했다. 사건 초기부터 엘리트 의사 부부로 소개되며 의도했든 의도치 않았든 여러 언론에 모습을 드러냈다. 그들은 외동딸의 죽음이 여파가 되어 병원 문을 닫았지만 한동안 하안시를 떠나지 않았다. 주변 사람들에 의지해 조금씩 일상을 회복하는 모습을 보이기도 했다.

그러던 어느 날 갑자기 행방이 묘연해진 거였다.

경수는 비밀리에 그들의 행적을 쫓은 적이 있었다. 혹시 그들이 아무도 없는 곳에서 극단적인 선택을 하진 않았을까, 가슴 속에 남아 있는 일말의 죄의식이 경수를 움직이게 했다.

그들은 하안시에서 차로 한 시간 정도 떨어진 인적이 드물고 산세가 험한 산속 주택에 살고 있었다. 과거를 차단하듯 주변 사람들과의 관계도 전부 끊은 모양이었다. 경수는 수풀 속에 숨어 그들이 사는 2층 주택을 지켜봤다. 외딴 곳에 고립된 집은 그들 부부의 고통스런 심경을 드러내고 있는 것만 같았다. 십 분 정도 지켜보는 동안 밀려드는 죄책감에 절로 고개를 숙였다. 차오르는 눈물에 고개를 들지 못했다. 그 상태로 땅만 보며 산을 빠져나왔다. 내려오는 동안 한 번도 뒤돌아보지 않았다.

누구나 자신만의 죄를 가지고 있다. 간혹 떠오르는 가벼운 죄부터 짐처럼 떠안은 무거운 죄까지, 모두가 마음속에 담긴 죄를 견디며 살아간다. 하지만 살인은 그것들과 차원이 다른 죄악이다. 경수는 누구보다 살인이란 죄를 잘 알고 있었다.

살인에 가담한 사람은 자신의 삶도 빼앗길 각오를 해야 한다. 누군가의 삶을 앗아가는 건 내 삶을 포기한다는 것과 마찬가지다.

그날 나성경의 시체를 무악산에 숨겼을 때, 경수는 자신이 쌓아온 가치관과 신념을 포기했다. 그래야만 앞으로의 남은 날을 살아갈 수 있었다. 그건 경수만이 아니었다. 가족 모두가 마찬가지였다. 자기 자신의 고유성을 접어둔 채 가짜로 살아가야 했다.

　내가 나임을 포기한 순간부터 자신을 믿을 수 없었다. 스스로 믿을 수 없다는 건 세상 누구도 믿지 못한다는 뜻이기도 했다. 아마도 그때부터였을 것이다. 얼굴이 어색해지기 시작한 게.

　경수는 가면을 쓴 것처럼 불편한 얼굴로 사람들을 대했다. 최대한 감정을 드러내지 않도록, 혹여 자신이 감추고 있는 진실이 새어나갈까 항상 조심했다. 모든 순간 생각과 감정을 컨트롤하며 거짓 얼굴로 산 거였다.

　다행히 누구도 의심하지 않았다. 되레 이전보다 더 많은 동료가 신뢰감을 표시했다. 그들의 태도에 우쭐해져서 TV까지 나가 정의로운 척 떠들어댔다. TV 속 자신의 얼굴이 눈에 거슬렸지만 자신만 모른 척하면 누구도 트집 잡지 않았다. 의도치 않게 대중의 신뢰가 높아졌고 고독하던 마음에도 작은 위로가 쌓였다.

　스스로 삶을 포기했으니 이제 됐다고, 합당한 벌을 받은 거라고, 이 것이 인과응보라고, 그런 터무니없는 생각에 휩싸여 살았다. 진짜 벌은 지금부터인지도 모르고.

　몸이 떨려 이가 딱딱 부딪쳤다.

　무거워진 눈꺼풀을 들어 올렸다. 아침 안개가 자욱했고 시커멓던 하늘이 파랗게 변해 있었다.

경수는 새벽 공기를 깊이 들이마셨다. 그제야 몸과 머리에 피가 도는 느낌이 들었다. 두 다리에 힘을 실었다. 오른쪽 팔엔 여전히 감각이 없었다. 왼쪽 손으로만 땅을 짚어 천천히 일어섰다.

살얼음이 낀 흙길을 무작정 걸었다. 발목에 달린 쇳덩이 때문에 내딛는 발걸음이 몇 배는 무거웠다. 사람의 흔적이 없는 내리막길이라 땅도 미끄러웠다. 힘겹게 균형을 잡으며 내려가느라 힘도 더 들었다. 군데군데 얼어붙은 계곡이 보였다. 목구멍이 바짝 말랐지만 멈추지 않고 계속 움직였다.

다리 아래에서 바스락거리는 나뭇잎 소리만 들릴 뿐 사람이 다닌 흔적은 좀처럼 보이지 않았다. 산속에서 길을 잃으면 어떡하나 하는 걱정이 들 때쯤 희미한 산길이 나왔다. 산길을 따라 내려가니 멀리 가로등 불빛이 보였다. 곧이어 텅 빈 도로가 나타났다.

경수는 도로에 내려서서 주위를 둘러봤다. 사방이 산이었다. 앞뒤로 차가 보이지 않았다. 제발 한 대만 와달라고 기도하며 그 자리에서 기다렸다. 하지만 아무리 기다려도 도로는 텅 빈 채 그림의 한 장면처럼 멈춰 있었다. 차나 사람은 고사하고 작은 동물조차 지나가지 않았다.

하는 수 없이 다리를 질질 끌고 조금씩 걸어갔다. 도로 위 카메라만 발견하면 된다고 생각했다. 관제센터에 보고되면 경찰이 찾아올 것이다. 그 생각과 별개로 차 한 대만 지나가 주길 간절히 바랐다. 더는 움직이기 힘들었다. 곧 주저앉을 것만 같았다. 그때 새벽 공기를 가르는 차 소리가 들려왔다. 경수는 고개를 돌렸다.

멀리 차량 불빛이 보였다. 불빛이 점점 가까워졌다. 경수는 왼쪽 손을 흔들었다. 불빛이 상향등으로 바뀌며 경수를 비췄다.

차량 속도가 줄어들었다. 자신의 차와 같은 모델인 검은 승용차가 경수 앞에서 멈춰 섰다. 그냥 지나가 버릴까 봐 얼마나 마음을 졸였는지 몰랐다. 경수는 급한 마음에 승용차에 손부터 얹었다. 조수석 창문으로 다가가 얼굴을 들이밀었다. 창문이 스르르 내려갔다.

"근처 마을까지만 태워주세요. 제발 부탁합니다. 놈들이 오기 전에 빨리 여기서 벗어나야 해요."

"무슨 일이세요? 얼른 타세요."

운전석에 있는 남자가 팔을 뻗어 조수석 문을 열어줬다. 경수는 차량 내부도 확인하지 않고 올라탔다. 조수석에 등을 기대자마자 남자에게 감사하다는 말부터 여러 번 했다. 남자는 야구모자와 갈색 뿔테안경을 쓰고 있었다. 자신과 비슷한 또래로 보였다.

"전화 좀 쓸 수 있을까요?"

경수가 잔뜩 갈라져 나오는 목소리로 물었다. 남자는 고개를 끄덕였고 뒷좌석에서 가방을 가져왔다. 남자가 휴대전화를 꺼내는 동안, 경수의 시선이 룸미러 속 뒷좌석으로 향했다.

커다란 골프 가방이 눕혀져 있었다. 그런데 이상하게 익숙했다. 그러고 보니 가방만이 아니었다. 차량 내부도 눈에 익었다. 같은 모델이라 그렇다고 생각하던 참에 조수석 대시보드에 있는 자국 몇 개가 눈에 들어왔다. 오래전 아들이 붙인 스티커 자국이었다.

그제야 놀란 눈을 하고 남자를 쳐다봤다. 남자의 손에 들려 있는 누런 천 주머니에 시선이 닿은 순간 순식간에 그것이 경수의 얼굴을 뒤덮었다. 주머니 끈이 조여지는 것과 동시에 공기가 한꺼번에 사라졌다. 입을 벌려 숨을 쉬려 하면 할수록 누런 천이 얼굴에 달라붙었다. 주먹을 들고 허우적대봤지만 남자에게까지 닿지 않았다.

숨이 끊기기 직전에 끈이 느슨해졌다. 경수는 고개를 치켜든 채 가쁜 숨을 내쉬었다. 이미 정신이 반쯤 나간 상태였다. 더는 몸도 움직이지 않았다. 남자에게 벗어날 수 있는 건 이 순간뿐이었는데 몸과 정신이 말을 듣지 않았다.

남자가 경수의 왼쪽 팔목을 끌어당겼다. 외투 소매를 걷어 올렸고 차가운 뭔가로 팔꿈치 안쪽을 닦았다. 뒤이어 얇은 바늘이 경수의 피부를 뚫고 들어왔다.

경수는 고개를 숙였다. 힘겹게 오른손을 움직여 얼굴에 있는 천 주머니를 걷어냈다. 고개 들어 자신의 팔에 주사기를 꽂은 남자를 확인했다. 그와 눈이 마주쳤고 그 얼굴을 꼼꼼히 뜯어봤다.

그런데…….

눈앞에 있는 건 자신과 똑 닮은 얼굴이었다.

팔에 주입된 액체가 온몸으로 퍼져갔다.

"당신, 설마!"

힘겹게 토해낸 짧은 말을 끝으로 아늑한 암흑 속으로 빠져들었다.

4

스마트폰 통화 버튼을 눌렀다. 첫 번째 연결음이 끝나기도 전에 상대가 전화를 받았다.

"찾았어요."

"고생하셨습니다."

"먼저 올라가 계세요."

상대의 대답을 기다리지 않고 전화를 끊었다. 고개 돌려 조수석에 널브러진 도경수를 바라봤다. 시커먼 흙으로 뒤덮인 몰골에서 코를 찌르는 지린내가 풍겼다. 눈살을 찌푸리며 그의 양손에 수갑을 채웠다. 뒷좌석에서 체크무늬 담요를 가져와 그의 몸을 덮었다. 얼굴에 검정 마스크까지 씌운 뒤 다시 차를 움직였다.

나석준은 오늘 새벽 김광래의 연락을 받자마자 이곳으로 달려왔다. 조금 전까지 약 두 시간 동안 도로 주변을 돌며 도경수를 찾았다.

산길 도로 초입에 달아둔 카메라를 확인했을 때 어떤 차량도 들어오거나 나가지 않았다. 도경수의 모습도 보이지 않는 걸 보고 그가 아직 산속에 숨어 있을 거라 확신했다. 김광래는 산속을 뒤졌고 석준은 산길과 연결된 도로에서 기다렸다.

도경수가 조금만 더 늦게 나타났다면, 날이 밝고 다른 차량이 그를 발견했다면, 지난 1년간 준비했던 계획이 수포로 돌아가는 거였다. 석준은 치밀어 오르는 화를 삼키며 속도를 높였다.

산길 도로에서 벗어나 마른 덤불이 우거진 흙길로 들어섰다. 울퉁불퉁 솟은 바위를 통과할 땐 온몸이 심하게 흔들렸다. 그래도 액셀을 밟은 발에 힘을 풀지 않았다. 빠른 속도로 흙길을 뚫고 지나갔다. 멀리 산속에 숨어 있는 2층 주택이 모습을 드러냈다.

주택 입구에 차를 세웠다. 시동을 끄고 클랙슨을 울리자 주택 대문이 열렸다. 김광래가 빈 휠체어를 밀며 밖으로 나왔다.

석준은 운전석에서 나와 조수석 앞으로 갔다. 자기도 모르게 김광래에게 목소리를 높였다.

"잘 감시해야 한다고 여러 번 말했잖아요."

"감시한다고 한 건데. 감쪽같이 속았네요."

"보통 사람이 아니라고 했죠."

"그러게요. 다시는 이런 일 없게 하겠습니다."

김광래는 죄송하다며 깍듯하게 고개를 숙였다. 석준은 화가 풀리지 않았지만 그렇다고 더 심하게 몰아붙일 수도 없었다. 아무리 돈을 주고 고용한 사람이라 해도 이런 위험한 일을 도와주는 그에게 불평해선 안 된다.

"목소리 높여서 죄송합니다. 아무래도 예민해져서."

"아닙니다. 제가 잘못한 건데요."

"아무튼 마지막까지 잘 부탁드려요."

"네, 걱정하지 마세요."

두 사람은 조수석에서 도경수를 끄집어내 휠체어에 앉혔다. 김광래가 휠체어를 밀며 주택으로 들어갔고, 석준은 가방을 챙겨 그를 뒤따랐다.

긴 복도를 지나 병실로 꾸며진 방으로 들어갔다. 석준과 김광래는 휠체어에 구겨져 있는 도경수를 번쩍 들어 침대에 눕혔다.

석준은 수갑을 풀어줬다. 발목에 있는 무거운 전자발찌도 제거했다. 이어서 김광래와 함께 도경수의 온몸을 닦아냈다.

흙길을 뒹굴고 산이슬에 젖어 엉망인 상태라 몸 전체를 말끔하게 닦아낼 순 없었다. 급한 대로 얼굴과 팔다리를 물수건으로 문질렀다. 상처 부위는 알코올 솜으로 소독했고 부어오른 오른쪽 어깨에는 진통제를 주입했다.

김광래는 석준의 손을 거든 다음 새 옷을 가져와 갈아입혔다. 처음 데려온 상태가 되자 준비해둔 가죽끈으로 다시 도경수의 손과 발을 결박했다.

"이제 됐어요. 얼른 식사하고 주무세요."

석준이 말했다.

"바로 진료 보실 거죠? 제가 옆에 있을게요."

"혼자 하면 돼요. 오후까지는 아내 대신 제가 있을 거니까 원래대로 저녁 근무 부탁드려요."

김광래는 한 차례 더 돕겠다는 의사를 밝혔지만 괜찮다고 손을 내젓는 석준의 대답에 조용히 방을 나갔다.

석준은 십 분 정도 도경수의 몸 상태를 확인했다. 서랍에서 영양제 수액을 꺼내 침대 기둥에 올렸다. 주삿바늘을 손등에 꽂고 천천히 수액을 투입했다. 다시 한번 오른쪽 어깨를 살펴봤다.

지난번처럼 인대 중 하나가 파열된 듯했다. 이번에도 인대 강화 주사로 치료하고 이틀 정도 집중 회복 관리를 받으면 통증이 가라앉을 것이다. 이번엔 회복이 된다고 해도 그냥 이곳에 둘 생각이었다. 그를 배려해서 팔다리를 결박하지 않고 지하로 보낸 게 화근을 불러일으켰다. 일단 수액이 다 들어갈 때까지 기다리기로 했다.

똑똑.

2층에 있는 아내 방을 두드렸다.

"나야. 들어갈게."

석준은 도어록 패드에 오른쪽 검지를 갖다 댔다. 지문이 인식되며 문이 열렸다. 안으로 들어가자 침대에 누워 있던 아내가 상체를 일으켜 세웠다.

"왔어요."

"그냥 누워 있어."

침대에서 나오려는 아내를 그대로 있게 한 후 의자를 끌고 옆으로 가 앉았다. 오늘따라 아내의 얼굴이 더 창백해 보였다. 미안한 마음에 몸은 괜찮은지, 다친 곳은 어떤지 여러 번 물었다. 이미 몇 시간 전에 전화로 확인한 것들이었다. 괜찮다는 아내 대답도 그때와 같았다. 하지만 석준은 마음이 놓이지 않았다.

최근 아내는 부쩍 마른 상태였다. 요 며칠간 오한에 시달려 제대로 잠을 이루지 못했다고 했다. 티는 안 냈지만 극심한 스트레스를 받아왔을 것이다. 모든 게 계획대로 진행돼도 몸에 무리가 가는 일인데 예상치 못한 일까지 생겨버렸다. 시퍼렇게까지 보이는 아내 얼굴에 석준의 가슴이 쓰려왔다.

"미안해요. 나 때문에."

"무슨 소리야?"

"내가 괜히 고집을 부렸어요. 당신 말대로 혹시 모를 행동에 대비했어야 했는데……."

아내는 맥없이 말을 내뱉고 고개를 돌렸다. 시선이 창밖으로 향했다. 석준은 무슨 말인지 되물으려다 뒤늦게 아내의 말뜻을 이해했다.

도경수를 지하 공간으로 옮길 때, 계획한 대로 팔다리를 결박하려고 하는데 아내가 말렸다. 발목에 전자발찌를 채우면 되니 팔과 다리는 움직일 수 있게 해주자는 거였다. 석준은 이 집에 아내와 김광래만 두고 나가야 하는 상황이라 혹시 모를 도경수의 돌발적인 행동에 대비해야 한다고 강조했다.

뜻을 굽히고 아내의 말을 들기로 한 건, 김광래가 도경수 감시에 자신감을 내비쳤기 때문이었다. 그는 전자발찌 충격 강도를 설명하며 절대 도망가지 못할 거라고 큰소리를 쳤다.

"당신 잘못 아니야. 김 씨가 놓친 거지."

"아니에요. 아저씨는 최선을 다해서 도와주고 계세요."

아내가 석준을 마주 보며 말을 이었다.

"내가 마음을 약하게 먹어서 그런 거예요. 아저씨한테 뭐라 하지 마요."

석준은 고개를 끄덕이며 알겠다고 대답했다.

"사람들 만난 건 어땠어요?"

아내가 화제를 돌렸다. 석준이 도경수인 척 동료 교수들을 만난 걸 묻는 거였다. 그저께 전화로 말했지만 지금은 좀 더 구체적인 내용을 알려달라는 뜻이었다.

"그냥 밥만 같이 먹었어. 몸이 좀 안 좋다고 하니 별로 말도 걸지 않았고. 이상하게 여기는 사람은 전혀 없는 것 같았어. 혹시 몰라서 개인적으로 짧은 대화를 나눠봤는데 누구도 의심하지 않는 눈치였어."

"다행이네요."

석준이 살짝 뜸을 들인 뒤에 입을 열었다.

"오늘 밤에 박한나를 만나봐야겠어."

"벌써요?"

"시간이 얼마 없잖아."

아내가 망설이며 말을 꺼냈다.

"그 애 흔적은 전혀 없는 거예요?"

"응, 못 찾았어."

"박한나를 직접 만나도 괜찮겠어요?"

"얼굴에 상처를 좀 낼 생각이야. 누군가에게 보복을 당했다고 하면 그쪽도 제정신으로 판단하지 못할 거야."

"그래도, 그 사람이 눈치채기라도 하면……."

"조심할게."

아내는 머뭇머뭇하다 끝내 머릿속에 떠오른 얘기를 꺼내지 않았다. 입을 닫은 채 겁먹은 눈빛을 아래로 떨궜다. 애써 감추고 있던 두려움이 그녀의 얼굴에 떠올랐다. 석준은 일부러 시선을 피해 그 얼굴을 무시했다.

두려운 건 석준도 마찬가지였다. 이번 일을 하기로 했을 때부터 극도의 두려움이 시도 때도 없이 찾아왔다. 그때마다 어쩔 수 없는 일이라고, 자연스러운 감정이라고 되새겼다. 그 두려움을 에너지 삼아 이번 일에 몰두하는 방법 말고는 다른 탈출구가 없었다. 아내도 자신과 같은 방법으로 좀 더 힘을 내주길 바랄 뿐이었다.

석준은 대화의 방향을 다른 쪽으로 틀었다. 이후 두 사람의 화제는 도경수의 감금으로 돌아갔다. 그의 어깨 치료를 우선으로 하되 팔다리는 풀어주지 않는다. 식사 시간 때만 왼손을 풀어주고, 식사로 부족한 영양소는 종합 영양수액으로 공급한다. 종종 수면 유도제를 사용해 그의 정신을 흐트러트린다. 그 밖에 몇 가지를 더 살피고 대화를 마무리했다.

"아침 안 먹었죠? 같이 밥 먹어요."

"좀 더 자. 밥은 나중에 먹으면 돼."

"일어나야죠. 잠도 안 와요."

"그래도 더 누워 있어. 밥은 내가 할 테니까 천천히 내려와."

석준은 의자에서 일어났다. 끌고 온 의자를 제자리에 갖다 놓고, 침대 옆에 있는 작은 냉장고를 열어 그 안에 있는 약물을 확인했다. 프로포폴, 미다졸람, 케타민 따위의 마취제가 아직은 충분해 보였다. 잠시 쪼그려 앉아서 그것들이 얼마나 있는지, 언제까지 쓸 수 있는지 확인한 뒤에 냉장고 문을 닫았다.

아내는 손톱을 물어뜯고 있었다. 석준과 눈이 마주치자 마음속에 있는 초조함을 들켰다고 여겼는지 얼른 손을 내려놨다. 석준은 괜히 스마트폰을 꺼내 현재 시각을 확인했다.

"쉬고 있어. 내가 전화하면 그때 내려와."

"네."

창밖에서 들어오는 햇살에도 아내의 얼굴엔 푸른 기가 감돌았다. 아내는 석준을 향해 억지로 미소를 지어 보였다. 석준도 어색하게 입꼬리를 올리고 방에서 나왔다.

2부

뮤지컬 제작자

1

혼잡한 로비에서 벗어나 공연장 2층에 있는 VIP 룸으로 들어갔다. 내부엔 아무도 없었다. 방금까지 귓가에서 맴돌던 소음이 진공 상태 같은 정적으로 바뀌었다. 초대 손님들의 방문을 준비해 가지런히 놓여 있는 브로셔와 병음료가 눈에 들어왔다. 흐트러진 흔적 하나 없는 걸 보며 박한나는 푹신한 소파가 아닌 화장대 앞에 앉았다.

딱 달라붙어 가슴과 허리선이 그대로 드러나는 검정 원피스가 거울 속에 비쳤다. 아이보리색 핸드백을 화장대 위에 올려두고 하이힐에서 발을 빼냈다. 눌려 있던 발가락에 피가 통하는지 찌릿한 느낌이 온몸으로 전해졌다.

몸을 굽혀 퉁퉁 부은 발을 꾹꾹 주물렀다. 핸드백이 미세하게 흔들렸다. 아무도 없는 조용한 공간이라 윙 하며 울리는 진동음이 제법 크게 들렸다. 핸드백을 열어 스마트폰을 꺼냈다. 카카오톡 메시지가 도착해 있었다.

　―다들 당신 얘기하고 있어.

　―오늘 너무 멋지다고.

　―당신이 이 공연 주인공 같대.

　조금 전 로비에서 만났던 주원기가 보낸 메시지였다. 그를 포함해 6년 전 함께 작품을 만들었던 동료 몇도 공연을 보러 와줬다.

　―누구한테 잘 보이려고 그렇게 꾸미고 왔어?

　메시지가 또 한 줄 추가됐다. 주원기의 장난스러운 얼굴이 떠올라 절로 미소가 지어졌다.

　―잘 보이고 싶은 사람이 있긴 있었지.

　―누구?

　―있어. 갈색 코트를 걸친 샌님 같은 남자.

　―누군지 모르지만 부럽네.

　주원기는 수줍은 표정의 이모티콘을 덧붙였다.

　―공연 잘 볼게. 나중에 봐.

　―응.

　한나도 이모티콘을 보내며 메신저를 닫았다. 화장대 옆 벽면에 TV가 있었다. 화면 속으로 공연장 내부 모습이 중계되는 중이었다. 객석은 절반 정도 채워진 상태였다. 관객 입장은 거의 끝났다. 공연 시작까지 삼 분 정도를 남겨두고 있었다.

　문득 오늘 공연 전에 나가기로 한 기사형 광고가 떠올랐다. 포털

앱을 열어 검색창에 '뮤지컬 카르멘'을 입력했다. 화면에 나타난 기사들을 최신순으로 정렬하니 한 시간 전에 올라온 기사가 있었다. 클릭해 내용을 확인했다.

카르멘은 세계에서 가장 사랑받는 오페라 중 하나이다. 과거 한국인이 제일 사랑하는 오페라로 꼽히기도 했다.

이달 11일부터 NEW 뮤지컬 컴퍼니에서 공연되는 뮤지컬 카르멘은 원작 오페라의 아리아를 그대로 선보이며 화려한 무대 장치와 매력적인 연기, 다채로운 안무를 접목한 작품이다. 그래서 오페라와 뮤지컬의 강점을 합쳤다는 평가를 받고 있다.

...

카르멘이란 여성 캐릭터는 그간 많은 예술 작품을 통해 다양하게 변주돼왔다. 하지만 이번 뮤지컬에서는 원작 속 '자유의 화신'으로서의 카르멘을 그대로 가져와 캐릭터 본연의 매력을 더 강렬하게 표현하고 있다.

극 중 카르멘은 자유를 위해 악마가 되는 걸 개의치 않는다. 착하고 모범적인 돈 호세를 밀수업자와 강도 그리고 살인자로 만들며 팜므파탈의 면모를 그대로 드러낸다.

...

그녀는 오직 자신을 위해 성적 매력을 유감없이 선보인다. 다소 부도덕해 보이는 그녀의 자기중심적 행동이 어떠한 억압도 두려워하지 않고 자신의 삶을 개척해나가는 요즘 젊은 여성들에게 강한 공감대를 불러일으키고 있다.

...

익숙한 선율이 흘러나와 시선이 TV로 향했다.

화면 속 오케스트라 피트에서 유명한 서곡 중 하나인 비제의 카르멘 서곡을 연주했다. 힘차게 팔을 움직이는 음악감독과 경쾌한 선율을 만드는 연주자들이 차례로 비쳤다.

무대에 핀 조명 하나가 들어왔다. 조명 아래로 투우사 복장을 한 안무가가 음악에 맞춰 독무를 펼쳐 보였다. 마치 투우와 사투를 벌이는 듯한 모습이 무대뿐 아니라 객석까지 장악했다. 활기차고 씩씩한 리듬 덕에 그의 움직임이 더 역동적으로 느껴졌다.

안무가의 오프닝이 끝나자 객석에서 박수가 터져 나왔다. 평소보다 더 큰 박수 소리에 긴장했던 마음이 조금은 누그러졌다. 6년 전 자신과 함께 이 작품을 만들었던 동료들이 화면 속 객석에 앉아 있었다. 그래서 오늘 작품이 더 잘 나왔으면 하는 바람이었다.

막이 올라갔고 환한 조명이 켜졌다. 스페인 세비아 광장을 표현한 무대가 드러났다. 무대 위 군인들의 대사가 시작되며 본격적인 이야기가 펼쳐졌다.

한나는 시선을 돌려 거울 속에 비친 자신을 바라봤다. 매끄러운 피부에 커다란 눈이 매력적으로 치켜 올라가 있었다. 입술은 두툼하면서 윤곽이 뚜렷했다. 풍성한 검은 머리칼은 까마귀 날개처럼 윤이 났다. 육감적이고 야생적인 여인의 얼굴. 주원기의 메시지처럼 자신이 이 뮤지컬의 주인공 같이 느껴졌다.

6년 전에도 스스로 그렇게 느낀 적이 있었다. 머릿속 한구석에서 기억 몇 개가 새록새록 떠올랐다.

불안, 초조, 분노 같은 온갖 부정적인 감정에 함몰돼 있을 때였다. 그 감정들을 떨쳐내기 위해 모든 에너지를 일에 쏟았다. 당시 한나는 뮤지컬 카르멘의 연출을 맡고 있었다. 연출자로서 최대한 작품에 빠져들려 노력했다.

차츰 누구에게도 구속되지 않고 누구도 사랑할 수 있는 카르멘 캐릭터에 동화되어 갔다. 카르멘이 그녀에게 힘을 불어넣어주었다.

누구나 변신하고 싶은 욕구가 있다. 당시 한나는 누구보다 그 욕구를 갈망했다. 그래서인지 자신을 다른 인물에 대입한 순간, 지금껏 경험하지 못한 새로운 무언가를 연출하게 됐다.

카르멘처럼 생각하고 행동하며 현실 속 자신에게서 벗어났다. 남편과 자식들을 떨쳐내고 스스로 자유인이라고 여겼다. 정말 다른 사람이 된 듯한 기분이었다. 그때 한나의 마음에 들어온 이가 돈 호세 역을 맡은 배우 주원기였다.

주원기는 외모부터 성격까지 극 중 군인인 돈 호세와 흡사했다. 넓게 각진 턱과 오뚝한 콧날, 부리부리한 눈매, 얼굴에서부터 강직함이 드러났다. 키는 보통이었지만 한눈에 봐도 단단한 몸을 지녔다. 한나의 몸매에 눈을 흘기던 다른 남자들과 달리 행동 하나하나에도 진중한 태도를 보였다.

한나는 자신의 말에 귀 기울여주고 묵묵히 따라주는 주원기에게 강렬하게 끌리고 있다는 걸 느꼈다. 네 살이나 어린 그에게 젊은 아내가 있다는 걸 알면서도 감정을 숨기지 않았다. 조용히 그를 유혹했고 그도 한나에게 마음을 빼앗겼다.

공연이 한창 진행되던 어느 날 밤, 두 사람은 세상의 규정에서 벗어나 서로의 육체를 탐닉하는 시간을 가졌다. 하지만 그 하룻밤이 끝이었다. 한나는 더 이상의 관계를 이어가려 하지 않았다. 얼마 뒤 공연이 끝났고 둘은 자연스레 각자의 현실로 돌아갔다. 각자의 현실에서 둘은 더 이상 만날 일이 없었다.

이후로 주원기에 관한 소식이 간간이 들려왔다. 3년 전쯤 그가 배우를 그만뒀다는 소식을 접했다. 그 뒤로는 어떠한 것도 듣지 못했다. 차츰 그에 대한 기억이 사라져갔다. 그런데 두 달 전, 뜬금없이 그가 연락을 해왔다.

주원기는 카르멘 뮤지컬 제작 소식을 들었다며, 축하한다는 뜻을 전했다. 목소리엔 반가워하는 기색이 역력했다. 며칠 뒤 한나의 사무실을 찾아왔고, 두 사람은 근처 카페에서 차를 마시며 서로의 근황을 나눴다. 한나의 서울 생활과 주원기의 사업 등 여러 대화가 오갔다.

겉으로 나눌 만한 말이 다 떨어졌을 무렵 서로 자리에서 일어나는데 주원기가 지나가듯 반년 전에 이뤄진 자신의 이혼을 언급했다. 그러며 식사를 함께하자는 말을 덧붙였다. 한나는 잠시 뜸을 들은 뒤에 괜찮은 날을 확인해보겠다고 대답했다.

일주일 후 둘은 꽤 유명한 초밥집에서 식사를 했고 호텔 지하에 있는 바에서 와인을 마셨다. 한나는 주원기가 추천해주는 와인을 마시며 그의 얼굴을 바라봤다.

과거 강직했던 군인의 얼굴이 조금은 부드러운 인상으로 바뀌어 있었다. 하지만 자신을 대하는 태도는 예전 그대로였다. 시종일관 귀 기울여줬고 조급하게 관계를 진전시키려 하지 않았다. 그는 여유로 우면서도 진중한 모습 그대로였다. 그 모습이 오히려 한나의 마음을 조급하게 했다. 결국 이번에도 한나가 먼저 감정을 드러내며 그의 입 술에 키스를 했다.

지하 바에서 나온 두 사람은 호텔 방으로 올라갔다. 그리고 닷새 뒤에는 식사를 마친 후 바로 호텔로 향했다.

한나는 그와의 관계를 진지하게 생각지 않았다. 그간 만나온 남자 들처럼 한두 번 잠자리를 갖고 거리를 둘 계획이었다. 그런데 이번엔 생각처럼 되지 않았다. 커지는 감정을 억누르지 못하고 두세 번 더 그를 만났다.

부드럽게 바라보는 그의 눈빛이 좋았다. 그와 있으면 마음이 느긋 하고 편해졌다. 끊임없이 도망쳐온 자신에게 안식처가 생긴 기분이 었다. 그와 함께하는 앞으로의 몇 년을 그려보기도 했다.

하지만 그게 가능하지 않다는 걸 잘 알고 있다. 언젠가 그와의 관 계를 단호히 정리해야 한다. 시간이 지날수록 어려워질 것이다. 하루 빨리 결단을 내리는 편이 낫다. 머리는 이렇게 생각하고 있었지만 가 슴이 따라와 주질 않았다.

땡땡땡! 땡땡땡!

TV에서 울리는 종소리에 한나의 시선이 다시 올라갔다. 화면 속

군인들이 양옆으로 갈라지며 무대 중앙으로 담배공장 여공들이 등장했다. 농담을 던지는 군인과 아양을 떠는 여공의 연기가 이어졌다. 톡톡 튀는 음악이 유쾌한 그들의 행동을 돋보이게 해줬다.

어느 순간, 조명이 바뀌었고 다시 비장한 음악이 흘렀다. 그 선율에 이끌리듯 빨간 원피스 차림의 여자가 무대 중앙으로 나왔다. 주인공 카르멘의 등장에 모든 이의 시선이 그녀에게 쏠렸다.

카르멘은 헝클어진 머리칼을 흔들며 도발적인 눈빛으로 군인들을 유혹했다. 그녀의 교태에 올곧게 서 있던 군인들이 균형을 잃고 흐느적거렸다. 모두를 집어삼킬 듯한 사나운 표정과 매력적인 미소가 그녀의 얼굴에 나타났다. 곧이어 카르멘 아리아 전주가 시작됐다.

한나는 몸을 고쳐 앉았다. 이 작품의 하이라이트인 하바네라 원곡이 흘러나올 차례였다.

뮤지컬에서 오페라 원곡을 부르는 경우는 드물다. 보통 번역곡이나 창작곡을 사용한다. 그런데도 한나는 카르멘 대표 아리아인 '하바네라', '꽃 노래', '투우사의 노래'만은 꼭 원곡을 고집했다. 오페라 원곡이 가지고 있는 분위기와 감정을 고스란히 전달하고 싶었다. 원곡 가사 또한 캐릭터 구축에 중요한 역할을 하기에 무대 양옆에 큰 패널을 설치해 번역 가사를 띄웠다.

L'amour est un oiseau rebelle

que nul ne peut apprivoiser.

카르멘의 입에서 첫 소절이 흘러나왔다. 한나가 보는 TV 화면엔 번역 가사가 나오지 않았지만 상관없었다. 바로바로 해석된 문장이 머릿속에 떠올랐다.

사랑은 반항하는 새랍니다.
아무도 길들일 수 없어요.

한나는 시선을 거두고 살며시 눈을 감았다. 귓속으로 들려오는 노랫말을 차분히 되새겼다.

거절하기로 마음먹으면
아무리 불러봐도 소용없어요.
협박도 간청도 아무것도 안 통해요.
…
사랑은 집시의 아이랍니다.
결코 어떤 규칙도 따르지 않아요.
당신이 날 사랑하지 않으면,
난 당신을 사랑할 거예요.
만약 내가 당신을 사랑하게 되면,
조심해야 해요.

지하주차장으로 내려온 한나는 스마트키 버튼을 눌렀다. 듬성듬성 서 있는 차량 속에서 비상등을 번쩍이는 하얀 승용차가 눈에 들어왔다.

또각또각 소리를 내며 차를 향해 걸어갔다. 하이힐 소리가 유독 크게 울려 퍼졌다. 넓은 주차장 안에서 움직이는 건 자신뿐이었다. 공연장을 찾았던 관객들 대부분은 이미 건물을 빠져나간 상태였다.

한 시간 전 공연이 끝났을 때, 한나는 객석에서 나온 예전 동료들을 데리고 인근 카페로 갔다. 주원기는 선약이 있다며 나타나지 않았다. 그를 제외한 네 명이 한나 양옆에 앉았다. 한나와 마찬가지로 그들도 6년 전 함께 만들었던 작품을 떠올리고 있었다. 서로의 추억을 공유하며 길지 않은 시간을 보냈다.

한나는 카페에서 나와 공연장으로 돌아갔다. 아직 귀가 전인 연출자와 잠시 대화를 나눴다. 내일은 금요일 저녁인 데다 유명 여배우가 출연하는 회차였던 터라 일찌감치 주요 좌석이 매진된 상황이었다. 내일 리허설 시간과 추가 점검 사항을 확인한 뒤에 공연장을 나왔다.

─이제 끝났어. 지금 출발해.

지하주차장으로 내려가며 메시지를 보냈다. 바로 주원기의 답장이 돌아왔다.

─천천히 와.

─뭐 필요한 거 있어?

─당신만 오면 돼.

운전석에 오른 한나는 하이힐을 벗고 운동화로 갈아 신었다. 시동을 켜고 주원기가 알려준 주소를 내비게이션에 입력했다. 삼십 분 정도 소요된다는 음성이 흘러나왔다. 천천히 핸들을 돌려 주차장을 빠져나갔다.

도로를 달리는 내내 조수석 위에 둔 종이 가방이 불안하게 흔들렸다. 정지 신호로 멈췄을 때 얼른 손을 뻗어 가방을 조수석 밑으로 내려놨다. 가방 속에 길쭉한 상자가 들어 있었다.

주원기의 집으로 직접 방문하는 건 처음이었는데, 첫 방문에 빈손으로 갈 수 없어 와인 한 병을 샀다. 문득 와인을 살 때 느꼈던 설렘이 떠올라 얼굴에 온기가 감돌았다.

고급 아파트 입구에 들어서자 내비게이션 안내가 종료됐다. 한나는 지하주차장 구석에 차를 세웠다. 간단히 화장을 고치고 차에서 내렸다. 또각또각 울리는 하이힐 소리가 경쾌하게 들렸다. 그에게 도착했다고 메시지를 보냈다.

엘리베이터를 타고 25층에 내려 문 앞에서 벨을 누르니 바로 문이 열렸다. 주원기는 은근한 미소로 한나를 맞았다. 실내에서는 잔잔한 클래식 음악이 흐르고 있었다. 한나는 흰색과 회색 톤으로 꾸며진 깔끔한 거실을 둘러봤다.

"선물!"

손에 든 종이가방을 불쑥 건넸다. 주원기는 정성스럽게 포장된 상자를 열어 와인 라벨을 확인했다.

"전에 바에서 마셨던 거?"

"응."

"비슷한 거 많아서 헷갈렸을 텐데, 기억하고 있었네."

"당신이 제일 좋아하는 거라며."

주원기가 조금 더 입꼬리를 올렸다.

"같이 마시자. 잠깐 앉아 있어."

그는 한나를 거실 소파에 앉히고 부엌으로 들어갔다. 부엌에서 기름지고 맛있는 냄새가 풍겨나왔다. 한나는 슬며시 일어나 부엌으로 다가갔다. 감바스 알 아히요와 바게트, 카프레제를 비롯해 와인과 어울리는 음식들이 완성돼 있었다.

"선약 있다더니, 그새 준비한 거야?"

"중요한 사람이 오는 거라 신경 좀 썼지."

형형색색의 음식을 부엌과 거실 사이 원목 테이블로 옮겼다. 주원기는 은은한 조명 몇 개만 남기고 실내의 불을 껐다. 음악도 섬세한 재즈로 바뀌었다. 다소 차가워 보였던 무채색의 내부가 단숨에 따뜻한 분위기로 변했다.

그가 한나의 잔에 와인을 따랐다. 한나는 오늘 밤 그와 있을 잠자리를 떠올리며 와인 잔을 부딪쳤다.

한동안 그는 오늘 공연에 대한 자신의 소견을 펼쳤다. 대부분 듣기 좋은 칭찬이었다. 유독 좋았다고 생각하는 대목을 얘기할 때는 목소리가 조금 높아졌다. 카르멘의 성적 매력을 강조한 배우의 몸짓, '투우사의 노래'에서 펼쳐지는 대규모 군무, 엔딩에서 투우장의 혼돈을 표현한 미디어 파사드 기법 등을 언급했다. 작은 것까지 세세하게 얘기하는 걸 보니 그저 입발림 소리 같지 않아 한나의 얼굴에 저절로 미소가 번졌다.

"고마워. 그렇게 말해줘서."

"진심이야. 그냥 하는 말 아니고."

"알아."

한나는 잔에 담긴 검붉은 와인을 바라봤다.

"그 부분들을 제일 신경 썼거든. 그거 때문에 연출이랑 배우들한테 못 할 말도 많이 했지. 다들 내 욕 엄청 했을 거야."

"지금은 다 고마워할걸. 당신 덕분에 공연이 훨씬 좋아졌다고 생각하면서."

"알잖아, 아무도 그렇게 생각 안 하는 거. 제작자는 공공의 적이야. 가만히 있는 게 모두를 도와주는 거라고."

"당신은 다르지. 배우나 스탭들한테 존경받는 연출자였잖아."

주원기는 남은 와인을 입에 넣었다. 다시 잔을 채우며 부드러운 목소리로 말했다.

"6년 전에 당신 정말 멋졌었어. 내가 얼마나 존경했다고."

"예전엔 이런 말 못 했는데, 완전 능구렁이가 다 됐어."

한나는 그와 얼굴을 마주한 채 기분 좋게 올라오는 취기를 만끽했다. 말없이 웃은 뒤 잔을 기울였다.

"당신한테 줄 거 있어. 잠깐 눈 감아봐."

그가 시키는 대로 두 눈을 감았다. 테이블에서 일어나는 그의 움직임이 느껴졌다. 다시 돌아온 그는 이전보다 더 가까운 거리에 있었다.

"이제 눈 떠."

한나는 눈꺼풀을 들어 올렸다. 그의 손에 장미꽃 한 송이가 들려 있었다.

"뭐야?"

"당신이 나에게 던진 꽃을 감옥에서도 간직하고 있었소."

주원기는 수줍은 얼굴로 돈 호세 아리아 '꽃 노래'의 첫 가사를 소곤거렸다. 그제야 그가 내민 꽃이 6년 전 공연에서 사용했던 소품이란 걸 깨달았다. 극 중 돈 호세는 카르멘이 준 꽃을 감옥에서도 간직하며 그녀를 그리워했다.

"시들고 말라버렸지만, 이 꽃에선 계속 달콤한 향기가 났지."

한나는 잎이 검게 바랜 오래전 소품을 바라봤다. 마음이 크게 흔들렸고 가슴 속에서 감정이 솟구치는 게 느껴졌다. 금세 얼굴이 뜨거워졌다.

고개를 살포시 들어 주원기를 쳐다봤다. 그의 눈동자에 비친 여인은 한없이 여린 소녀 얼굴을 하고 있었다. 짧은 침묵이 흘렀다. 두 눈을 감고 다가오는 그의 입술에 키스했다.

감미로운 재즈 선율이 꿈틀거리는 흥분을 더 고조시켰다. 우려와 걱정 같은 현실적인 감각에서 벗어나 자신에게 충실한 자유의 상태로 빠져들었다.

한나는 의자에서 일어나 테이블에 걸터앉았다. 몸을 어루만지는 그의 손길을 느끼며 이번엔 그녀가 더 적극적으로 키스에 몰입했다. 그런데 그때 경보음이 울리듯 스마트폰 진동 소리가 들렸다.

거실에 둔 한나의 스마트폰에서 나는 소리였다. 무시하려 했지만 진동이 끊기지 않고 계속 울려댔다. 결국 한나가 먼저 입술을 뗐다.

"잠시만."

미안한 어조로 말하고 그의 품에서 나왔다.

캄캄한 거실로 걸어가 소파에 둔 스마트폰을 확인했다. 화면에서 나오는 강한 빛에 미간이 찌푸려졌다. 잔뜩 인상을 쓰고 경보음을 울린 이가 누군지 확인했다. 부재중 전화 기록에 익숙하지 않은 열한 자리 숫자가 있었다. 고개를 갸웃거리며 스마트폰을 내려두려는 순간, 다시 한번 진동이 울렸다. 비밀 메시지 수신 알림이 나타났다.

폴더에 숨겨둔 암호화 메신저를 열었다. 특별한 일이 아니면 사용하지 않는 앱이다. 이 앱이 울렸다는 건 뭔가 일이 발생했다는 뜻이었다. 잊고 있던 두려움이 슬쩍 고개를 치켜들었다.

별일 아닐 거라고 마음을 다독이며 비밀번호를 눌렀다. 수신함에 전남편의 메시지가 들어있었다.

—메시지 확인하면 방금 찍힌 번호로 전화 줘.

멍해진 눈길로 스마트폰 화면을 바라봤다. 부드럽게 녹아내렸던 신경이 바짝 곤두서는 기분이 들었다. 주원기의 시선이 느껴졌지만 몸을 돌릴 수 없었다. 급격히 올라가는 심장 박동을 어느 정도 가라앉힌 뒤에야 테이블로 돌아갔다.

"누구야?"

주원기가 묻는데도 대답하지 않고 물을 따라 한 잔 마셨다.

"무슨 일 있어?"

"별일 아니야. 잠깐 화장실 좀."

그가 가리키는 쪽으로 걸어갔다. 화장실로 들어가자마자 문을 잠그고 호흡을 가다듬었다. 전남편이 전화할 이유를 떠올렸다. 딱히 생각나는 게 없었다. 떨리는 손에 힘을 주고 전화를 걸었다. 침을 꿀꺽 삼키며 통화가 연결되길 기다렸다.

"여보세요."

"무슨 일이야? 빨리 말해."

화장실 벽에 몸을 붙인 채 성가신 투로 물었다. 상대는 바로 대답하지 않았다. 그 침묵이 한나의 조급함을 키웠다. 조급함이 불길한 상상으로 이어질 즈음 거친 목소리가 들려왔다.

"어디야?"

"그건 왜?"

"일단 만나. 지금 당신 집 앞에 있어."

"지금 서울이야?"

"어."

"미리 말도 없이."

한나가 짜증 섞인 한숨을 내쉬었다. 하지만 이내 뇌리가 차갑게 식는 걸 느낄 수 있었다.

전남편이 이런 식으로 행동한 적이 없었다. 이혼 후 단 한 번도 자신의 집 앞으로 찾아오거나 하지도 않았다. 일 년에 한 번씩 딸아이를 만날 때도 그는 비밀 작전을 수행하듯 가본 적 없는 낯선 장소에서 조심스럽게 만날 것을 요구했다. 그때마다 누군가 뒤쫓아 오진 않는지 의심했고 근방에 눈에 보이는 모든 사람을 경계했다. 그 정도로 철저한 남자였다.

"무슨 일인데?"

대답이 돌아오지 않았다.

"내일 보면 안 돼?"

한나의 목소리에 초조한 기색이 묻어났다. 바로 날 선 목소리가 들렸다.

"누군가 지웅이를 찾고 있어."

"뭐?"

가슴이 철렁 내려앉았다. 순식간에 온몸이 얼어붙었다. 입술이 바르르 떨리기만 할 뿐 아무 말도 꺼내지 못했다.

"빨리 와. 올 때까지 기다릴게."

상대가 기다리지 않고 전화를 끊었다. 한나는 그대로 얼어붙었다. 머리뿐 아니라 몸 전체에 싸늘한 기운이 감돌았다. 두 다리는 저렸고 양손은 하얗게 변했다. 벽면 거울에 비친 얼굴도 생기를 잃고 창백해졌다.

화장실 문을 물끄러미 바라봤다. 문밖에 있는 따뜻한 공간이 떠올랐다. 잠시나마 그 아늑한 공간에서 세상의 근심을 모두 잊고 편안해 보이는 자신을 상상했다. 그곳에 있으면 더 이상 도망치지 않아도 될 것 같았다. 하지만 방금 전화로 깨달았다. 그 공간은 결코 자신에게 허락되지 않는다는 걸, 자신 같은 여자에게 어울리지 않은 곳이라는 걸.

그렇게 생각하니 더욱더 눈앞에 있는 문을 열고 밖으로 나가고 싶지 않았다.

2

대리기사를 부르려다 택시를 잡는 편이 더 빠르다는 걸 확인했다. 마침 인근에 한 대가 대기하고 있었다. 아파트 입구에 멈춰선 택시에 올라탔다. 택시는 미리 지정된 주소로 출발했다.

한나는 뒷좌석에 몸을 기댔다. 취기가 기운을 앗아갔는데 두통까지 없애준 건 아니었다. 나른해진 몸과 달리 머리는 계속 지끈거렸다.

무슨 일인지 묻는 주원기에게는 딸아이가 다쳤다고 했다. 같이 가겠다는 걸 만류하고 집에서 도망치듯 나왔다. 뒤따라나온 그의 입에서 얼마나 다쳤는지, 어디로 가는지 질문이 이어졌다. 한나는 아무런 대답 없이 엘리베이터에 올랐다.

주원기는 걱정스러운 얼굴로 딸을 만나면 꼭 연락해달라고 했다. 한나는 시선을 떨군 채 고개만 끄덕였다. 하지만 엘리베이터 문이 닫히는 순간, 그의 부탁은 머릿속에서 사라졌다. 오직 전남편이 했던 말만 뇌리에 맴돌았다.

삼십 분 뒤 택시에서 내린 한나는 전남편의 검정 승용차를 발견했다. 차량은 아파트 뒤편 주차장 끝에 세워져 있었다. 무의식적으로 주변을 둘러보며 숨어 있을지도 모를 미지의 누군가를 찾았다. 캄캄한 어둠만 눈에 들어왔고 어떠한 기척도 느껴지지 않았다.

가늘게 피어오르는 불안감이 점점 크게 부풀어 올랐다. 불쾌하고 답답한 기분이 온몸으로 전해질 때쯤 검정 승용차 앞에 섰다.

한나는 운전석에 있는 얼굴을 확인했다. 소리 없이 긴 숨을 삼키고 조수석으로 들어갔다.

"오랜만이야."

대답은 돌아오지 않았다. 전남편은 곤색 야구 모자를 눌러 쓴 채 앞 유리 너머 무언가를 뚫어지게 보고 있었다. 어둠 속에서도 높은 콧날과 찢어진 눈매는 그대로 드러났다. 모든 걸 꿰뚫어 보는 거 같은 날렵한 그의 인상은 여전했다. 어릴 적 그 인상에 홀려 결혼을 결심했었다.

"무슨 일인데 그래? 누가 지웅이를 찾는다는 거야?"

한나가 추궁이라도 하는 것처럼 다그쳐 말했다. 절로 몸이 떨려 목소리가 갈라졌다. 전남편은 차량 시동을 켜고 히터를 틀어줬다. 한동안 바람 나오는 소리가 차 안에서 울렸다. 조금 흥분이 가라앉았다고 생각했는지 그가 헛기침을 한 번 하고 조심스럽게 입을 열었다.

"누군지는 확실치 않아. 그저 아이를 찾는다는 것만 알아."

"왜 그렇게 생각하는데? 알아듣게 좀 얘기해봐."

전남편이 고개를 휙 돌렸다. 한나는 눈을 치켜떴다. 그의 얼굴에 생겨난 울긋불긋한 상처가 눈에 먼저 들어왔다. 하관도 살짝 부어 있었다. 얼굴에 있는 상처 때문인지 마치 다른 사람이 눈앞에 있는 느낌이었다.

"얼굴은 왜 그래?"

"어젯밤에 사고가 있었어."

"어쩌다가?"

"그놈들 짓이야. 놈들이 우리가 한 일을 알고 있어."

"우리가 한 일이라니?"

바로 되묻긴 했지만 그가 뭘 말하는지 알고 있었다. 한나의 목덜미에 오스스 소름이 돋았다. 곧 울음을 터뜨릴 것 같은 얼굴로 입을 열었다.

"자세히 말해봐."

그는 비틀었던 몸을 원래대로 가져가 다시 앞 유리 너머 어딘가를 응시했다. 그때부터 잔뜩 쉰 목소리로 자신에게 벌어진 일을 설명해나갔다.

어제저녁, 친분이 있는 교수들과 식사 자리를 가졌다. 하안시 호수공원 인근에 있는 한정식집이었다. 그들과의 만남은 항상 그곳에서 이뤄진다. 식사를 마친 뒤 간단히 맥주를 마시며 대화를 이어갔다. 예상보다 대화가 길어졌고 밤 10시가 지나 자리에서 일어났다. 술기운을 털어낼 겸 한 시간 정도 호수공원을 배회하고 나서 주차장으로 가 차량을 빼냈다.

평일 늦은 밤이라 그런지 집으로 돌아가는 도로가 텅 비어 있었다. 차가 없는 휑한 국도를 천천히 달렸다. 얼마 지나지 않아 빠르게 쫓아오는 SUV 한 대가 사이드미러에 나타났다. SUV가 추월할 수 있도록 차선을 변경해줬다. 그런데 그 차가 속도를 더 높이더니 대처할 새도 없이 후방범퍼를 들이박았다.

전남편은 뒷덜미를 부여잡은 채 차에서 내려 사고를 낸 SUV로 다가갔다. SUV 운전자는 뭔가에 넋이 나간 듯 허둥지둥하는 모습이었다. 내부를 살피니 뒷좌석에 남자 한 명이 더 있었다. 그런데 그 남자 복부에 벌건 물이 고여 있었다. 그건 분명 피였다. 게다가 피가 멈추지 않는 상태였다. 운전자가 전남편에게 도움을 요청했다. 경찰에겐 이미 알렸다고 덧붙였다.

전남편이 다른 생각을 할 새도 없이 뒷좌석으로 들어갔다. 상처부터 확인할 요량으로 먼저 피가 흥건한 남자의 윗옷을 벗겼다. 그런데 그 순간, 달칵하는 소리와 함께 차량 문이 잠겼다.

고통에 일그러졌던 뒷좌석 남자의 표정이 아무 일도 없다는 듯 바뀌며 순식간에 양손을 뻗었다. 전남편의 몸을 꽉 붙잡은 채 놓아주지 않았다. 웅크려 있던 운전자도 몸을 돌렸다. 그의 손에 있는 주사기가 전남편 팔뚝에 꽂혔고, 주사액이 몸속으로 들어가는 게 느껴지는 것만 같았다. 팔에 힘을 주려고 해봤지만 이상하게 몸 어디에도 힘이 들어가지 않았다. 전남편은 별다른 대응도 하지 못하고 그대로 정신을 잃었다.

깨어났을 땐 이미 온몸이 단단히 결박된 상태였다. 상황을 알아차리고 난 뒤엔 이유를 알 수 없는 폭행이 마구잡이로 가해졌다. 두드려 맞는 동시에 수시로 약물도 투여됐다. 혼미한 의식 속에서 전남편이 기억하는 건 놈들이 건넨 집요한 질문뿐이었다. 그들은 지웅이를 어디에 숨겼는지 물었다. 그리고 끔찍한 말도 덧붙였다. 그 애가 한 짓을 알고 있다고.

전남편은 떠오르는 대로 아무 말이나 지껄였다고 했다. 뭐라 말했는지는 끝내 기억하지 못했다.

그러고 나서 잠깐 자리를 벗어난 그놈들은 어쩐지 한참이나 모습을 보이지 않았다. 그들이 다시 돌아올 때는 폭력 이상의 절망적인 상황이 벌어질 것만 같았다. 무조건 나가야 한다는 일념으로 수십 번 몸을 비틀어 겨우 쇠사슬에서 벗어났다. 곧장 창고 벽에 있는 환풍구를 통해 밖으로 나왔다.

주변에는 마른 수풀이 가득했다. 하늘에선 땅거미가 지고 있었다. 방금까지 갇혀 있었던 곳이 어디인지 헤아릴 틈도 없었다. 뒤도 돌아보지 않고 무작정 달렸다. 한동안 달리다 보니 갑자기 도로에 접어들었고 다행히 지나가던 택시를 붙잡아 집으로 돌아갈 수 있었다.

집 안은 강도가 다녀간 것처럼 어질러져 있었다. 침대 밑에 숨겨둔 예비폰을 찾았다. 그것까지 발견하지는 못했는지 건드린 흔적없이 그 자리에 그대로 있었다. 폰을 손에 쥐고 뭐부터 해야 할지 떠올렸다.

가장 먼저 지웅이가 생각났다. 아들이 위험했다. 그런데 아무리 머리를 쥐어짜도 지웅에 대한 기억이 떠오르지 않았다. 어디 있는지, 어떻게 생활하는지, 잘 자랐는지……. 어떻게 그럴 수 있는지 모르겠지만 지난 몇 년간에 해당하는 아들의 기억이 모조리 사라졌다.

과도한 마취제 투약이 뇌 기능을 마비시켜 기억상실을 유발했다는 사례를 본 적이 있었다. 아무래도 지난밤 수시로 주입된 약물 때문에 머리가 이상해진 듯했다. 정확히 지웅이에 관한 기억만 비어 있었다. 주먹으로 머리를 때려봐도 빈자리가 채워지지 않았다.

그렇다고 그저 넋 놓고 있을 수는 없었다. 가만히 있으면 이대로 영영 아이를 잃을 것만 같았다. 침대에 걸터앉아 한참이나 머리를 굴렸다. 결심이 서자마자 옷을 갈아입고 서울로 향했다.

"남은 시간이 많지 않아. 놈들이 지웅이한테 가기 전에 막아야 해. 당신 도움이 필요해."

횡설수설하는 것처럼 이어진 전남편의 얘기가 끝났다. 차량 내부에서 엔진 소리와 히터 바람 소리가 울렸다. 한나는 얘기를 듣는 동안 팔짱을 낀 채 미동도 하지 않았다.

최악의 상황이라고 여겼는데 얘기를 들어보니 그 정도까지는 아니었다. 두통은 여전했지만 떨리던 몸은 차츰 안정을 되찾았다.

"정말 기억 안 나는 거야?"

한나가 태연하게 물었다. 전남편이 고개를 갸웃거렸다.

"지웅이 없잖아."

"없다니?"

"죽었잖아. 3년 전에."

"뭐?"

그는 눈을 동그랗게 치켜떴다. 검정 눈동자의 초점이 흐려졌다.

"무슨 소리야! 죽다니?"

한나는 굳이 대답하고 싶지 않다는 듯 외면했다. 경악에 휩싸인 그의 얼굴이 일그러졌다. 그는 고개를 흔들어대다가 힘없이 운전대에 얼굴을 기댔다. 그 모습이 거짓 같지 않았다. 진심으로 놀라고 슬퍼하는 것처럼 보였다.

아마도 그의 무의식이 약물의 힘을 빌려 지웅이에 대한 기억을 지웠을 것이다. 가족을 지키기 위해 홀로 외로운 사투를 벌인 거다. 그제야 어젯밤부터 그가 겪었을 고생과 고통을 절감했다. 가슴속에서 미안함과 안도감이 뒤섞였다.

"이제 어떻게 할 생각이야?"

한나가 화제를 돌렸다. 그는 고개를 들고 생각에 잠기는 듯하더니 지나가는 투로 말했다.

"집에 맥주 있어?"

"있긴 한데."

"같이 한잔할 수 있을까?"

한나는 대답을 망설였다. 그렇다고 거부할 수 있는 상황은 아니었다.

"알겠어. 오늘은 여기서 자고 내일 내려가."

전남편은 식탁에 앉자마자 캔맥주를 땄다. 한 번에 절반 정도를 벌컥거리며 마셨는데도 갈증이 채워지지 않는지 캔을 다시 입으로 가져갔다.

한나는 컵라면에 뜨거운 물을 부어 식탁에 가져다놓았다. 냉장고에서 김치를 꺼내놓고 그의 맞은편에 앉았다.

그는 술을 입에도 대지 않았던 남자였다. 그런데 지금은 몇 초도 안 돼 캔맥주 한 통을 비웠다. 자신뿐만 아니라 그에게도 많은 변화가 있었음을 새삼 깨달았다. 한나도 맥주 한 모금을 마셨다. 찬 기운에 머리가 얼얼해졌고 잠시나마 두통을 잊게 해줬다.

그는 두 번째 캔을 뜯으며 지웅이 죽음에 관해 물었다. 한나는 아들의 실족사에 관해 간단히 설명했다. 시골에서 작게 치러진 장례식도 언급했고 스마트폰에 있는 납골당 사진도 보여줬다. 그가 기억을 떠올리려고 하는지 입을 삐죽 내밀었다. 어떻게든 사라진 기억을 찾으려는 모습이었지만 아무것도 떠오르지 않는 모양이었다. 인상을 쓸 때마다 계속 맥주만 들이켰다.

"그 남자들은 누구 같아?"

한나는 아들 얘기에서 화제를 돌렸다. 이제 자신이 정말 궁금한 걸 알아야 할 차례였다. 다시 한번 목소리에 힘을 줬다.

"의심 가는 사람이 있을 거잖아. 혹시 그 사람들 짓이야?"

"그 사람들이라니?"

"나성경 부모."

그동안 거의 금기시되었던 이름을 주저없이 꺼냈다. 그래서인지 전남편의 눈매가 날카롭게 찢어졌다. 한나가 그의 눈을 응시하며 물었다.

"그들이 뭔가 눈치챈 거 아니야?"

그는 말없이 시선을 돌렸다. 그들에 대한 얘기라면 하고 싶지 않다는 듯 고개를 처박고 컵라면을 먹기 시작했다. 한나는 남편의 머리꼭지를 들여다보며 캔맥주를 입으로 가져갔다.

원래부터 무슨 생각을 하는지 종잡을 수 없는 사람이었다. 뭐든 명명백백해질 때까지 말해주지 않았다. 짐을 나눌 법한 일도 어떻게든 혼자 감당하려 했다. 지금도 홀로 끙끙대기만 뿐 뭐 하나 알려줄 것 같지 않았다.

문득 그가 젓가락질을 멈추고 묵직한 목소리로 물었다.

"최근에 수상한 사람 본 적 없어?"

"무슨 소리야?"

그는 얼마 전부터 자신을 감시하는 수상한 시선을 느꼈다고 했다. 지난 한두 달간 평소보다 많은 식사 자리가 있었고, 갑자기 가까워진 사람도 여럿이라고 알렸다. 그들 중 누군가가 이번 일과 연관이 있을 거라며 말을 이었다.

"어쩌면 당신에게도 접근했을 거야. 이미 당신과 가까워졌을지도 모르고."

한나는 입으로 가져갔던 캔맥주를 가만히 내려놓고 생각에 잠겼다. 자신에게도 이번 작품을 준비하며 새롭게 알게 된 사람이 여러 명 있었다. 하지만 그들과 사적인 대화를 나눈 적은 없었다. 자주 만나고 연락을 주고받아도 업무적인 영역을 벗어나지 않았다. 딱히 의심 가는 이가 있는 것도 아니었다.

"놈들이 꽤 오래전부터 준비했던 것 같아. 우리가 한 일을 밝히기 위해서."

다시 그의 말이 묵직하게 가슴에 얹혔다. 한나는 태연한 얼굴을 하고 있었지만 내면 깊은 곳에서 불안감이 스멀스멀 기어 나오는 게 느껴졌다. 조금 더 있자니 등골에서 한기가 맴돌았다. 더는 캔맥주에 손이 가지 않았다.

결정적인 한마디를 꺼내놓은 채 전남편은 컵라면을 마저 다 먹었다. 남은 캔맥주도 입에 털어 넣었다. 한나는 점점 심해지는 싸늘한 기운을 참지 못하고 먼저 씻겠다며 자리에서 일어났다.

샤워부스로 들어가 평소보다 뜨겁게 물을 틀었다. 쏟아지는 물줄기를 맞으며 오랫동안 몸을 녹였다. 한참 뒤에야 마음이 차분해졌다. 답답하던 가슴도 조금씩 풀렸다. 몸을 옭아매던 긴장에서 벗어나는 듯했다. 하지만 몇 분 뒤 이루 말할 수 없는 불안이 다시 파도처럼 밀려왔다. 그대로 바닥에 주저앉았다.

그저 술기운 때문이라고 생각했다. 조금만 쉬면 괜찮아질 거라고 여겼다. 걱정할 거 없다고 스스로를 다독였다. 그런데도 뜬금없이 눈물이 차올랐다. 솟구치는 감정을 주체하지 못하고 눈물을 쏟아냈다.

단단한 둑이 무너지는 기분이 들었다. 삽시간에 과거의 기억들이 쏟아져 나왔다. 어둡고 깊은 곳에 힘겹게 숨겨둔 것들이었다.

한나는 밀려드는 기억의 물결에 떠내려갔다. 구해달라고 손을 뻗어봤지만 누구도 붙잡아주지 않았다. 결국 기억하고 싶지 않은 과거의 한순간에 도달했다. 눈앞에 펼쳐진 광경이 생생히 떠올랐다.

작은 여자아이가 누워 있다. 그 옆에 아들이 있다. 여자아이는 움직임이 없다. 코끝을 찌르는 지린내에 얼굴이 일그러진다. 시선이 바닥으로 향한다. 아들이 아니다. 여자아이의 바지가 젖어 있다. 내부에서 감도는 불길한 기운에 발길이 떨어지지 않는다.

무거워진 다리를 내디딘다. 여자아이의 얼굴을 확인한다. 핏기가 전혀 없다. 투명한 얼굴에 시퍼런 멍이 들어 있다. 목에 새겨진 붉은 줄이 또렷이 눈에 들어온다. 구역질이 솟구쳐 숨쉬기가 어렵다. 아들 쪽으로 시선을 옮긴다. 아들 손에 줄넘기가 있다. 머리가 하얘지며 한동안 뇌가 상황을 받아들이지 못한다.

밖으로 나가려는 아들을 붙잡는다. 구석으로 몰아세워 어떻게 된 건지 묻는다. 돌아오는 대답은 '몰라' 이 짧은 한마디뿐이다. 자신과는 무관한 것처럼 여기는 아들의 태연한 모습에 섬뜩한 공포가 엄습한다.

남편에게 전화를 건다. 긴 통화음만 이어질 뿐 연결되지 않는다. 눈앞이 캄캄하다. 제발 꿈이었으면 한다. 밖으로 나가고 싶다고 아들이 발작적으로 소리치는 게 들린다. 그 소리에 정신이 번쩍 든다.

아들과 함께 창고 구석에 앉는다. 스마트폰 게임을 열어 아들에게 건넨다. 아들은 금세 게임에 몰두한다. 자신이 조금 전까지 어떤 상황에 있었는지 잊어버린 것만 같다.

여자아이 시체를 등진 채 남편의 전화가 오기만을 기다린다. 몸을 덜덜 떨며 혼미해진 정신을 붙잡는다. 오 분 정도가 흐른 뒤에 전화가 걸려온다.

아들은 그날 일을 정말이지 까맣게 잊은 모양이다. 경찰 조사를 받을 때도 전혀 모른다는 얼굴을 하고 있다. 오히려 한나 자신이 잔뜩 긴장해 말을 더듬는다. 다행히 경찰은 크게 신경 쓰지 않는 눈치다.

추가 조사는 이뤄지지 않는다. 얼마 뒤 사건 수사가 다른 쪽으로 옮겨진다. 여자아이에 대한 관심이 사그러들기만을 기다린다. 그렇게 되면 자신도 안정을 되찾을 수 있을 것 같다. 그런데 이따금 그곳에서의 일이 바로 직전에 겪은 것처럼 선명하게 떠오른다.

바닥에 누워있는 여자아이, 태연하게 게임을 하는 아들, 코를 톡 쏘는 지린내, 소름 끼치는 불길한 기운, 그곳에서 도망치는 자기 자신.

한나는 화장실 바닥에 앉아 꼼짝하지 않았다. 뜨거운 물줄기가 계속 몸을 때렸다. 머리를 흔들며 그날 자신이 도망칠 수밖에 없었던 이유를 떠올렸다.

당시 하안시 오페라하우스 개관 기념 뮤지컬에 연출을 맡은 상태였다.

어린 나이에 결혼하고 아이를 키우며 경력이 끊겼다. 왕성하게 활동하는 동료들이 보기 싫던 참에 하얀시로 거주지를 옮겼다. 이사를 하는 이유는 가족 때문이었지만 한나의 개인적 바람도 포함돼 있었다. 하루속히 가슴에 남아 있던 꿈을 잊고 싶었다.

그런데 하얀시에 자리 잡은 지 얼마 안 돼 동문으로부터 연락이 왔다. 업계에서 제법 유명한 제작자인 그는 하얀시에서 뮤지컬을 올리게 됐다며 한나에게 연출 자리를 제안했다. 작품은 한나가 미국 유학 시절부터 동경했던 카르멘이었다.

작품을 준비하는 동안, 다채로운 감각이 꿈틀거렸다. 뮤지컬 연출자는 수많은 사람과 생각을 조합하고 그들을 움직이게 만드는 역할이다. 매번 선택과 조율이 반복돼 엄청난 부담을 떠맡을 수밖에 없다. 그런데도 그 스트레스가 반갑게 다가왔다. 창작자로서의 자신이 어느 때보다 달가웠다.

그러던 어느 날 그 사건이 발생한 거였다. 한나는 자신의 작품을 지켜야 했다. 어떻게든 공연을 완성하겠다고 다짐하며 그 사건에서 도망쳤다.

공연은 성공적이었다. 평단과 관계자들의 찬사가 기대 이상으로 이어졌다. 이후로는 서울과 하얀시를 오가며 뮤지컬 연출을 이어갔다. 모든 정신을 작품에 쏟아 부은 덕분에 매번 퀄리티 높은 작품을 올릴 수 있었고, 그게 레퍼토리가 되어 3년 만에 업계에서 제법 존경받는 연출가가 됐다.

그때쯤 남편과 이혼했다. 이혼은 훨씬 이전에 결정한 거였지만 첫째 딸이 고등학교를 졸업할 때까지 기다리느라 조금 늦어진 셈이었다. 이혼 후에는 두 달 정도 휴식에 가까운 시간을 가졌다. 그 기간 동안은 재충전을 위해 알고 지내던 사람들과 당분간 연락을 끊었다. 그건 남편도 마찬가지였다. 대신 우리는 아들 지웅이와 긴 시간을 보냈다. 그리고 우리 손으로 아들을 죽였다.

화장실에서 나왔을 때는 정적만이 집 안에 내려앉아 있었다. 식탁에 있던 전남편은 소파에 누워 벌써 잠들어버렸다. 한나는 방에서 이불을 가져와 덮어주었다.

생각난 듯 스마트폰을 찾았다. 어디 뒀는지 깜박 잊고 있었다. 거실과 식탁 주변을 샅샅이 살폈는데 보이지 않았다. 문득 인덕션 옆에 둔 게 떠올라 부엌으로 갔다. 인덕션이 아닌 전기 포트 옆에 있었다. 스마트폰을 챙겨 방으로 들어갔다.

침대에 누웠지만 잠은 오지 않았다. 머릿속이 아직 환한 느낌이었다. 몸을 뒤척이며 조금 전에 나눈 대화를 되짚어봤다. 어쩌면 당신에게도 접근했을 거라는 전남편의 말이 메아리치듯 귓가에서 맴돌았다. 한나는 오 분 정도 천장을 바라봤다. 그러다 갑자기 몸을 일으켜 세웠다.

스마트폰을 열어 현재 시각을 확인했다. 자정에 가까운 시간이라 메시지부터 보냈다. 일 분 뒤 답장이 돌아왔다. 상대는 아직 잠들기 전이라고 했다. 한나가 전화를 걸었다.

"늦은 시간에 미안."

"괜찮아, 말해."

"최근에 병원 언제 갔지?"

"병원? 지난달에 다녀왔는데. 왜?"

"아니, 그냥."

"이번 주에 가볼까?"

"응."

"모레가 토요일이니까 그때 가볼게. 걱정하지 말고 얼른 자."

"고마워."

대화를 끝맺지 않자 다시 부드러운 목소리가 들려왔다.

"왜? 무슨 일 있어?"

"별일은 아닌데…… 혹시 최근에 수상한 사람 본 적 있어?"

"수상한 사람이라니?"

상대가 놀란 목소리를 내자 얼른 변명을 내뱉었다.

그저 요즘 꿈자리가 뒤숭숭해서 그렇다고 했고, 의심스러운 사람
이 보이면 조심하라는 말을 덧붙였다. 상대는 이상한 낌새를 느낀 눈
치였지만 아무 말도 하지 않았다.

"내가 너무 예민해서 그런가 봐. 또 불안하고 답답하고 그래서."

"너무 걱정하지 마. 이상한 사람 보이면 바로 연락할게."

한나는 다시 한번 고맙다는 말을 남기고 통화를 마쳤다.

스마트폰을 귀에서 떼고 화면을 들여다보다가 주원기의 말이 생각
났다. 그의 집에서 나올 때 그는 딸을 만나면 꼭 연락해달라고 했다.
한나는 카카오톡 대화방을 열었다. 지금이라도 메시지를 보낼까 고
민했지만 결국 대화방을 닫고 스마트폰 화면을 껐다.

힘없이 베개에 얼굴을 파묻었다. 머릿속이 흐려질 때까지 한참을
기다렸다.

3

일어나 보니 전남편이 보이지 않았다. 잘 개어진 이불만 소파 위에 덩그러니 놓여 있었다. 잠결에 들었던 현관문 소리가 떠올렸다. 아마 동트기도 전에 문을 나선 걸로 보였다.

한나는 정수기에 빈 컵을 올려뒀다. 자동으로 물이 채워지는 동안, 스마트폰을 열어 비밀 대화방을 확인했다. 전남편은 아무 말도 없었다. 혹시 쪽지라도 남겨둔 게 있을까 해서 거실 주변을 둘러봤지만 헛일이었다. 컵에 담긴 시원한 물을 한 모금 마셨다.

다시 한 모금의 물을 입안에 물고 고개를 갸웃거렸다. 전남편의 행동이 평소와 달랐다. 이런 돌발적인 상황이라면 전남편은 한나가 해야 할 일을 정확히 알려주고 갔어야 했다. 그간 명확한 가이드와 대처 방안을 세세하게 알려줘서 간간이 발생한 위기에서도 무난하게 벗어날 수 있었다. 조금은 달라진 그의 행동이 마음에 걸렸다. 입안에 물었던 물을 꿀꺽 삼키고 그에게 메시지를 보냈다.

―나 어떻게 해야 해?

―평소처럼 지내면 되는 거야?

씻고 화장을 했다. 남색 정장에 회색 코트를 걸쳤다. 출근 준비를 마친 다음 따뜻한 라떼를 만들었다. 커피를 가지고 거실 소파에 앉아 TV를 켜 오늘 날씨를 확인했다. 커피를 홀짝이며 전남편의 대답을 기다렸는데 잔이 비워질 때까지 스마트폰은 울리지 않았다.

집에서 나온 한나는 택시를 타고 먼저 주원기의 아파트로 갔다. 어제 그곳에 두고 온 자신의 차를 가지고 출근할 생각이었다. 주원기도 아직 출근 전일 것 같아 그에게 전화를 걸었다. 무슨 이유인지 연결이 되지 않았다.

택시에서 내려 다시 전화를 해봤지만 마찬가지였다. 한나는 그의 집이 있을 법한 층수까지 힐끔 올려다 보고 지하로 내려가 차를 끌고 나왔다.

출근 후 여느 때와 비슷한 오전을 시간을 보냈다. 새로 올라온 공연 피드백과 동종 업계 이슈를 확인했다. 홍보 담당자를 방으로 불러 어제 보도된 기사형 광고 효과와 앞으로 집행될 광고 편성을 논의했다. 이어서 기획팀 직원들과 회의를 가졌다. 상반기에 잡혀 있는 지방 공연 준비 현황을 살피며 각 파트별 일정 등을 점검했다.

오후 1시 정각에 직원들과 점심을 먹었다. 식사를 마치고 오후 2시쯤 사무실에서 나와 극장으로 넘어갔다. 극장에 도착해 스탭들과 인사를 나눴다. 그때쯤 전남편의 비밀 메시지가 도착했다.

―어. 평소처럼 지내.

―내가 다시 연락할게.

건조하고 불친절한 대답에 입을 비쭉 내밀었다. 마음속에서 피어오른 불만은 금세 두려움으로 바뀌었다. 전남편 얼굴에 있던 상처가 다시 떠올랐다. 어젯밤 걱정 섞인 그의 말이 되살아났다.

'당신에게도 접근했을 거야. 이미 당신과 가까워졌을 수도 있고.'

스마트폰을 닫고 극장 내부로 들어갔다. 무대 위에 있던 음악감독과 안무가가 한나에게 슬쩍 고개를 숙였다. 한나는 그들과 간단한 인사를 나눈 뒤 무대가 잘 보이는 객석 중앙에 앉았다.

오후 3시, 배우들과 스탭들이 하나둘씩 무대로 나왔다. 공연 전에 이뤄지는 가벼운 리허설이 시작됐다. 한나는 팔짱을 낀 채 무대를 지켜봤다. 미간을 좁히며 두 눈에 힘을 실었다.

먼저 주연 배우들이 목을 풀었다. 음악감독의 신호에 맞춰 노래를 불렀고 주요 부분마다 음정과 피치를 확인했다. 이후 안무가가 몇몇 배우를 불러 군무에서 이뤄지는 움직임을 체크했다.

한나는 낯이 익지 않은 얼굴을 찾았다. 이번 공연에 처음 참여하는 배우와 스탭이 있었다. 한 명 한 명 얼굴을 보며 그들과 나눴던 대화를 되새겼다. 가벼운 인사나 격려뿐 딱히 특별한 건 없었던 것 같았다. 수상한 기색이 있었는지도 떠올렸지만 이내 고개를 가로저었다. 그때 연출자인 이민주가 다가와 말을 걸었다.

"따로 확인하실 부분 있으세요?"

민주의 목소리가 딱딱하게 굳어 있었다. 얼굴엔 긴장이 묻어났다. 그제야 한나는 자신이 잔뜩 인상을 쓰고 있었다는 걸 깨달았다. 상대가 뭔가 오해했을 거란 생각에 얼른 그런 거 없다고 대답했다.

"엔딩은 다시 한번 체크해보려고요. 어제는 무대기술팀이랑 미디어팀 합이 잘 맞았는데, 그래도 실수가 자주 나오는 파트라……."

"나 신경 쓰지 말고 진행해."

민주가 슬그머니 한나의 곁을 빠져나갔다. 무대로 돌아간 연출자는 손에 든 무전기로 누군가를 불렀다. 곧 무대감독과 미디어 팀장이 나타났다. 두 사람 다 한나를 힐끔거렸다.

한나의 말이라면 죽는시늉까지 할 정도로 잘 따르는 세 사람이 무대 위에서 뭔가를 논의했다. 그럴 의도는 없었지만, 주말 공연을 앞두고 긴장감을 높이는 것도 나쁘지 않다는 생각에 한나는 한동안 그들에게서 눈을 떼지 않았다.

조금 더 무대를 바라봤다. 얼마 뒤 스마트폰으로 시선을 옮겼다. 배경화면에 있는 앱을 훑어보다 습관적으로 카카오톡을 열었다. 주원기와의 대화방이 가장 먼저 눈에 들어왔다. 오전에 한나가 보낸 메시지는 수신확인으로 되어 있었다. 그런데 아직 답장이 오지 않았다. 전화도 없었다. 애써 피해왔던 생각 하나가 통제를 벗어나 제멋대로 뻗어나갔다.

몇 달 전 갑자기 나타난 남자, 그는 이미 한나의 삶 깊숙한 곳까지

들어와 있었다.

연출자의 지시로 턴테이블 장치가 움직였다. 여러 구조물이 빠르게 뒤바뀌며 역동적인 공간 변화가 이뤄졌다. 배경에 나타난 LED 조명과 투우장 영상은 무대를 더 입체감 있게 만들었다.

한나는 눈앞에서 펼쳐지는 화려한 장면을 감상했다. 이번 작품을 준비하며 연출자와 가장 많은 의견을 나눈 파트였다.

다시금 생각의 흐름이 이상한 쪽으로 흘렀다. 뇌리에서 어젯밤 주원기가 했던 칭찬이 떠올랐다.

그의 달콤한 말이 한나의 걱정을 말끔히 씻어줬다. 어디가 가려운지 알고 그 부분을 세심하게 긁어주는 느낌이었다. 그는 이미 한나에 관해 모든 걸 아는 사람처럼 행동했다.

한나는 생각을 멈췄다. 더는 쓸데없는 망상에 휘둘리고 싶지 않았다. 조용히 몸을 일으켜 세웠다. 객석에서 나와 극장 밖으로 나갔다. 아무도 없는 복도에 서서 주원기에게 전화를 걸었다. 그의 차분한 목소리를 들으면 피어오르는 의심을 잠재울 수 있을 것 같았다. 긴 통화음이 울렸고 그가 전화를 받았다.

"응, 말해."

어쩐지 주원기의 목소리가 퉁명스럽게 전해졌다. 예상과 다른 어투라 당황스러웠다. 이삼 초간 침묵이 흘렀다. 그 짧은 순간에 얼굴이 달아올랐다. 한나는 무거워진 입을 열었다.

"바빠?"

"조금."

"어제는 경황이 없어서 연락 못 했어. 미안해."

"괜찮아."

그는 귀찮다는 투로 간단히 대답을 내뱉었다. 궁금한 게 많을 텐데 어떤 것도 묻지 않았다. 대답하지는 않았겠지만 그래도 무엇이든 물어주길 바랐다. 걱정해주길 바랐는데, 일체 그런 게 없었다. 그러자 한나는 화가 치밀었다. 한시라도 빨리 그를 향한 의심을 거두고 싶은데 하필 지금 이렇게 딱딱한 태도를 보여야 하는지 따져 묻고 싶었다. 마음을 가다듬고 다시 말을 건넸다.

"오늘 밤에 집으로 갈게. 만나서 얘기해."

"약속 있어. 다음에 봐."

"오늘 만나. 당신한테 물어볼 것도 있어."

"뭔데?"

전화론 어렵다고 대답했다. 그저 만나자는 말만 반복했다. 스마트폰 너머로 깊은 한숨 소리가 들려왔다.

"예나 지금이나 자기밖에 모르네."

"뭐?

한나의 신경이 곤두섰다. 더 이상 참을 수 없었다. 방금 날아온 송곳 같은 말이 계속 가슴을 찔렀다.

"딸애가 다쳤다고 했잖아. 그럼 이해해줄 수 있는 거 아니야? 왜 그런 식으로 얘기하는데."

"딸애가 다쳤다고?"

주원기가 되물었다. 그런데 질문에 담긴 뉘앙스가 뭔가 이상했다. 한나는 숨죽인 채 이어지는 말을 기다렸다.

"당신 거짓말은 진짜……."

"거짓말이라니?"

한나의 목소리가 갈라졌다. 목소리만으로 당황한 기색이 드러났다.

"들어가 봐야 돼. 나중에 얘기해."

주원기가 먼저 전화를 끊었다. 한나는 천천히 스마트폰을 내려놨다. 망연자실 대리석 바닥을 바라봤다.

그는 딸이 다쳤다는 말을 믿지 않았다. 딸 때문이 아니란 것도 아는 눈치였다. 한나는 눈앞이 하얘졌다. 어젯밤 그의 집 화장실에서 목소리가 새어나간 게 아닌지 되짚어봤다. 분명히 아주 작은 목소리로 말했다. 설령 새어나갔다 해도 누구와 통화했는지는 알 수 없다.

의심이 사라지기는커녕 더 증폭됐다. 미행, 감시 등 소름 끼치는 생각이 머릿속을 헤집고 다녔다.

아니다. 지금 너무 예민해져서 그렇다. 주원기를 만나 대화를 나누면 부풀어진 오해가 풀릴 것이다.

한나는 복도 구석 벤치에 걸터앉았다. 또다시 두통이 몰려왔다. 눈을 감고 양손으로 관자놀이를 눌렀다. 불현듯 두 달 전에 걸려온 주원기의 전화가 떠올랐다. 그로부터 며칠 뒤 사무실 인근 카페에서 그를 만났다.

그때 숱한 대화를 나눴다. 서로 나눈 말들을 돌이켜보니 지웅이에 관한 얘기도 나왔었다. 물론 그가 꺼낸 질문이었다. 아들은? 이 정도로 간단했던 것 같다. 한나도 자식들과 따로 산 지 오래됐다며 대답을 흐렸다. 이후에도 그는 한두 차례 더 아이들에 관해 물었다.

두 눈이 번쩍 뜨였다. 주원기가 의도적으로 접근했다는 생각이 점점 확신으로 굳혀졌다. 가만히 있는데도 숨이 차올랐다. 커져버린 의심은 더 과격한 쪽으로 번졌다.

일거수일투족을 감시당했을 것이다. 차에 위치추적기가 달려 있을 수 있고, 스마트폰에 도청장치가 깔려 있을 가능성도 있었다. 어쩌면 집 안 어딘가에 카메라까지 설치돼 있을지 모른다. 그렇게 생각하니 가만히 있을 수 없었다. 하지만 뭐부터 해야 할지도 떠오르지 않았다.

갑자기 들려오는 발소리에 고개를 돌렸다. 무대 뒤편에서 나온 남자 스탭 두 명이 한나에게 까딱 인사하며 지나갔다. 한나는 계단으로 내려가는 그들을 바라봤다. 다시 조용해진 복도에서 머리를 쓸어 넘겼다.

일부러 창밖으로 시선을 돌려 어지럽게 떠도는 생각을 가라앉혔다.

자신이 너무 예민한 거라고 탓했다. 뭐든 경계하고 삐딱하게 판단하는 자신의 상태가 문제라고 여겼다. 불확실한 의구심을 품는 것 자체가 한심한 짓이었다. 다시 한번 그저 망상이라고 되뇌었다. 직접 확인하기 전까지 어떤 것도 확신하지 않기로 했다. 다시 주원기로 생각이 뻗어 나가려는 것을 머리를 흔들어 털어냈다.

그때 또 다른 남자 스탭이 눈에 들어왔다. 계단으로 올라온 기성윤이 한나를 발견하고 얼른 인사를 했다. 무대기술 팀원으로 2년 전부터 한나와 작업해온 청년이었다. 한나는 가볍게 고개를 끄덕였다. 순간 느닷없이 그와 나눈 적 있는 대화의 한토막이 떠올랐다.

몇 년 전 드라마 소재로 나온 스마트폰 도청에 관해 스탭들과 얘기를 나눈 적이 있었다. 그때 IT 회사에서 근무한 경력이 있는 기성윤이 한나의 질문에 해박한 지식을 뽐냈다.

한나가 고개를 쳐들었다. 자신을 지나쳐 무대 뒤편으로 걸어가는 그를 불렀다. 목소리 톤이 쓸데없이 높았다.

"성윤아."

기성윤이 깜짝 놀라듯 몸을 돌렸다.

"지금 바쁘니?"

"딱히 바쁜 건 아닌데, 어떤 일 때문에 그러세요?"

시원스럽게 일직선으로 뻗은 눈썹 밑으로 영리해 보이는 눈빛이 번쩍였다.

"물어볼 게 있는데 잠깐 와볼래?"

그가 스스럼없이 다가왔다. 한나는 그를 자신의 옆에 앉혔다. 최대한 담담하게 방금 만들어낸 얘기를 꺼냈다.

이십 대 초반인 딸아이가 아르바이트하다 알게 된 남자애로부터 스토킹을 당했다. 그 남자애는 그저 딸아이를 좋아해서 따라다닌 거라 했지만, 어쨌든 그 문제로 몇 차례 경찰서를 다녀왔다. 남자애가 반성의 기미를 보여 크게 문제 삼진 않았다.

그런데 최근 다시 그 애가 딸 주변에서 목격됐다. 어떻게 알았는지 딸이 가는 곳마다 우연인 척 나타났다. 딸은 불안한 마음에 스마트폰을 바꾸고 한동안 한나의 집에서 지냈다. 그런데도 그 남자애가 눈에 띈다며 두려워하는 기색이었다.

반듯하게 생긴 기성윤의 얼굴이 일그러졌다. 그는 자기 동생에게 일어난 일이라도 되는 것처럼 줄곧 심각한 표정으로 들었다. 한나는 얘기를 마무리하고 스마트폰 도청 가능성을 언급했다.

"혹시 몰라서 그러는데, 지금 내 폰 한번 봐줄 수 있어?"

"알겠습니다."

기성윤은 한나가 열어준 스마트폰을 받았다. 손가락을 몇 번 두드리고 나서 스마트폰에 설치된 목록을 보며 자신이 뭘 하는지 하나씩 설명해줬다. 그는 숨겨진 폴더나 파일 중 의심스러운 게 있는지 확인하는 거라고 했다. 필요 이상으로 용량이 큰 앱을 찾아 원래 목적과 다르게 사용되는 것이 있는지도 살폈다.

한나는 말없이 그를 지켜봤다. 그의 입에서 수상한 게 없다는 말이 빨리 나오길 바랐다. 그런데 핸드폰을 확인하던 성윤의 손가락이 분주해지는 것이 눈에 들어왔다.

"제 클라우드에서 파일 하나만 받아도 될까요?"

가늘어진 그의 눈이 한나를 안타깝게 바라봤다. 한나는 멍한 얼굴로 고개를 끄덕였다.

기성윤은 자신의 계정으로 들어가 뭔가를 내려 받았다. 곧 앱 하나가 설치됐다. 기존 백신을 우회하는 악성코드를 찾는 앱이라고 했다. 앱을 실행하고 잠시 기다렸다. 얼마 후 그가 양옆으로 고개를 흔들었다.

결국 찾지 못한 듯했다. 목덜미를 뻣뻣하게 만든 긴장이 사르르 녹아내렸다. 한나는 안도하며 가슴을 쓸어내렸다. 그런데 다시 의외의 말이 나왔다.

"도청까지는 아닌데, 그래도 이상한 게 있긴 있어요."

기성윤은 한나와 얼굴을 마주하고 말을 이어갔다.

"누군가 의도적으로 악성코드를 심었어요. 금방 설치가 가능한 스파이앱인데, 스마트폰에 도착하는 메시지를 훔쳐보는 용도인 것 같아요. 언제 설치됐는지는 지금 확인이 안 됩니다. 일단 발견한 건 완전히 지웠는데 제가 찾지 못한 게 더 있을 수도 있어서요. 한번 점검을 받아보셔야 할 거 같습니다."

한나는 시선을 떨궜다. 제발 아니길 바랐던 일이 사실로 드러났다. 오히려 머릿속이 명확해지는 거 같기도 했다.

"어떻게 하실 거예요?"

기성윤이 스마트폰을 내밀었다. 한나는 폰을 건네받고 고맙다는 말을 먼저 했다. 그냥 넘어가지 않겠다는 대답도 덧붙였다. 기성윤은 처벌 가능한 방법을 장황하게 알려주다 뭔가 떠오른 듯 '잘 아시겠지만'이라며 입을 닫았다. 한나의 전남편이 누군지 알기에 괜한 충고는 필요 없다고 여긴 듯했다.

한나는 스마트폰을 움켜쥐었다. 더는 아무 말도 꺼내지 않았다. 기성윤은 한나를 바라보다 말없이 자리에서 일어났다.

몇 명의 스탭이 한나를 지나쳤다. 한나는 그들의 인사에 반응하지 않았다. 얼마나 시간이 흘렀을까, 전남편에게 전화를 걸었다. 세 번을 연달아 걸었지만 연결되지 않았다. 어쩔 수 없이 자신의 생각대로 행동하기로 했다.

한나는 카카오톡을 열었다. 주원기와의 대화방으로 들어가 대화 내용을 확인했다. 화면을 한참 올리니 과거 주원기가 언급한 회사 이름이 나왔다. 그 이름을 포털사이트 검색창에 입력했다. 회사 주소를 확인하고 복도 벤치에서 일어났다.

─당신 회사 주차장이야.

─잠깐 내려와.

─올 때까지 기다릴게.

카카오톡 대화방에 메시지를 보냈다. 오 분 뒤 답장이 돌아왔다. 주원기는 근처 카페라도 가 있으라고 했다. 한나는 차 안에서 보면 된다고 잘라 말했다. 곧 내려가겠다는 그의 답장이 왔다.

한나는 차 밖으로 나갔다. 트렁크 문을 열어 깊숙이 박아둔 상자 하나를 꺼냈다. 그 상자를 들고 운전석으로 돌아왔다.

상자 속에 신문지 뭉치가 가득했다. 신문지 뭉치 몇 개를 꺼내고 다시 손을 집어넣었다. 차가운 물건이 닿았다. 바로 끄집어냈다.

손 안에 이물스럽게 만져지는 권총을 살펴봤다. 전남편에게 받은 것으로 경찰이 사용하는 스미스앤웨슨 38구경과 동일한 모양이라고 들었다. 예전엔 항상 휴대했지만 몇 년 전부터 트렁크에 숨겨뒀다. 한동안 잊고 지냈는데 이곳으로 달려올 결정을 한 순간 이 물건이 생각났다. 그 덕분인지 솟구치는 두려움을 조금이나마 잠재울 수 있었다.

권총을 허벅지 밑에 숨겼다. 안전핀은 미리 풀어뒀다. 앞 유리 너머로 그의 모습이 나타났다. 한나는 클랙슨을 눌러 위치를 알렸다.

주원기가 손을 주머니에 쑤셔넣은 채 곧장 차로 다가왔다. 바로 조수석으로 들어왔다. 그는 차에 타자마자 큰 눈을 부릅뜨며 한나를 노려봤다. 갑자기 무슨 일이냐고 쏘아붙였고 기분 나쁜 한숨을 내쉬었다. 한나는 당장이라도 그를 향해 방아쇠를 당기고 싶었다. 마음을 가라앉히고 입을 열었다.

"물어볼 게 있어."

그는 한나의 시선을 외면한 채 대꾸하지 않았다.

"내가 거짓말했다는 거 어떻게 알았어?"

잠시 침묵이 흘렀다. 한나가 같은 질문을 한 번 더 내뱉었다. 상대는 못마땅한 얼굴로 한나를 쳐다봤다.

"당신을 따라갔었어."

어젯밤 집을 나서는 한나의 낯빛이 좋지 않았다고 했다. 그래서 그는 대리기사가 올 동안만이라도 한나 옆에 있을 생각이었다. 뒤늦게 지하주차장으로 내려갔는데 한나가 보이지 않았다. 한참을 찾은 뒤에야 아파트 입구에서 택시에 오르는 한나를 발견했다.

아무래도 좋지 않은 일이 생길 것만 같은 예감에 곧장 자신의 차로 달려갔다. 그때부터 한나를 뒤쫓았다. 그리고 결국 한나가 전남편과 함께 집으로 들어가는 모습까지 보게 됐다.

주원기는 말없이 뒤쫓은 건 미안하다고 했다. 하지만 전남편의 연락에 만사 제쳐두고 달려가는 건 도무지 이해하기 어렵다고 말했다. 여전히 지속되는 전남편과의 관계를 왜 진작 얘기하지 않았냐고 따져 묻기도 했다.

"6년 전이나 지금이나 당신은 똑같아. 단 한 번도 나에게 솔직한 모습을 보이지 않았어. 항상 뭔가를 숨기고 있었어. 이번엔 차츰 달라질 거라고, 곧 마음을 열 거라고 기대했는데, 내가 완전히 착각했던 거야."

그는 화제를 돌리며 오히려 큰소리를 쳤다. 한나는 그를 쏘아봤다. 어설픈 그의 해명이 의심을 더 짙게 만들었다. 머리가 지끈거렸다. 심장이 고동치기 시작했다. 하나씩 차분하게 물을 정신이 아니었다. 얼른 일을 끝내고 이 자리에서 벗어나고 싶었다.

"너 의도가 뭐야?"

허벅지 밑에서 권총을 꺼내 그에게 겨눴다. 그는 상황을 제대로 인지하지 못했는지 한참 눈만 껌뻑거렸다.

"왜 갑자기 나타나서 나를 감시한 거야?"

"당신 지금 뭐 하는……."

"누가 시켰어?"

권총의 형태를 확인한 주원기는 장난이 아니란 걸 감지하고 두 손을 들었다.

"네가 어떻게 그럴 수 있어? 어떻게!"

"그것부터 내려놓고 얘기해."

잠시 그 상태로 대치 상황이 이어졌다. 그러다 주원기가 갑자기 손을 뻗어 총구 방향을 틀었다. 놀란 한나가 반사적으로 손가락에 힘을 줘 방아쇠를 당겼다.

총구에서 빨간 액체가 안개처럼 분사돼 주원기의 얼굴을 뒤덮었다. 매캐한 냄새가 차량 가득 번졌다. 주원기는 얼굴을 있는 대로 찡그리며 손등으로 연신 눈을 비볐다.

"당신 미쳤어? 무슨 짓이야!"

고함을 지르고 나선 한참 동안 기침을 해댔다. 겨우 고개를 들고는 제멋대로 흐르는 눈물을 닦았다. 한나는 총을 다시 치켜들었다.

"다시는 내 앞에 나타나지 마."

주원기가 한나의 경고에 실눈을 떴다. 눈앞에 있는 총구를 보곤 이번엔 조수석 문을 열었다. 도망치듯 차에서 나와 허우적거리며 건물 입구로 뛰어 들어갔다.

한나도 곧장 주차장을 빠져나왔다. 차 안에 가득 찬 매캐한 냄새 때문에 창문을 죄다 열고 달렸다. 몇 분이나 지났는데도 최루액이 남아 있는지 한나의 눈에 눈물이 고였다. 터져 나오는 기침을 꾹 참고 흐르는 눈물을 닦았다.

큰 길로 나왔을 때는 오후 5시가 조금 지난 시각이라 지독한 교통 체증에 갇히고 말았다. 금요일이다 보니 평소보다 일찍 차가 막혔다. 강남 한복판이라 그런지 더더욱 속도가 더뎠다.

전남편에게선 아직도 연락이 없었다. 다시 한번 전화해봐도 연결되지 않았다. 도대체 뭘 하고 다니냐는 짜증 섞인 소리가 튀어나왔다. 상황이 어떻게 돌아가고 있는지 궁금했다. 메시지라도 남기려 비밀 대화방에 들어갔다. 하지만 이내 화면을 닫았다.

기성윤의 말이 떠올랐다. 찾지 못한 악성코드가 더 있을 수 있다. 여전히 누군가 자신의 스마트폰을 지켜보고 있을 것만 같았다. 한나는 스마트폰 전원을 껐다. 스마트폰뿐만이 아니다. 이 차에도 도청장치나 위치추적기가 달려 있을지 모른다. 더는 집도 안전하지 않다. 이미 주원기에게 한 짓이 놈들에게 알려졌을 거다. 놈들의 추격이 시작됐을 테고, 그들에게 붙잡히면 전남편이 당했던 걸 자신도 고스란히 겪게 될 것이다.

운전대를 잡은 두 손이 부들부들 떨렸다. 내부 온도가 꽤 높은데 계속 한기가 느껴졌다. 한나는 히터를 더 강하게 틀었다. 뜨거운 바람이 세차게 흘러나왔다. 그 바람이 점점 자신의 숨통을 조여오는 기분이었다.

전남편은 지웅이가 어디 있는지 모른다. 그래서 놈들의 추궁에 진실을 말하지 못했다. 하지만 자신은 알고 있다. 자신이 붙잡히면 지웅이를 지킬 수 있을지 확신할 수 없다.

오래전 전남편이 했던 말이 생각났다. 그는 누가 뭘 물어도 아들이 죽은 것으로 해야 한다고 했다. 설령 자기가 물어도 아들의 생존을 언급하지 말라고 강조했다. 더불어 아무도 믿지 말라는 말을 여러 차례 남겼다.

그래서 어젯밤 기억을 잃었다는 전남편에게 지웅의 행방을 알리지 않았다. 3년 전 아들이 죽었다는 말만 건넸다. 그런데 지금 생각해보니 그게 옳은 선택이었는지 의문이 들었다. 만약 자신이 놈들에게 붙잡힌다면, 그래서 놈들이 지웅이를 찾게 된다면, 전남편이라도 지웅이를 구해야 한다. 기억을 잃은 그에게 진실을 알려줘야 한다. 어떻게든 놈들을 따돌리고 그를 다시 만나야 했다.

한나는 눈에 보이는 공영주차장으로 들어갔다. 주차하자마자 코트와 바지를 벗고 청바지와 편한 재킷으로 갈아입었다. 구두를 운동화로 바꿔 신은 뒤 모자와 가방을 챙겨 나왔다.

주차장 입구에서 택시를 잡아탔다. 택시기사에게 일단 하안시로 가자고 했다. 차량이 고속도로에 접어들 때쯤 하안시 오페라하우스로 목적지를 다시 말했다.

세 시간 후 하안시 오페라하우스 옆에 있는 고급 호텔로 들어갔다. 예전 공연 때 묵은 적 있어 익숙한 곳이었다. 이곳은 안전할 거라고 판단했다.

한나는 체크인을 마치고 방으로 들어갔다. 가방을 둘러멘 채 방에 있는 전화기로 연락을 했다. 여전히 전남편과 연결되지 않았다. 아무래도 무슨 일이 생긴 게 분명했다. 잠시 망설인 뒤에야 딸 지원이 번호를 눌렀다. 홀로 떨어져 사는 딸에게 걱정을 끼치고 싶지 않았지만 그래도 이번 일은 알려야 할 것 같았다.

긴 통화음만 이어질 뿐 딸의 목소리는 들리지 않았다.

이혼 후 딸의 안전은 전남편이 책임져 왔다. 작년부터 낯선 곳에서 생활하는 딸아이가 안전하게 지낼 수 있도록 전남편은 지역 경찰인 지인에게 도움을 요청했다. 자연스러운 방법으로 지속적으로 들여다보게 해놓았다. 딸아이도 그 지인의 도움으로 잘 지내고 있다고 간간이 소식을 알렸다.

워낙 똘똘하고 눈치 빠른 아이니 이상한 조짐이 있었다면 바로 감지했을 것이다. 그리고 혹시 수상한 자가 눈에 띄었다면 진작 비밀 메시지로 알렸을 것이다. 놈들은 아직 딸에게까지 접근하지는 않은 듯했다. 그렇게 생각하니 그나마 다행이라는 생각이 들었다.

큰 침대 등받이에 몸을 기댔다. TV에 하릴없이 시선을 두고 전화벨을 기다렸다. 하지만 자정이 될 때까지 벨은 울리지 않았다. 시끄럽던 TV 속 음성이 점점 공허한 소리로 느껴지기 시작했다. 한나는 호텔에 비치된 와인을 꺼내 마셨다.

그날 이후 어느새 6년이 지났다. 어느 정도 자리를 잡았다고 생각했는데 전혀 아니었다. 여전히 도망치는 삶을 살고 있었다. 도망치는 속도는 점점 더 빨라지는 듯했다.

깊은 한숨이 여러 번 나왔다. 답답하고 조마조마해서 졸릴 것 같지 않았는데 시간이 흐르며 부지불식간에 수마가 찾아왔다. 무겁게 내려앉은 눈꺼풀이 움직이지 않았다. 귓가에서 어제 대기실에서 들었던 하바네라가 맴돌았다. 머릿속에 떠오르는 가사를 음미하자 입꼬리가 저절로 올라갔다. 자조 섞인 미소를 얼굴에 그린 채 침대에 엎드렸다. 얼마 안 돼 현실을 깡그리 잊고 긴 잠에 빠져들었다.

언제 잠이 들었는지 모르게 일어나 보니 벌써 날이 밝았다. 그러고도 한참을 더 누워 있었다.

무거운 몸을 일으켜 커튼을 젖히자 햇살이 쏟아져 들어왔다. 눈을 감고 따뜻한 기운이 얼굴로 닿는 걸 느꼈다. 흔들리던 정신이 차츰 제자리로 돌아왔다. 벽에 걸린 시계를 확인하니 정오까지 한 시간 정도가 남았다.

한나는 창밖으로 보이는 오페라하우스 건물을 바라봤다. 10층 높이에서 내려다 보니 건물뿐 아니라 주변 공터까지 한눈에 들어왔다. 얼마 뒤 넓은 공터에서 정신없이 뛰어노는 두 아이가 눈에 띄었고, 한나의 시선이 두 아이를 지켜보는 부모에게로 옮겨졌다. 한동안 그 가족을 보며 자신에게도 저런 시간이 있었는지 되돌아봤다. 분명히 있었을 텐데 잘 떠오르지 않았다.

창가에서 돌아와 1인용 소파에 앉았다. 생수를 한 모금 마시면서 방에 비치된 전화기를 쳐다봤다. 잠결에 걸려온 전화가 있었는지 다시 한번 생각했다. 아무리 생각해봐도 벨 소리를 들은 기억이 남아 있지 않았다.

한두 시간 전, 잠에서 깨자마자 전남편에게 전화를 걸었다. 여전히 부재중이었다. 혹시 하는 마음에 스마트폰을 켰다. 암호화 메신저가 아닌 카카오톡 메시지만 도착해 있었다.

—전화기 왜 꺼져 있어? 무슨 일 있니?

엄마가 보낸 거였다.

—오늘 점심때 병원 다녀올 거야. 이거 보면 연락 줘.

한나는 스마트폰 전원을 다시 끈 뒤 호텔 전화기로 연락했다. 자신의 상황은 별일 없다는 식으로 대충 얼버무리고 엄마에게 몸조심하라는 당부를 여러 번 남겼다. 지웅이를 보고 나오면 스마트폰이 아닌 호텔 객실 쪽으로 전화해달라고 덧붙였다.

오후 1시 정각, 전화벨이 울렸다. 한나는 탁자 위에 있는 수화기를 들었다.

엄마는 지웅이를 보고 나오는 길이라며, 아이는 잘 있다고 했다. 도시락을 가져가 함께 식사도 했고, 최근에 아이가 봤던 만화책과 병원에서 키우는 개가 어떻다는 얘기까지 나눴다고 알렸다. 그런데 엄마의 목소리가 평소와 달랐다. 언제나 차분하고 부드럽던 이전과 달리 다소 긴장하고 있다는 게 통화 목소리만으로도 충분히 느껴졌다.

한나가 무슨 일인지 캐물으려는데, 엄마가 먼저 말을 꺼냈다.

"근데 말이야."

엄마가 조심스러워하는 음성으로 나직이 말을 이었다.

"처음 보는 여자가 쫓아왔어."

"쫓아오다니?"

"아침에 길에서 마주친 여잔데, 방금 지웅이 병원 근처에서 다시 봤어. 평소 같으면 그냥 지나쳤을 텐데 어제 네가 한 말이 떠올라서…… 아무래도 날 따라온 거 같아."

한나는 여자의 인상착의가 어땠는지 물었다. 사십 대로 보이는 평범한 여자라는 대답이 돌아왔다. 여자 주변에 다른 사람은 보이지 않았다고 했다.

"엄마 지금 어디야?"

"병원 앞이야. 택시 기다리고 있어."

"바로 집으로 가. 나도 지금 내려갈게. 나 갈 때까지 집에서 나오지 말고."

엄마는 이유를 묻지도 않고 알겠다고만 대답했다. 목소리가 떨리는 게 고스란히 통화에 묻어났다. 한나는 수화기를 내려놓고 서둘러 짐을 챙겨 호텔 방을 나섰다.

호텔 정문에서 택시를 탔다. 내비게이션을 찍어보니 전북 부안까지 세 시간이 넘게 걸렸다. 주말 고속도로 정체까지 고려하면 네 시간 가까이 소요될 것이다. 한나는 택시에 타자마자 급한 일이라며 기사에게 최대한 빨리 가달라고 했다. 과태료까지 계산해 챙겨줄 테니 속도를 높이라 했고 버스 전용차선으로 가달라는 요구도 더했다.

택시기사는 난처한 기색을 보였지만 그래도 요구한 대로 이행하려
고 노력했다. 쉼 없이 세 시간을 달린 끝에 목적지에 도착했다. 한나
는 택시비용에 추가금액을 더해 카드로 결제했다.

택시에서 내린 뒤 공연히 주위를 살핀 다음 가방을 둘러멨다. 모자
까지 꾹 눌러쓰고 나서야 엄마가 사는 집으로 걸음을 놓았다.

인근에 있는 넓은 농지에서 제법 떨어진 마을이었다. 허름한 단층
주택이 띄엄띄엄 보이는 한적한 시골 동네였고, 주변으로 산들이 둘
러싸고 있어 지형적으로도 아주 폐쇄적인 곳이었다.

이곳에는 주로 나이 든 노인들이 살고 있다. 여느 시골 마을처럼
이웃 간의 왕래가 잦은 편은 아니다. 이곳 사람들은 시골 마을 주민
이 보이는 외부인에 대한 경계심이 없다. 경계심 대신 지독한 상실감
을 안고 살아가는 사람들이다.

4년 전 큰 태풍이 이 마을을 들이닥쳤다. 당시 기록적인 폭우가 쏟
아졌고 며칠간 침수와 범람, 산사태가 연이어 일어났다. 그로 인해 사
망자 열 명을 포함해 수십 명의 사상자가 발생했다. 이후 반년 만에
마을 재건이 이뤄졌지만 가족과 이웃을 잃은 주민들은 그날의 상실
감에서 쉽게 벗어나지 못했다. 그래서인지 꽤 많은 사람이 마을을 떠
났고, 마을에 남은 사람들도 급격히 쇠약해져서 집 밖으로 나오는 일
이 줄었다.

이러한 이유 때문에 엄마는 이 마을을 선택했다.

고향을 떠나 자신을 숨겨야 했던 엄마는 오래전에 실종된 먼 친척

의 이름으로 이곳에 와 집을 구했다. 마침 4년 전 태풍으로 주인을 잃은 집이 매물로 나와 있었고, 오랫동안 비어 있던 그 집을 구매해 이곳 생활을 시작했다. 지난 3년간 엄마는 이 상처 받은 외딴 마을에서 다른 사람 이름으로 살며 홀로 외로이 딸을 도와왔다.

한나는 주택 대문 앞에 섰다. 창밖으로 새어 나오는 빛이 없었다. 모든 창에 커튼이 쳐 있었다. 대문 벨을 눌렀다. 대답은 들려오지 않았다. 혹시나 하는 마음에 문고리를 잡아 끌어당겨 봤는데 너무나 쉽게 문이 열렸다. 집 안에서 빠져나온 싸늘한 공기가 순식간에 한나를 휘감았다. 무의식적으로 가방에서 스미스앤웨슨 38구경을 꺼냈다. 권총을 양손으로 쥐고 한 발 한 발 조심스럽게 내딛으며 안으로 들어갔다.

거실에 놓인 TV와 소파를 훑어봤다. 침실로 들어가 침대가 비어 있는 걸 확인했다. 작은 욕조가 있는 화장실과 꽃무늬 타일로 장식된 부엌을 차례로 살펴봤다. 어디에서도 엄마의 모습이나 일상의 흔적이 보이지 않았다. 불안감이 가슴을 짓누르기 시작했다. 이내 숨쉬기 어려울 정도의 큰 두려움이 몰려들었다. 그때 부엌에 있는 작은 쪽문이 눈에 걸렸다. 뒤편 마당과 연결되는 작은 문이었는데 그게 조금 열려 있었다.

한나는 권총을 치켜들고 발끝으로 문을 밀었다. 끼익하는 소리를 내며 문이 열렸다. 고개를 슬쩍 빼 최대한 시야를 확보하려고 했다. 아무도 없었다.

쪽문을 통해 밖으로 나왔다. 주택 뒤편 마당에 시멘트 블록으로 세워진 회색 건물이 있었다. 과거 이 집에서 살던 사람들이 사용하던 창고였는데 내부에 그들이 가져가지 않은 오래된 물건이 가득 쌓여 있어서 엄마는 이사 온 첫날 이후로 그곳에 들어가길 꺼려했다.

아직 해가 지기 전이라 주변이 밝았지만, 창고 건물은 유독 어둡게 느껴졌다. 이유도 없이 기분 나쁜 소름이 목덜미에 돋았다. 거무죽죽한 회색 벽면에 달려 있는 시커먼 철문이 보였다. 그런데 뭔가 울긋불긋한 것이 묻어 있는 것 같아 미간을 좁히고 자세히 쳐다봤다.

철문 중간에 동그랗게 녹이 슨 자국이 드러나 있었다. 벌겋게 벗겨진 그 모습이 왠지 자신을 집어삼킬 것 같은 목구멍처럼 보이기 시작했다. 한나는 창고로 다가가려다 걸음을 멈췄다. 뇌리에서 기분 나쁜 상상이 스쳐 갔다.

집 안에 보이지 않던 엄마가 창고 안에서 발견된다. 핏기가 전혀 없는 얼굴로 쓰러져 있다. 마치 그날 창고 안에 있던 여자아이처럼, 아무리 흔들어도 엄마는 깨어나지 않는다.

마른침을 꿀꺽 삼켰다. 온몸에 힘이 들어갔다. 천근 같은 다리를 움직여 창고 앞에 다다랐다. 문고리를 잡아당기는 손이 저도 모르게 떨리고 있었다. 문이 열리는 틈새로 서늘한 바람이 밀려나왔다. 팔과 목덜미에 소름이 돋았다. 안쪽은 검정 물감으로 칠해놓은 것처럼 시커멓게만 보였다.

창고 안으로 발을 들이밀었다. 어디선가 환청처럼 희미한 숨소리가 들렸다. 온몸이 얼어붙는 것만 같았다. 더 들어가고 싶지 않았다.

하지만 방금 떠오른 상상이 마음에 걸려 몸을 돌릴 수도 없었다.

한나는 한 손으로 권총을 들고 다른 쪽 손을 주머니에 넣었다. 스마트폰을 꺼내 전원을 켰다. 화면이 켜지길 기다리는 동안 신경이 곤두섰다. 경쾌한 리듬과 함께 스마트폰이 켜졌다. 얼른 손전등 버튼을 눌렀다. 한순간에 주변이 환해졌다.

스마트폰으로 창고 구석을 비췄다. 커다란 장롱과 철제 캐비닛이 보였다. 선반도 한두 개 있었다. 무거워 보이는 상자가 꽤 높이 쌓여 있었다. 엄마가 이사하며 가져온 것들과 원래 이곳에 있었던 것들이 마구잡이로 뒤섞인 듯했다.

내부를 스캔 하듯 찬찬히 훑은 스마트폰 불빛이 이번엔 바닥으로 향했다. 어지럽게 널브러진 청소 도구가 눈에 들어왔다. 그런데 그 도구들 사이로 엎어져 있는 사람 형체가 보였다. 조금 더 가까이 다가가 비춰보았다. 엄마였다.

한나는 달려들 듯이 엄마에게 다가섰다. 흙바닥에 무릎을 대고 엄마의 얼굴을 살폈다.

"엄마, 정신 차려봐!"

한나의 목소리에도 엄마는 눈을 뜨지 않았다. 볼을 더듬어보니 다행히 온기가 감돌았다. 손으로 더듬으며 얼굴과 몸을 훑어봤지만 외상도 없었다. 뒤늦게 고통스러운 표정이 아니라 아무 일도 없다는 듯 평온하게 잠든 얼굴이라는 걸 확인했고 그제야 가슴을 쓸어내렸다. 그런데 등 뒤에서 옅은 숨소리가 들렸다.

다른 누군가가 있다. 인기척을 직감하고 총구를 돌렸지만 이미 늦었다. 강한 완력이 한나의 몸을 확 끌어당겼다. 두툼한 손이 코와 입을 짓눌렀다. 축축하게 젖은 수건이 얼굴을 뒤덮었다.

숨이 막히자 한나는 마구잡이로 방아쇠를 당겼다. 사방에 최루액이 분사됐는데도 상대의 힘은 약해지지 않았다. 코끝에서 전해지는 알코올 향이 머리를 어지럽혔다. 점점 호흡이 곤란해지고 정신이 아득해졌다.

한나의 한쪽 팔이 뒤로 억지로 꺾이며 권총이 바닥으로 떨어졌다. 상대가 팔을 비틀고 손목을 끌어당겼다. 한나는 몸이 마비된 것처럼 자신의 의지대로 움직이지 않는다는 걸 느꼈다. 어느새 뻣뻣하게 몸이 굳어버렸다. 그리고 목덜미에 얇은 바늘이 꽂혔다.

몸속으로 알 수 없는 액체가 들어왔고 빠르게 퍼져갔다. 곧 죽는다는 생각이 머릿속을 점령했다. 누구든 이 죽음의 수렁에서 자신을 구해주길 간절히 바랐다. 그때 불현듯 오래전 딸에게 배운 것 하나가 생각났다.

아직 반대편 손안에 스마트폰이 있었다. 남아 있는 힘을 끌어모아 손가락을 움직였다. 중지가 스마트폰 전원 버튼에 닿았다. 그 버튼을 여러 번 눌렀다.

더는 힘이 들어가지 않았다. 결국 스마트폰마저 떨어뜨렸다. 바닥에서 들려오는 둔탁한 소리를 끝으로 한나의 머릿속이 새하얗게 변했다.

4

나석준은 이마에 맺힌 땀을 닦아냈다. 그는 막 박한나와 그녀의 친모를 작은 방으로 옮겨놓은 상태였다.

잠시 숨을 돌리느라 거실 소파에 기대앉았다. 짧은 거리라 해도 의식이 없는 사람을 둘러메고 오는 게 생각만큼 쉽지 않았다. 그것도 둘씩이나.

고개를 돌려 방바닥에 누워 있는 두 사람을 훑어봤다. 손과 발은 밧줄로 단단히 묶어놓은 상태였고, 눈에는 검은 헝겊까지 씌워놓았다. 석준은 안심이 안 된다는 듯 다시 일어나 방으로 들어간 다음 다시 한번 그들의 상태를 살폈다.

몸을 굽혀 호흡을 확인했다. 손목과 목덜미를 짚어 맥박도 쟀다. 동공과 체온까지 확인했는데 큰 이상은 없어 보였다. 이 상태로만 별일 없으면 될 것 같았다. 이들이 다치는 건 원치 않았다. 혹시 모를 약물

부작용을 염두에 두고 흡입치료기 같은 장비도 가져왔다. 석준은 내일까지만 버텨달라고 소리 없이 부탁을 하고 나서 방에서 나왔다.

창고로 돌아가 바닥에 있는 박한나의 소지품을 챙겼다. 창고 내부엔 아직 최루액 냄새가 남아 있었다. 스마트폰 불빛을 비추며 석준이 손을 댄 흔적들을 지웠다. 널브러진 청소 도구 옆에 떨어져 있는 플라스틱 가면 하나가 눈에 들어왔다. 개구리 얼굴이 그려진 가면이었다. 앞면에 벌건 액체가 묻어 있었다.

한 시간 전, 박한나의 친모는 갑자기 찾아온 석준을 도경수로 여기고 의심 없이 문을 열어주었다. 곧 딸이 올 거라는 것도 알려줬다. 석준은 어렵지 않게 노인을 제압하고 창고에서 박한나를 기다렸다. 그때 창고 선반 위에서 개구리 가면을 발견했다. 얼굴을 숨기는 편이 낫다고 판단하여 가면을 썼는데 그 덕에 최루액 피해를 최소화할 수 있었다.

석준은 빨간 최루액이 묻은 개구리 가면을 쌓여 있는 상자 뒤편에 숨겼다. 다시 한번 남아 있는 흔적을 꼼꼼하게 살핀 후 창고에서 나왔다.

집 안으로 돌아가 아내에게 전화를 걸었다. 통화가 연결되자마자 아내의 목소리가 튀어나왔다.

"어떻게 됐어요?"

"별문제 없었어."

석준은 조금 전 두 사람을 방으로 옮겨놓았다고 했다.

"몸 상태도 괜찮아. 한두 시간 뒤에 깨어나면 그때 다시 확인해볼게."

"다행이네요. 병원 면회는 내일 오전에 할 수 있대요. 보호자가 요청하면 외출도 가능하고요. 아이 상태에 따라 안 될 수도 있는데, 그때는 돈을 좀 질러주면 쉽게 될 거래요."

아내는 오후 내내 병원을 맴돌며 필요한 정보를 캐냈다. 병원에서 알려준 기본 사항을 확인한 뒤에 면회를 마치고 나온 부모들에게 접근해 얘기를 들었고, 그들로부터 병원에서 알려주지 않는 내부 사정까지 파악했다.

"고생 많았어. 그만하고 돌아가."

석준은 담담하게 말을 이었다.

"나머지는 내가 하면 돼."

"혼자 가능하겠어요?"

"혼자 해야 해. 그래야 문제가 안 생겨."

아내는 남편의 단호한 말을 듣고는 잠시 말을 멈추었다. 더 이상 남편의 결정을 어떻게 할 수 없다는 걸 깨닫고는 화제를 돌렸다. 대신 바로 돌아가지 않고 근처 모텔에서 하룻밤을 보내겠다고 알려왔다. 만약 석준의 손이 모자랄 경우를 대비해 그렇게 하는 편이 낫겠다고 강조해 말했다. 석준은 그럴 일은 없을 거라 생각했지만 별말 없이 그저 고맙다는 말만 남기고 통화를 마쳤다.

부엌으로 가 식탁 앞에 앉았다. 다시금 흔들리는 마음을 다잡았다. 지난 1년간 나약해지는 자신을 수없이 질책해왔다. 그렇게 스스로를 꾸짖고 괴롭히는 짓도 얼마 남지 않았다고 여기며 마음을 단단히 먹었다.

하지만 마음을 다지면 다질수록 다른 쪽으로 부풀어오르는 풍선처럼 긴장과 초조함이 더해졌다. 배 속이 울렁거렸고 메스꺼움이 치밀었다. 오늘따라 더 거세지는 불안감이 가슴을 짓누르는 것만 같았다. 어느새 자기도 모르게 입술을 잘근잘근 씹고 있었다. 더 견디지 못하고 의자에서 일어나 서성이는데, 조용하던 집 안 어딘가에서 짧은 진동 소리가 들렸다.

자신의 폰은 아니었다. 일어나 소리가 난 방향으로 다가갔다. 한 번 더 짧은 진동이 들려왔다. 거실에 둔 외투에서 울리는 거였다. 외투 주머니에 도경수의 스마트폰이 들어있었다. 꺼내서 화면을 열었다. 진작에 도경수의 지문과 홍채 인식으로 스마트폰 내 모든 보안 장치를 풀어뒀다. 그래서 방금 도착한 비밀 메시지를 바로 확인할 수 있었다.

—아빠 지금 통화돼요?

—엄마한테 무슨 일이 생긴 거 같아요.

도지원의 메시지였다. 아아, 하는 탄식이 나오면서 한순간 모든 사고가 정지됐다. 흔들리던 가슴이 차갑게 식었고 순식간에 좁쌀 같은 소름이 목덜미로 올라왔다. 석준은 이 아이까지 끌어들이고 싶지 않았다. 그런데 손안에서 다시 진동이 울렸다. 이번엔 짧게 끝나지 않았다.

스마트폰 화면에 열한 자리 숫자가 떠다녔다. 석준은 목소리를 가

다듬고 전화를 받았다.

"메시지 봤어. 무슨 말이니?"

"아빠 지금 집이에요?"

"아니, 밖이야."

"어딘데요?"

석준은 대전에서 학회가 있었다고 둘러댔다. 말을 끝맺자마자 다시 무슨 일인지 되물었다. 도지원은 엄마로부터 SOS 메시지를 받았다고 했다. 대략 이십 분 전이었고, 전북 부안에서 보낸 거라며 말을 이었다.

"엄마 전화기가 꺼져 있어요. 혹시 몰라서 회사 사람한테 연락해 봤는데 아무것도 모른대요. 왜 부안에 갔는지도 모르고요. 아빠는 뭐 들은 거 없어요?"

"따로 없는데."

"지금 SOS 메시지에 찍힌 위치로 가보려고요. 아빠도 올 수 있어요?"

"내가 바로 가볼게. 일단 넌 집에 있어."

"아니에요. 엄마랑 약속했어요. 이 메시지 보면 내가 꼭 가겠다고요."

도지원은 이미 택시를 불러놓았다고 했다. 목소리에 서려 있는 비장함이 고스란히 전해졌다. 석준은 뭐라고 말해야 지원을 움직이지 못하도록 할 수 있을지 막막했다. 이마에서 식은땀이 맺혔고 겨드랑이에서도 기분 나쁜 땀이 맺히고 있었다.

"저는 한 시간 반이면 도착할 거 같아요. 아빠는 얼마나 걸려요?"

"나도 그 정도 걸릴 거야."

"위치 보낼게요. 일단 그 근처에서 만나요."

나머지 얘기는 만나서 하기로 했다. 그렇게 전화가 끊겼고 석준은 다시 식탁 앞에 주저앉았다. 창고에서 챙겨온 박한나의 스마트폰을 열어봤다. 그녀가 쓰러지기 전에 도지원에게 보낸 메시지가 있었다.

어젯밤 박한나의 스마트폰에 메시지를 훔쳐보는 스파이앱을 설치했다. 예전에 고용했던 흥신소 직원에게 오백만 원을 주고 구매한 C 타입 USB가 있었다. 스마트폰에 연결하면 자동으로 스파이앱이 설치되는 장치였는데, 어제 박한나가 샤워하는 사이 그 USB를 그녀의 스마트폰에 연결해뒀다. 그때 스파이앱을 설치해둔 덕에 박한나가 잠들기 전 그녀의 친모에게 보낸 메시지를 확인할 수 있었다. 바로 이어진 두 사람의 전화 통화도 석준은 방문 밖에서 몰래 엿들었다.

작년 초, 김광래로부터 박한나가 부안에 있는 작은 마을에 다녀왔다는 보고를 받은 적이 있었다. 당시 박한나는 누굴 만나거나 어디로 들어가거나 하지는 않았다고 했다. 그저 동네를 한 바퀴 둘러보는 게 고작이었다. 그날 이후로 다시는 그곳을 찾지 않았다. 그래서 석준은 대수롭지 않게 여기고 있었다.

그런데 어젯밤 그 마을 이름이 다시 떠올랐다. 마을 이름과 함께 갑자기 사라진 박한나의 친모가 그곳에 있을 거라는 예감이 강렬하게 들었다.

오늘 이른 아침부터 아내는 그 마을을 둘러봤다. 슬그머니 마을 사람에게 다가가 박한나 친모의 사진을 보이기도 했다. 얼마 지나지 않아 다른 이름으로 살아가는 그녀를 찾아냈다. 예상보다 빨리 움직인 박한나의 행동 덕분에 석준도 계획 진행을 서둘렀다.

내일이면 다 끝나는 거였다. 자신들뿐만 아니라 도경수와 박한나, 박한나의 친모까지 조금만 더 버텨주면 된다. 그러면 되는 건데 계획에 없던 문제가 생겼다.

도지원은 결코 만만한 애가 아니다. 자신을 감시했던 흥신소 직원을 성추행범으로 몰아 경찰서로 끌고 갔던 비상한 아이다. 그나마 다행인 건 최근 도경수와의 만남이 1년에 한 번 정도였고 그것도 삼십 분 내외에 불과했다는 점이다. 그 애가 자신의 정체를 눈치채지 못하길 바랄 뿐이었다.

석준은 도지원을 이 집으로 데려와 습격하는 장면을 떠올려봤다. 약물은 아직 충분했다. 이 방법이 가장 손쉽고 간단해 보였다. 하지만 리스크가 너무 컸다.

도지원은 자신이 위험에 처할 경우를 대비하고 있을 것이다. 괜히 급하게 움직이다가 모든 게 물거품이 될 수 있다. 지금까지 그래왔듯이 여유를 갖고 기회를 기다려야 한다. 시간이 많지 않았지만 이번에도 그래야 한다고 마음을 다졌다.

석준은 다시 아내에게 전화를 걸었다. 바로 통화가 연결됐다.

"문제가 생겼어. 당신이 도와줘야 할 거 같아."

3부

———

미스터리 유튜버

1

붉은 노을이 하늘과 바다를 동시에 물들였다. 정박한 고기잡이배가 파도에 맞춰 잔잔히 흔들렸고, 출렁이는 파도 소리가 조용한 시골 항구에 생명의 숨을 불어넣었다. 어제까지만 해도 살을 에는 찬 바람이 감돌았는데 오늘은 냉기만 살짝 느껴지는 정도였다. 혹독했던 이번 겨울이 잠시 소강상태에 접어드는 듯했다.

도지원은 하늘에서 번지는 벌건 색채를 감탄하며 바라봤다. 정지해 있는 풍경 같다가도 어느새 시간이 지나자 구름 속에서 새어 나오는 빛이 약해졌고 하늘이 검퍼렇게 변해갔다. 바다마저 푸른 빛깔을 잃어갈 때쯤 평평한 바위에서 일어났다.

옆에 세워둔 자전거에 올라타 길게 뻗은 포구를 시원하게 내달렸다. 기름칠을 안 해서 그런지 페달을 밟을 때마다 귀를 거슬리는 쇳소리가 들렸다.

구도항 초입을 막 벗어나려는데 불 켜진 간판 앞에서 손짓을 하는 사람이 눈에 들어왔다. 머리가 하얗게 센 횟집 아저씨였다. 자전거 방향을 틀어 아저씨 앞으로 가 섰다.

"잠깐 기다려봐."

아저씨는 자기 할 말만 하고 얼른 횟집으로 들어가더니 곧바로 꽤 묵직해 보이는 봉지 하나를 들고 나왔다.

"방어랑 매운탕거리 좀 넣었어. 집에서 먹어."

지원은 사양하는 기색 없이 봉지를 건네받고는 꾸벅 허리를 숙였다. 마을 사람들이 챙겨주는 먹거리는 기회가 닿는 한 받기로 했다. 그래야 생활비도 아끼고 밥걱정에서도 벗어날 수 있었다. 아저씨는 이 지역 토박이답게 느릿느릿한 어투로 말을 이어갔다.

"밥 잘 챙겨 먹고, 감기 조심하고. 가끔 식당 와서 밥 먹고 가."

"네, 감사합니다."

지원은 거리낌도 없이 속 편한 미소를 지었다. 건네받은 봉지를 자전거 바구니에 싣고 구도항을 빠져나왔다. 조용한 시골길로 접어들어 단단히 얼어붙은 농지들을 지나쳤다. 십오 분 정도 더 달린 자전거는 농가 주택을 리모델링한 아늑한 독채 앞에서 멈췄다. 사방이 높은 담으로 둘러싸인 집이었다.

이곳으로 이사 온 지 벌써 11개월째가 다 되어간다. 이번 학기도 휴학 신청을 한 상태고 집주인의 배려 덕분에 올해까지는 이곳에서 지낼 계획이다.

지원은 대문 앞에서 스마트폰을 열었다. 수상한 움직임이 포착됐다는 경고 메시지 두 개가 떠 있었다. 방금 도착한 것과 몇 분 전에 도착한 것.

방금 도착한 것은 집으로 들어오는 지원의 모습일 것이다. 그건 무시하기로 하고 몇 분 전에 온 메시지를 눌렀다. 바로 화면이 전환되며 영상이 재생되었다. 맞은편 전봇대에 설치한 CCTV 카메라 영상이었다. 광각렌즈라서 집 앞쪽뿐 아니라 뒤편까지 화면에 담겼다.

뒷산에서 내려온 어떤 물체 때문에 누런 갈대 무리가 흔들렸다. 사람인지 짐승인지는 잘 구분되지 않았다. 영상을 0.5배 느리게 재생했다. 얼굴을 화면에 가까이 대고 집중한 뒤에야 며칠 전 본 적 있는 고라니라는 걸 확인했다.

혹시나 하는 마음에 다른 각도에서 찍힌 카메라 영상도 열어봤다. 특이사항이 없는 걸 다시 한번 확인하고 도어록 비밀번호를 누른 뒤 대문을 끌어당겼다.

자전거는 마당 한쪽에 세워졌다. 집 안으로 들어간 지원은 횟집에서 받아온 봉지를 바로 냉장고에 넣었다. 십 분 정도 온라인 쇼핑몰을 둘러봤고 화장실로 들어가 샤워를 했다. 머리를 말린다는 핑계로 거실에 널브러진 채 한 시간 넘게 모바일 게임을 했다. 그 뒤에 저녁 식사 준비를 시작했다.

연분홍빛 방어회와 미나리 향이 가득한 매운탕을 식탁 위에 올렸다. 오랜만에 밥솥으로 지은 쌀밥도 그릇에 담아 가져왔다. 식사거리를 다 차린 뒤에 안방에서 아이패드를 가지고 나왔다.

아이패드를 세워둔 채 식사를 시작했다. 회를 먼저 몇 점 집어먹은 다음 밥과 매운탕으로 수저를 옮겼다. 한동안 식사를 이어가다가 7시 55분이 되었을 때 수저를 내려놨다. 아이패드 속 유튜브 앱을 켰다. 화면에 뜬 여러 썸네일 중 곧 오픈되는 영상 하나가 눈에 띄었다.

해괴한 개구리 탈을 쓴 사람이 팔짱을 끼고 생각에 잠긴 모습.

그 모습 밑으로 굵은 글씨가 적혀 있었다.

'개구리맨의 살인자 분석 – 2006년 6월 11일, 부산 금정구 여중생 살인사건'

지원이 지난 새벽에 완성한 영상이었다. 오늘 저녁 8시에 업로드되게끔 예약을 걸어놨다.

화면에 표기된 남은 시간이 삼 분대로 줄었다. 채팅창엔 벌써 수십 개의 댓글이 올라와 있었다.

이번 영상은 작년에 밝혀진 미제사건 속 살인범 김윤구에 관한 이야기다. 그간 이 살인범을 다룬 기사가 여러 매체에서 쏟아져 나왔다. 이제 흥미가 시들해졌을 법도 한데 꽤 많은 사람이 개구리맨의 분석에 기대 섞인 반응을 보였다.

이 채널을 운영한 지 6개월 만에 8만 명의 구독자가 생겼다. 유명인의 채널도 아니고 일정한 텀으로 영상을 올리는 것도 아닌데 비교적 짧은 시간에 큰 수익이 통장에 꽂혔다. 반듯한 복장으로 범죄 사건을 파헤치는 여느 유튜버와 달리 괴기스러운 개구리 모습으로 살인자의 범행 동기를 분석하는 컨셉이 제법 신선했던 모양이다. 처음엔 단순히 호기심으로 시작한 채널이었다. 하지만 지금은 이 채널을 운영하는 게 지원의 일상에서 가장 큰 부분을 차지하고 있다.

그간 무대를 만들고 개구리맨 역할을 하는 건 지원의 몫이었다. 하지만 지원이 내뱉는 분석 내용은 오롯이 아빠의 이메일에 의지했다.

몇 해 전, 경찰과 자료를 주고받는 아빠의 이메일 계정이 있는 걸 알게 됐다. 우연히 훔쳐본 패스워드 덕에 그 이메일 계정을 구경할 수 있었다. 아빠가 경찰에게 보낸 파일을 내려받았고, 아빠가 자주 쓰는 번호를 조합해 파일에 걸린 암호를 풀었다. 그 파일 속에는 살인사건 용의자 혹은 피의자를 분석한 내용이 담겨 있었다. 성장 배경, 생활 환경, 범행 동기 등 범인에 대한 정보가 상세히 적힌 보고서였다.

지원은 정기적으로 그 계정에 들어가 메일 목록에 있는 보고서를 내려받았다. 그리고 아주 꼼꼼히 읽었다.

항상 궁금했던 게 있었다. 살인자는 타고나는 것인가? 아니면 환경에 의해 만들어지는 것인가? 지난 몇 년간 이 물음을 가슴속에 안고 살아왔다. 그래서 주로 살인사건을 다룬 보고서를 바탕으로 개구리맨 영상을 제작했다. 지원은 이 영상을 통해 살인자들이 겪었던 어릴 적 학대나 사회적 혐오를 거론했고, 알려지지 않은 살인 범행의 동기를 파헤쳤다.

아빠의 보고서를 읽기 전에는 살인이 선천적 요인 때문이라고 여겼다. 그런데 보고서를 읽으면 읽을수록 후천적 요인을 절대 무시할 수 없다는 쪽으로 기울었다. 대부분의 살인자는 미치광이로 태어났기 때문이 아니라 어떤 환경적 결핍 때문에 살인을 저지른 것이었다. 지원이 잘 아는 살인자도 처음부터 미친 게 아니라고 믿고 싶었다.

개구리맨의 모습은 어느 만화 속 연쇄살인마 형상에서 따왔다. 할로윈 용품을 판매하는 업체를 뒤져 개구리 피부 질감을 재연한 탈과 장갑을 구매했고, 음성변조 마이크와 무대 조명 등을 갖추며 영상 촬영을 준비했다.

모든 준비를 마치고 영상에 담긴 개구리맨 모습을 확인했다. 조명 아래 있는 개구리맨 얼굴은 그야말로 해괴망측했다. 어릴 적 동생이 쓰고 놀던 귀여운 개구리 가면과 전혀 딴판이었다. 개구리 장갑과 남색 점프슈트까지 입으니 만화 속 살인마가 현실로 튀어나온 것 같았다. 가느다랗게 변조된 목소리까지 듣고 있으면 절로 소름이 돋았다.

지원은 반신반의하며 첫 영상을 올렸다. 그런데 그게 예상보다 큰 반향을 일으켰다. 일주일 만에 조회 수 12만, 댓글이 300개가 넘었다. 살인자를 변호해준다거나 살인을 정당화한다는 식의 비난도 있었지만 대체적으로 신선한 콘텐츠라는 찬사가 많았다. 그런 관심을 동력 삼아 거침없이 영상을 만들어갔다.

15년 전 故 백현기 경사를 살해한 유력 용의자, 7년 전 경기도 하안시에서 여자아이를 강간 살해한 지원학, 5년 전 이십대 남성을 청부 살해한 ㈜대주기업 회장 주수원 등 사회적 공분을 불러일으켰던 살인자를 영상 소재로 사용했다. 예상대로 댓글 창에선 열띤 논쟁이 펼쳐지기도 했다.

살인자는 태어날 때부터 뇌 구조가 다르다는 주장과 환경적 요인이 그들을 살인자로 만들었다는 주장, 선천적인 성격 문제라는 사람과 불합리한 사회 때문이라는 사람 등. 논쟁이 거세질수록 댓글은 늘어났고 조회수도 덩달아 올라갔다. 관리자 계정에서 볼 수 있는 모든 지표가 가파르게 오르는 모양새였다. 그만큼 정산되는 광고비도 불어났다. 채널이 빠르게 성장하던 어느 날, 지원을 얼어붙게 만든 문제의 댓글이 달렸다. 오늘도 그 댓글을 기다렸다.

저녁 8시 정각, 아이패드 화면 속에서 변화가 일어났다.

멈춰 있던 썸네일이 사라졌고 어두운 화면 속에서 희미한 음악이 흘러나왔다. 조명이 켜지면서 개구리맨이 모습을 드러냈다. 가느다란 목소리로 인사를 건넨 그는 본격적으로 오늘의 사건을 설명했다.

지원은 화면 속 정지 버튼을 눌렀다. 영상은 이미 여러 번 봤다. 문제없이 업로드된 게 확인됐으니 더는 볼 필요 없었다. 검지로 화면을 내려 댓글 창을 확인했다. 하나씩 올라오는 댓글을 살피며 멈췄던 식사를 이어갔다.

식사를 다 마친 뒤 빈 그릇을 싱크대로 옮겼다. 막 설거지를 하려는데 남자친구 우성재로부터 전화가 걸려왔다. 설거지는 나중으로 미루고 거실에 있는 빈백에 누워 전화를 받았다.

성재는 퇴근 후 이제야 영상을 봤다며 장황하게 말을 늘어놨다. 사건에 대한 자기 생각을 언급했고, 지원을 향한 칭찬과 격려도 잊지 않았다. 두 사람은 시답잖은 일상 대화로 통화를 계속 이어갔다. 그렇게 삼십 분 정도 시간을 보냈고 내일 보자는 말을 끝으로 전화를 끊었다.

지원은 식탁으로 돌아갔다. 시선이 다시 아이패드 화면 속 댓글 창으로 향했다.

벌써 논쟁을 부추기는 글들이 올라와 있었다. 간간이 욕설도 보였다. 어차피 저들은 내가 누군지 알 수 없다고 여기며 계속 올라오는 댓글을 꼼꼼하게 살폈다. 문제의 댓글은 영상이 업로드되고 한 시간이 지났을 때 등장했다.

하안시 무악산 살인사건 범인은 지원학이 아니다. 범인은 따로 있다.

매번 같은 문장이었다. 오늘은 추가된 문장이 있을까 하고 기다렸는데 역시 아무것도 덧붙이지 않았다.

남들 눈엔 그저 헛소리로 보이는 이 댓글이 지원에게는 날카로운 도끼를 들고 서 있는 누군가의 그림자로 느껴졌다. 도끼가 떨어지기 전에 그림자 속 얼굴을 확인하고 싶은데 딱히 방법이 없었다.

두 달 전쯤 그간 올렸던 모든 영상에 한꺼번에 이 댓글이 달렸다. 누가 이 글을 쓴 건지 추측하는 여러 답글도 이어졌다. 대부분이 지원학 부모가 쓴 글이라고 의심했다. 의미 없는 관종의 짓이라는 의견도 제법 있었다.

지원학 부모 짓은 아닐 것이다. 그들은 변호사를 통해 법적으로 대응해왔다. 이런 식의 도발은 어울리지 않는다. 단순히 관종의 짓이라고 보기도 어렵다.

이 댓글은 그저 헛소리가 아니기 때문이다.

짐작컨대 누군가 개구리맨의 정체를 알고 있다. 그리고 그 사건의 진실도 아는 듯하다.

지원은 댓글을 보고나서부터 다시금 머리가 복잡해졌다. 혼자 힘으론 누가 쓴 댓글인지 확인할 수 없었다. 아빠에게 알릴까 고민해봤지만 그렇게 되면 이메일 계정을 훔쳐본 것부터 영상 제작과 유튜브 채널까지 설명해야 하기에 잠시 망설이다 그만뒀다.

아이패드 화면을 끄고 방으로 들어갔다. 침대에 누운 채 이어폰을 귀에 꽂고 템포가 빠른 피아노 연주곡을 재생했다.

슬며시 떠오른 불안감이 출렁이고 있었다. 불쾌한 그 기분이 피아노 소리에 맞춰 떠내려갈 때까지 두 눈을 꼭 감았다.

다음 날 정오쯤 우성재가 도착했다.

새벽 늦게 잠이 든 지원은 성재의 차량 소리에 일어나 대문을 열었다. 성재의 부재중 전화가 쌓여 있는 것도 그때 확인했다.

성재는 커다란 상자를 양손에 받쳐 들고 집으로 들어왔다. 뭐냐고 물으니 한라봉이라고 했다. 오는 길에 샀다며 낚시터에 몇 개 가져가자고 들떠서 말했다. 그제야 지원은 오늘 하기로 한 것들이 하나씩 떠올랐다.

"또 늦게 잤지? 몇 시에 잤어?"

"한 4시쯤."

지원은 한라봉 하나를 꺼내 들고 껍질을 벗기며 말을 이었다.

"아침 먹고 나왔어?"

"휴게소에서 간식 좀 먹었어."

"밥 먹을래? 어제 횟집에서 받은 거랑 해서."

"같이 먹자."

"난 괜찮아."

지원은 한라봉 한 조각을 뜯어먹고는 냉장고에서 방어회와 매운탕 거리를 꺼냈다. 어제 성재 몫을 남겨두고 절반만 먹었다. 남은 회 전부를 식탁에 올렸고 매운탕을 끓였다. 얼려둔 쌀밥까지 전자레인지에 돌린 뒤에 밑반찬을 차려줬다.

"매운탕 다 되면 먹고 있어. 씻고 나올게."

"응."

한라봉 두 조각을 연이어 입에 넣고 화장실로 들어갔다.

우성재와는 대학교 같은 과 선후배로 만나 2년째 교제 중이었다. 엄마를 닮아 뚜렷한 이목구비를 가진 지원은 대학 생활 내내 많은 남자로부터 구애를 받았다. 하지만 모든 고백을 뿌리치고 자신의 상대를 직접 찾아 나섰다. 그러다 눈에 띈 이가 성재였다.

작은 눈에 서글서글한 인상, 커다란 바위 같은 몸집까지, 학과 사무실에서 처음 본 성재는 시골에서 막 올라온 유도 선수 같은 모습이었다. 외모에 그다지 신경 쓰지 않았고 행색도 투박해 보였다. 하지만 유순하면서도 강직한 성격을 지녔다는 소문은 자자하게 퍼져 있었다.

지원은 자기보다 네 살 많은 성재를 찾아가 연락처를 물었다. 이후 몇 차례 특별한 목적없이 만나본 뒤에 지원이 먼저 고백했다. 나중에 자신이 성재에게 고백했다는 사실에 친구들도 놀랐지만, 고백을 받는 자리에서 성재는 도망이라도 칠 것처럼 기겁하고 놀라는 기색이었다. 그렇게 성재는 지원의 남자친구가 됐다.

1년 전 대학을 졸업한 성재는 취업 대신 아버지 밑으로 들어가 사업을 배웠다. 공사 현장에 고압콤프 임대사업을 하는 아버지를 따라다니며 착실하게 장비 운용법과 정비 기술 같은 걸 익혔고, 일이 익숙해진 뒤부터 매주 주말 지원이 있는 충남 서산으로 내려와 함께 시간을 보냈다.

오늘은 수상 좌대 낚시터를 빌려둔 상황이었다. 가는 길에 장을 봐야 하고 토요일이라 차도 막힐 걸 생각하니 남은 시간이 빠듯하게 느껴졌다. 지원은 서둘러 샤워를 마치고 화장실에서 나왔다. 방금까지 식탁에 있었던 성재는 싱크대 앞에서 설거지를 하고 있었다.

집에서 함께 나온 두 사람은 동네에 하나뿐인 마트로 향했다. 마트에서 한나절 먹을 음식을 산 뒤에 차로 이십 분 정도 떨어진 저수로로 이동했다. 거의 도착할 때쯤 지원의 스마트폰으로 전화가 걸려왔다. 차량 시계를 보니 오후 2시가 지나고 있었다.

"네, 아저씨. 거의 다 왔어요."

성재의 차량이 낚시터 주차장에 들어섰고, 지원이 조수석에서 내렸다. 맞은편 회색 차량 앞에 서 있던 준규 아저씨가 뒷짐을 지고 느긋하게 다가왔다.

"지원아, 잘 지내고 있어?"

"그럼요."

준규 아저씨는 사무실이 근처라 잠깐 나왔다고 했다. 오랜만에 지원의 얼굴을 보니 좋다는 둥 반가워하는 말을 두어 번 더 했다.

"여기 사장한테 말해뒀거든. 좌대 한 동 주기로 했으니까 편하게 쓰면 돼. 필요한 거 얘기하면 다 갖다 줄 거야."

"네, 감사합니다."

주차를 마치고 온 성재가 준규 아저씨를 보고 반갑게 고개를 숙였다. 이미 한두 번 본 적 있어 서먹한 사이는 아니었다. 아저씨가 악수를 청하자 두 남자가 손을 붙잡았다. 예전에도 느꼈던 거지만 키와 몸집이 더 큰 성재보다 온몸이 검게 탄 아저씨의 완력이 훨씬 세 보였다.

"아 참, 수영이 합격한 거 축하드려요."

지원은 마을 초입에 걸린 서울대 합격 현수막을 떠올리며 말했다. 현수막 속에 '서산경찰서 민준규 형사과장 둘째 딸 민수영 양'이란 글씨가 크게 박혀 있었다.

"고마워. 안 그래도 아빠가 비싼 선물 하나 보내주셨어."

"아빠가요? 비싼 선물 뭐요?"

"노트북. 수영이가 엄청 좋아하더라. 언제 한번 놀러 와."

"그럴게요."

준규 아저씨가 슬며시 성재의 눈치를 살피더니 조심스럽게 말을 꺼냈다.

"그건 항상 갖고 다니지?"

"네, 걱정하지 마세요."

"그래, 이상한 사람 보이면 바로 연락하고."

아저씨는 재밌게 놀다 가라며 손을 흔들며 돌아섰다. 지원은 아저씨의 회색 차가 주차장 공간을 빠져나갈 때까지 양손을 흔들어주었다.

지원이 이 낯선 지방에서 그럭저럭 안심하고 생활하게 된 건 준규 아저씨가 있기 때문이었다. 1년 전 아빠에게 휴학할 거라는 소식과 함께 쉬는 기간 동안 바다 근처에서 살고 싶다는 얘기를 꺼냈다. 아빠에게는 통보만 할 생각이었는데, 흘려듣지 않고 며칠 뒤 준규 아저씨 번호를 알려줬다.

처음 한 주 동안 준규 아저씨는 지원을 살뜰히 챙겨줬다. 하루에 두세 번씩 전화해 필요한 게 없는지 물었고 일부러 시간 내서 마을 사람들을 소개해줬다. 그때마다 도경수 교수님에게 여러 도움을 받았다는 말을 덧붙였다. 정확히 어떤 도움을 받았는지는 물어봐도 알려주지 않았다.

하루는 장난감 무전기처럼 생긴 호출기를 주면서 항상 휴대하고 다니라고 했다. 버튼을 누르면 바로 이 지역 경찰에게 연결되는 호출기였다. 준규 아저씨는 지원이 속으로 안고 있는 불안감에 대해 어느 정도 아는 눈치였다.

걱정스럽고 부담스럽기도 했던 그의 배려가 지금은 지원에게도 많이 자연스러워졌고, 그래서 충분히 안도감을 느끼고 있었다. 가까운 곳에 자신을 지켜주는 사람이 있다는 것만으로 이곳 생활이 치안이 비교적 잘되어 있는 대도시 어느 곳보다 만족스러웠다.

지원과 성재는 주차장을 빠져나와 낚시터로 내려갔다.

중년의 낚시터 주인이 두 사람을 단번에 알아보고 미리 준비해둔 좌대로 안내해줬다. 성재는 음식이 담긴 박스를 품에 안은 채 뒤뚱뒤뚱 쫓아갔다. 지원은 저수지를 배경으로 사진을 찍어 가며 천천히 뒤따랐다.

물 위에 떠 있는 수상 좌대였지만 연결 다리가 있어 완전히 물로 둘러싸인 섬 같은 건 아니었다. 다리를 건너 작은 조립식 건물로 들어가자 안락한 내부가 눈에 들어왔다. 싱크대와 냉장고, TV, 이불 등 여느 숙박 시설과 비교해도 손색없을 정도로 잘 갖춰진 공간이었다.

주인아저씨가 큰 창을 열어놓고 밖으로 나갔다. 베란다같이 옥외와 연결된 그곳에 탁 트인 낚시 공간이 있었다.

주인아저씨는 미리 준비해둔 낚시용품을 하나씩 설명했다. 필요한 게 있으면 인터폰으로 알려달라고 했고, 모든 비용은 민준규 과장님이 지불했다며 내일까지 있을 건지 물었다. 지원은 해가 지면 집으로 돌아갈 거라고 대답했다.

아저씨가 나가자마자 성재는 바쁘게 몸을 움직였다. 먼저 두꺼운 외투 대신 포켓이 많은 조끼로 바꿔 입었다. 채집망을 기둥에 묶어 물 밑으로 떨어뜨렸고, 주인아저씨가 알려준 대로 받침틀을 설치한 뒤 낚싯대 세 개를 차례로 세팅했다.

지원은 마트에서 사 온 빵과 커피를 가져와 성재 옆에 앉았다. 간단히 허기를 달래며 채비를 던지는 성재를 흐뭇하게 바라봤다. 곧 눈앞에 낚싯대가 멋지게 고정됐다. 그때부터 느긋하게 기다림의 시간을 즐기기로 했다.

잔잔하게 흐르는 물결과 사방으로 펼쳐진 겨울 산이 적막하면서도 안락한 분위기를 자아냈다. 파란 하늘에서 내리쬐는 햇볕 덕에 얼굴에 닿는 겨울바람이 시원하게 느껴졌다. 지원은 낚시 의자에 몸을 기댄 채 양팔을 끌어안았다. 몇 분 후 입에서 하품이 새어 나왔고 스르르 눈이 감겼다.

깜빡 잠이 들었다가 깨어났다. 십 분 남짓 흘렀을 거라 생각했는데 한 시간이 훌쩍 지나있었다. 그사이 성재는 두 마리나 잡았다며 채집망을 들어 보였다. 지원은 부스스해진 머리를 긁적였다. 의자에서 일어나 기지개를 켰다. 금세 공복이 밀려들었다.

"배고프다."

"배고파? 고기 구워 먹을까?"

"응."

지원과 성재는 좌대 내부로 들어가 마트에서 사온 삼겹살과 소시지를 구웠다. 다 구워진 음식을 바깥쪽 테이블로 옮겨 캔맥주와 함께 먹기 시작했다. 중간중간 낚싯대가 흔들리면 성재가 튀어가 고기를 낚아챘다. 지원은 그때마다 아이처럼 웃었고, 한가롭고 여유로운 이 시간을 성재와 나누고 있는 게 행복하다고 느꼈다. 맛있는 음식이 배 속을 채우고 취기가 올라오니 몸이 다시 나른해졌다.

낚시 의자로 돌아가 몸을 기댔다. 파랗던 하늘이 어느덧 잿빛으로 변해 있었다. 구름 사이사이로 붉은 기운이 옅게 감돌았다. 어제만큼은 아니었지만 오늘 노을도 충분히 마음에 들었다.

오래전부터 해가 질 때 나타나는 여러 겹의 빛깔이 신비롭게 느껴졌다. 건물이 없는 넓은 공간에서 노을 진 하늘을 매일 보고 싶었다. 그게 바다 근처에서 살고 싶었던 가장 큰 이유이기도 했다.

지원은 성재의 어깨에 살포시 머리를 기댔다. 멀리서 들려오는 방울벌레 울음과 잔잔한 바람 소리가 지원의 마음을 더없이 편안하게 만들어주었다. 눈을 감고 자연만이 만들어내는 소리에 집중했다. 이런저런 걱정이 사라지며 머리가 한결 가벼워지는 기분이 들었다. 지금 이 시간을 잊지 말고 기억해야겠다는 생각이 스쳐 지나갔다. 그리고 몇 분 뒤, 희미하게 스마트폰 진동음이 들렸다.

테이블 위에 있는 지원의 스마트폰이 울린 거였다. 짧은 진동인 걸 보니 메시지가 도착한 모양이었다. 지금 이 기분을 깨트리고 싶지 않아 무시하기로 했다. 그렇게 십 분 정도 시간을 더 보내고 스마트폰을 확인했다.

―SOS!

―도움이 필요해요.

엄마가 보낸 긴급 문자 메시지다. 메시지에는 위치 정보도 포함돼 있었다. 위치를 확인해보니 전라북도 부안군 어딘가였다. 처음 보는 지역이었다. 이곳이 무엇을 뜻하는지는 한참 뒤에야 짐작할 수 있었다.

지원은 바로 전화를 걸었다. 답답한 신호음만 길게 이어질 뿐 연결되지 않았다. 다시 한번 전화를 해봤다. 이번엔 전화기가 꺼져 있다는 음성이 들려왔다. 이후로는 그 음성만 반복됐다.

눈앞이 어두워졌다. 스마트폰을 누른 것도 모른 채 실수로 누른 걸까, 생각해본 건 두 번째 전화를 걸었을 때까지였다. 엄마의 실수가 아니라는 걸 확신했다. 얼굴에 닿는 바람이 갑자기 서늘해졌다. 앉지도 못하고 멍하니 서서 여러 가지 가능성을 떠올렸다. 머리가 지끈거리며 무거워졌다.

지원은 어떤 가능성에 이르자, 다리에 힘이 풀려 털썩 주저앉았다. 바닥에 닿는 소리가 쿵 소리를 내며 좌대가 울렸다. 놀란 성재가 다가와 무슨 일인지 물었다. 한동안 대답하지 못한 채 검게 변한 저수지만 바라봤다. 머릿속으로 상황을 정리한 뒤에야 간신히 입을 열었다.

"지금 엄마한테 가봐야 해."

2

집으로 돌아가자마자 지원은 방에서 대충 짐을 챙겨 거실로 나왔다. 부안까지 데려다주겠다는 성재의 호의는 거절했다. 아빠를 만나기로 했고, 그러니 걱정할 필요가 없다는 걸 알려주고 싶었다. 운전 대신 성재가 해줘야 할 다른 일이 있기도 했다. 그를 끌고 다시 방으로 들어갔다.

호출한 택시가 도착하기 전까지 지원은 앞으로의 계획을 설명했다. 성재는 눈을 치켜뜬 채 귀를 기울였다. 마치 이런 일이 있을 걸 예상이라도 한 듯한 지원의 계획에 성재는 놀라는 눈치였다.

지원은 가까워지는 차량 소리에 서둘러 나갈 준비를 했다. 움직이기 편한 운동복으로 갈아입었고 그 위에 가죽 재킷을 걸쳤다. 성재는 마음이 놓이질 않는지 자신이 함께 가는 편이 낫겠다는 말을 한 번 더 꺼냈다. 지원은 성재의 양손을 붙잡고 차분히 말했다.

"여기에서 날 지켜줘."

안절부절못하던 성재가 입을 닫았다. 지원은 고맙다는 말을 여러 번 하고서야 집에서 나와 택시 뒷좌석에 올라탔다.

창밖으로 우두커니 서 있는 성재가 눈에 들어왔다. '조심해' 소리치는 성재에게 가볍게 손을 흔들었다. 택시가 움직이기 시작했고 점차 성재와 멀어졌다. 곧 시야에서 그가 사라졌다. 그제야 등에 메고 있던 가방을 다리 밑으로 내렸다. 스마트폰을 꺼내 아빠에게 메시지를 보냈다.

―지금 출발했어요. 도착하면 전화할게요.

'그래'라는 짧은 답장이 돌아왔다.

지원은 엄마가 보낸 긴급 문자 메시지를 다시 열었다. 메시지에 포함된 위치 정보를 확인했다. 거리뷰 모드로 주변을 보니 오래된 집 몇 채와 작은 논밭 사진이 나타났다. 지원이 머무는 마을과 비슷한 풍경이었다.

아빠와 통화하기 전, 지원은 엄마의 동료 몇 명과 연락이 닿았다. 그들 모두 어제 오후쯤부터 엄마를 보지 못했다고 했다. 엄마는 연출자에게만 개인적인 일이 생겨 주말 공연에 참석하지 못할 거라고 알렸고, 그 뒤로는 어떠한 연락도 하지 않았다고 했다.

지원의 초조한 시선이 스마트폰 화면 속 지도에 오래 머물렀다. 서울에서 생활하는 엄마가 어떤 일로 이곳에 내려왔을지 생각해봤다. 아무리 머리를 굴려봐도 이유는 하나였다. 화면 속 어딘가에 외할머니가 살고 있을 것이다. 엄마는 외할머니의 연락을 받고 전라북도 부안으로 내려간 거다.

불현듯 머리 한구석에 걸리는 게 있었다. 어젯밤에 걸려온 전화 한 통이 떠올랐다. 031로 시작하는 번호라 무시하고 지나쳤다. 최근 부쩍 늘어난 광고 전화 때문에 모르는 번호는 일절 받지 않았다.

통화 목록에서 어젯밤에 찍힌 부재중 번호를 눌렀다. 바로 통화가 연결됐다. 전화가 연결된 곳은 하안시에 있는 한 호텔이었다. 지원은 어젯밤 엄마가 그곳에 머물렀다는 것과 자신에게 전화했다는 걸 알아냈다.

창밖으로 시선을 돌렸다. 가로등 불빛들이 작은 시골 마을을 힘겹게 비추고 있었다. 얼마 뒤 택시가 좁은 산길로 접어들었다. 고속도로를 타기 위해선 이 길을 꼭 지나야 한다. 칠흑 같은 산길을 달리는 동안, 두 개의 문장이 머릿속에서 맴돌았다.

하안시 무악산 살인사건 범인은 지원학이 아니다. 범인은 따로 있다.

누가 그 댓글을 달았는지 짐작이 갔다. 어젯밤 엄마의 전화도 그들과 연관이 있을 것이다. 엄마는 그들 때문에 급히 할머니 집으로 내려간 거다.

고속도로에 오른 택시가 거침없이 속도를 높였다. 지원은 빠르게 지나치는 불빛을 바라보며 조용히 호흡을 가다듬었다. 초조한 마음을 가라앉히려 했지만 잘되지 않았다. 깊숙이 묻어뒀던 동생 지웅이에 대한 기억이 제멋대로 솟구쳐 올라 가슴이 욱신거렸다.

지원은 끊임없이 동생을 배제하며 살았다. 동생과의 관계가 처음부터 나빴던 건 아니었다. 한때는 부모님만큼이나 동생을 살뜰히 챙겼다. 각별했던 남매 사이에 변화가 생긴 건 중학교 2학년 때 일어난 한 사건 때문이었다.

열세 살이던 지웅이가 하교 중이던 열 살짜리 남자아이 둘에게 무차별적인 폭행을 가했다. 엄마와 아빠는 그 일을 수습하느라 이 주 넘게 애를 먹었고, 그사이 지원은 학교에 가지 않은 채 홀로 지웅이를 돌봤다.

여러 차례 지웅이에게 왜 그렇게 난폭하게 아이들을 때렸는지 물었는데 대답은 매번 비슷했다. 자신을 비웃는 모습을 봤다거나 자신을 향한 욕설을 들었다거나 등등.

돌이켜보면 그 당시 지웅이는 어린 나이에 감당 못 할 수준으로 사람들의 편견과 차별을 고스란히 경험했다. 자신을 무시하는 타인의 눈빛에 자주 의기소침해졌고, 남들과 다른 자신의 외모에 불평을 늘어놨다. 이런저런 불만이 쌓이면서 무작정 타인에 대한 적대심도 커진 듯했다.

어쨌든 그 일은 지웅이의 잘못이었다. 하지만 그 일만으로 동생의 폭력성을 운운하며 괴물 취급하는 건 가혹하다고 여겼다. 지원은 자신만이라도 동생을 이해해주려 노력했다. 동생의 폭력에는 그럴만한 이유가 있다고 여긴 것이다.

이 주 뒤 부모님들끼리 조정한 수습은 어느 정도 마무리가 됐다.

그렇다고 사건이 끝난 건 아니었다. 지웅이에게 폭행당한 남자아이 중 한 명에게 고등학생 형이 있었다. 그가 지원의 중학교를 찾아왔다. 그는 하교하는 지원을 인근 상가 화장실로 데려갔다.

누나라도 잘못했다고 빌라고 했지만 지원은 그에게 사과하지 않았다. 지웅이가 처한 상황을 다 이해시킬 순 없지만 지웅이의 잘못만이 아니라는 점을 분명히 말했다. 얼굴이 붉으락푸르락해진 그는 지원에게 몇 차례 주먹질을 했다. 지원은 맞고만 있었던 건 아니었다. 어떻게든 맞서려고 같이 주먹을 내질렀지만 남자 고등학생의 힘을 당할 재간은 없었다. 결국 내동댕이쳐져 더러운 바닥에 뒹굴고 말았다.

사건의 불씨가 여기서 꺼졌어야 했다. 그런데 다른 쪽으로 번지며 더 큰 문제가 생겼다.

지원에게 호감이 있었던 남학생 몇 명이 화장실에서 벌어지고 있는 일을 눈치채고 어디선가 야구 방망이를 가져와 들이닥쳤다. 그들은 바닥에 쓰러진 지원을 보고 흥분한 나머지 고등학생에게 마구잡이로 방망이를 휘둘렀다. 결국 이 고등학생 남자애도 피해자가 되었다.

이번 일은 두 피해자가 입을 닫으며 조용히 넘어갔다. 단, 지원의 학교생활에서 시끄러운 변화가 일어났다.

화장실에서 고등학생을 때려눕힌 남학생들이 차례로 지원에게 치근덕거렸다. 지원은 고마워하기는커녕 오히려 더 매몰차게 굴었다. 그러지 않으면 꼴이 우습게 될 게 뻔했다. 며칠 지나지 않아 누가 어떻게 알았는지 이번 일에 관한 소문이 학교 전체로 퍼졌다. 소문 속에서 지웅이는 흉악한 범죄 가해자로 왜곡돼 있었다.

소문이 거짓을 부풀려 나가면서 학교 안에선 지원에 대한 비난이 거세졌다. 비난 속에는 지웅이를 향한 조롱도 담겨 있었다. 예전부터 되바라진 지원을 곱지 않게 여겼던 여자 선배들은 기회를 잡았다는 듯이 그녀를 괴롭혔다. 지원이 그들의 타깃이 되자 가까웠던 친구들이 하나둘씩 멀어졌다. 그렇게 한두 달이 지나고 나니 누구도 지원의 옆에 있으려 하지 않았다.

지원은 대부분의 시간을 홀로 보냈다. 아무렇지 않은 듯, 평범한 학생인 것처럼 공부에만 열중했다. 힘든 내색을 하게 되면 모두에게 지는 거라고 다짐하며 조금도 티를 내지 않으려 애를 썼다. 어느 정도 긍정적인 변화도 있었다. 친구들과 노는 시간이 사라지고 공부 시간이 늘어나서인지 중학교 3학년 첫 시험에서 전교 1등을 했다.

성적표를 확인하곤 엄마는 유난스레 칭찬을 해줬다. 그 진심 어린 칭찬을 듣는 순간, 지원은 참아왔던 눈물을 왈칵 쏟아냈다. 한참이나 울고나서야 지난 몇 달간 자신이 겪어온 일을 털어놓았다. 엄마는 모든 말에 귀 기울여줬고 지원을 꼭 안아줬다.

그때 처음으로 엄마가 눈물을 보이며 지웅이 얘기를 꺼냈다.

지웅이가 남자아이들을 때린 건 그 애들 때문이 아니라고 했다. 다양한 각도의 CCTV를 확인해봤는데 아이들은 지웅이에게 어떠한 자극도 주지 않았다. 지웅이는 아무 이유 없이 그 애들을 쫓아가 폭력을 가한 거였다.

엄마는 지웅이의 뇌가 일반인과 조금 다르다는 말로 그때 당시의 이야기를 맺었다. 지원은 엄마의 마지막 말을 한참 뒤에야 이해했다. 지웅이에게 장애가 있다는 건 잘 알고 있었지만, 범죄자들과 비슷한 뇌 구조를 가졌다는 건 처음 듣는 얘기였다.

그러고 보니 동생의 대답은 전부 거짓이었다. 장애는 문제가 되지 않았다. 하지만 그걸 핑계로 거짓말을 해온 건 용서할 수 없었다. 배신감은 이루 말로 표현할 수 없었다. 세상 사람들이 동생을 괴물 취급해도 자신만은 그 아이를 이해하려 노력했다. 학교에서, 친구들 사이에서 부당한 일을 당했어도 그 화살을 절대로 동생에게 돌리지 않았다. 그런데 그게 전부 쓸모없는 짓이었다고 생각하니 분노와 함께 참아왔던 서러움이 복받쳐 올랐다.

이후로는 동생과 어떠한 말도 섞지 않았다. 더는 신경 쓰지 않기로 했다. 엄마와 아빠도 동생을 돌보는 일을 더 이상 지원에게 부탁하지 않았다.

이듬해 하안시로 이사를 했고, 그곳에 있는 고등학교에 입학하며 동생과 마주치는 시간이 거의 없어졌다. 그렇게 자신의 삶 속에서 차츰 동생을 지워갔다.

하지만 완전히 동생과 연을 끊을 생각은 아니었다. 막연하긴 해도 동생과의 관계 개선을 위해 노력해야 한다는 것쯤은 인식하고 있었다. 먼 미래에 부모님이 돌아가시면 자신이 동생을 돌봐야 한다는 것도 어느 정도 각오한 채 살아갔다.

그런데 그 생각이 무색할 정도로 이제 더는 지웅이를 볼 수 없다. 설령 본다고 해도 아는 체를 해서는 안 된다.

그게 우리 가족이 지켜야 하는 가장 중요한 원칙 중 하나였다.

정체가 심한 구간에 들어서자 택시가 서서히 속도를 줄였다. 지원은 고개를 내밀어 정면 차창을 바라봤다. 많은 차량이 길을 막고 서 있었다. 답답한 숨을 내쉬며 자세를 바꿔 앉았다.

"부안까지는 무슨 일로 가요?"

택시기사가 룸미러를 통해 말을 걸었다. 지원의 시선이 거울 속 택시기사에게 향했다. 꽉 막힌 도로 탓인지 주름진 그의 얼굴에도 답답한 심정이 어려 있었다.

"외할머니 뵈러요. 외할머니가 거기 사세요."

"무슨 일 있으신 건 아니죠?"

"네, 그런 건 아니고. 그냥요."

지원은 대충 대답을 얼버무리고 입을 닫았다. 택시기사도 더는 묻지 않았다.

택시는 정체 구간에서 벗어나기 위해 차선을 변경하며 조금씩 앞으로 나아갔다. 지원은 스마트폰을 열어 내비게이션 앱을 켰다. 도착까지 족히 한 시간은 더 남았다.

차창 밖으로 둥근 달이 환히 빛났다. 어느새 바깥은 완전한 밤의 세계가 됐다. 왠지 오늘은 평소보다 더 긴 밤이 될 것 같았다.

지원은 재킷 주머니에서 무선 이어폰을 꺼냈다. 귀에 꽂고 어젯밤에 들었던 피아노 연주곡을 재생했다. 두 눈을 감고 귓속으로 들어오는 시원하면서도 빠른 선율에 집중했다. 머릿속에 남은 생각들을 떨쳐내고 마음을 가라앉히는 데는 음악이 그래도 효과적이었다. 그렇게 오 분 정도 시간을 보냈는데 자기도 모르게 깜빡 잠이 들었다.

도착했다는 택시기사 목소리에 번쩍 두 눈을 떴다. 얼른 창밖을 내다봤다. 여전히 주변이 잘 보이지 않는 어두운 시골길이었다. 창밖으로 비상등을 켜고 서 있는 검은 승용차가 보였다. 지원은 가방을 들고 택시에서 내렸다. 택시비는 미리 등록해둔 체크카드에서 자동으로 결제됐다.

검은 승용차로 걸어가 번호판을 확인했다. 아빠 차가 맞다고 인지한 순간, 운전석에서 누군가 나왔다. 지원은 미간을 좁히고 상대의 얼굴을 확인했다. 잔뜩 굳은 얼굴로 서 있는 아빠였다.

아빠는 공연히 지원의 주위를 살피고 나서야 지원에게 성큼성큼 다가왔다. 빠른 걸음으로 뛰듯이 와서는 지원을 와락 끌어안았다.

"잘 지냈니?"

아빠의 목소리가 굵고 나직하게 들렸다. 갑작스럽게 구는 아빠의 행동이 다소 의아스러웠다. 아빠와는 일 년에 한 번씩 만나왔다. 그때마다 위험한 일이 없는지 꼬치꼬치 캐물어 볼뿐 이런 행동을 한 적은 없었다. 그래서 이 포옹이 어떤 의미인지 더욱 실감이 났다. 정말로 우리 가족에게 위험이 닥쳤다.

지원도 두 팔을 들어 아빠를 꼭 끌어안았다. 짧은 포옹이었지만 어떠한 말보다 더 많은 위로를 주고받은 기분이었다.

"일단 차로 가자."

아빠가 몸을 돌려 운전석으로 향했다. 지원은 아빠를 뒤쫓아 조수석에 올라탔다.

"반년 만에 보는 거구나."

"그렇네요."

아빠의 얼굴에 붉은 기가 감돌았다. 살짝 부어 있었고 작은 상처도 보였다. 무슨 일이 있었던 거냐고 묻자 아빠는 얼마 전에 가벼운 교통사고가 있었는데 그때 찰과상을 입은 거라고 했다. 크게 다친 곳은 없다고 덧붙였다. 상처는 마음에 걸렸지만 항상 홀쭉했던 아빠 얼굴에 조금은 살이 붙은 것 같아 그건 다행이라고 생각했다.

"그곳 생활은 어떠니?"

아빠가 고개를 돌린 채 물었다. 꼭 시선을 마주치고 싶지 않은 것처럼 외면하는 느낌이었다.

"좋아요. 아직도 준규 아저씨가 잘 챙겨주세요."

"그때 이후로 수상한 사람 본 적 없어?"

예전 일을 떠올리며 묻는 거였다. 2년 전 대학교 근처에서 자취할 때 지원을 감시하는 어떤 남자가 있었다. 지원은 남자의 행동 패턴을 확인하고 나서 자신이 성추행 피해자인 양 경찰에 신고했다. 그때 경찰은 남자를 현행범으로 체포해 긴 시간 조사를 진행했다.

확실한 증거가 없어 남자는 무혐의로 풀려났다. 하지만 아빠는 경찰 인맥을 동원해 남자의 정체를 파헤쳤고 남자가 흥신소 직원이라는 걸 알아냈다. 하지만 누가 그를 고용했는지는 끝내 밝히지 못했다.

"요즘은 본 적 없어요."

"최근에 엄마랑 만난 적은 언제야?"

"두 달 전에 잠깐 통화했어요. 그거 말고는 없어요. 아빠는요?"

"나도 비슷해."

지원은 어젯밤 호텔에서 걸려온 전화를 언급했다. 031로 시작하는 번호라 받지 않았는데 뒤늦게 엄마가 전화했던 걸 알았다고 했다. 그런데 그건 아빠도 마찬가지였다. 어젯밤 전화 한 통을 놓쳤고 조금 전에야 엄마에게서 걸려온 전화란 걸 확인했다고 알려주었다.

아빠는 앞 유리 너머에 있는 집을 손가락으로 가리켰다. 가로등 불빛이 겨우 닿는 오래된 주택이었다.

"저기 가본 적 있어?"

"아니요."

지원은 아빠의 질문이 뭘 뜻하는지 단번에 눈치챘다. 엄마의 긴급 메시지 속 위치 정보는 현재 두 사람이 있는 길 위로 표시돼 있었다. 조금의 오차를 감안하면 아무래도 저 집에서 메시지가 발신된 걸로 보였다.

"저기가 외할머니 집이죠?"

"그런 것 같아."

아빠는 이곳에 도착하자마자 먼저 집 주변부터 둘러봤다고 했다. 담 너머도 기웃거려봤는데, 집 안에서는 아무런 기척도 느껴지지 않았다고 했다. 아무도 없는 것으로 추정된다고 덧붙였다.

"아빠도 여기 처음이에요?"

"응."

지원은 그럴 것이라는 듯 고개를 끄덕였다. 3년 전 아빠는 엄마에게 지웅이를 맡겼다. 아무도 모르는 외딴곳으로 지웅이를 데려가라 했고, 지웅이의 위치를 누구에게도 알리지 말라고 당부했다. 엄마를 제외하면 오직 외할머니만이 지웅이가 어디 있는지 정확히 아는 사람이었다.

"들어가 보자."

"잠시만요."

지원은 끌어안고 있던 가방의 지퍼를 열었다. 그 속에서 소형 짐벌 카메라를 꺼내 한 손에 들고 전원을 켰다. 작은 카메라 본체에서 네트워크와 연결됐다는 음성이 흘러나왔다.

몇 초 뒤 지원의 스마트폰이 울리기 시작했다.

"화면 잘 나오지?"

지원은 전화를 받자마자 물었다. 카메라 렌즈를 아빠 쪽으로 돌리며 스마트폰을 향해 말을 건넸다.

"우리 아빠야. 나중에 정식으로 소개해줄게."

아빠의 미간이 저절로 좁아들었다. 그는 성가시다는 표정으로 카메라를 쳐다봤다.

"일 분 뒤부터 라이브 해 줘. 제목은 '납치사건 용의자 추격 중'으로."

통화를 마치고 스마트폰을 주머니에 넣자 아빠가 물었다.

"누구니?"

"남자친구요."

"그 카메라는 뭐고, 납치사건 용의자는 무슨 말이야?"

"지금부터 일어나는 상황을 유튜브 라이브로 올릴 거예요. 카메라에 찍힌 영상이 바로 서산 집으로 전달되고, 집에 있는 남자친구가 실시간 스트리밍으로 송출해줄 거예요. 만약 누군가 절 공격하면 그 현장을 수십 명이 보게 되는 거고요. 그들이 다 증인이 되는 거죠."

"안 돼."

아빠의 입에서 예상치 못한 단호한 목소리가 나왔다. 지원은 눈을 동그랗게 뜨고 아빠를 정면으로 보았다.

"괜히 다른 사람들까지 끌어들이면 일이 복잡해져. 엄마가 위험에 처한 게 확인되면 내가 경찰을 부를 거야."

"이미 위험해 처했어요. 우리만 당하고 있을 순 없어요. 나중을 위해서라도 그들이 무슨 짓을 했는지 최대한 알려야 해요."

지원이 맞서듯 목소리를 높였다. 이번에도 아빠는 시선을 피하며 고개를 돌렸다.

"저랑 아빠 얼굴은 안 찍을 거예요. 소리도 안 들어가요. 그냥 땅바닥만 비추다가 위험하다고 생각될 때만 카메라를 들어 올릴게요. 이

건 그저 안전장치예요."

아빠는 잠시 망설이는 표정을 짓더니 어쩔 수 없다는 듯 인상을 찌푸리며 운전석에서 내렸다. 지원은 자꾸만 마주 보기를 외면하는 아빠의 모습이 낯설게 느껴졌지만 원래 아빠는 냉정한 구석이 있었다는 걸 상기했다. 대수롭지 않게 여기며 가방을 둘러멨다. 차량 밖으로 나가자 성재의 메시지가 도착했다.

—라이브 시작.

지원은 카메라 렌즈를 아래로 내리고 앞서 걸어가는 아빠를 뒤따랐다.

주택 대문이 잠긴 걸 확인한 아빠는 붉은 담벼락을 뛰어넘어 마당으로 들어갔다. 지원은 카메라를 한 손에 쥐고 이리저리 움직이며 주변을 경계했다. 잠시 뒤 안쪽에서 철컹 소리가 나며 대문이 열렸다. 마당을 통과해 집 안으로 들어가는 문 앞에 섰다. 그 문은 잠겨 있지 않았다.

집 안은 어두컴컴했다. 아빠가 일부러 주의를 기울이느라 그랬는지 내부 전등은 켜지 않았다. 가방에서 네모난 LED 랜턴을 꺼내 어둠에 가려진 실내를 비춰보았다. 거실과 방, 부엌 모두에 생활 흔적이 남아 있었지만 주거인을 특정할 사진은 어디에도 없었다.

다만 추정컨대 나이 든 사람 혼자 사는 집으로 보였다. 그렇다고 외할머니 집이라고 확신할 수는 없었다. 지원이 곳곳을 둘러보는 동안, 아빠는 누군가에게 메시지를 보내고 있었다. 스마트폰에서 나오는 빛에 비친 아빠의 얼굴은 심각해 보였다. 다급하고 초조한 얼굴이 아니라 다른 목적이 있는 것처럼 심각해 보이는 게 왠지 마음에 걸렸다.

어디에도 엄마의 흔적은 발견되지 않았다. 바깥을 좀 살펴봐야겠다고 생각하며 현관 쪽으로 방향을 잡는데, 부엌 한쪽에 난 작은 문이 눈에 걸렸다. 지원은 그 문으로 다가가 슬쩍 열었다. 끼익, 하는 기분 나쁜 소리가 울리며 집 뒤편 공간이 드러났다. 실외로 나가는 문이 현관 말고도 더 있었던 것이다.

밖으로 나와보니 암흑과도 같은 어둠 속에서 각진 덩어리 형태가 희미하게 나타났다. 작은 빛도 닿지 않는 곳이라 그런지 덩어리 형태를 알아보는 데 한참이나 걸렸다. 차츰 윤곽이 눈에 들어왔다. 창고로 보이는 시멘트 건물이었다. 마른침을 한 번 삼키고 조심스레 다가갔다. 건물에 달린 철문 앞에 서서 잠시 망설인 뒤에 잔뜩 녹이 슨 문고리를 잡아당겼다.

철문은 단단히 잠겨 있었다. 몇 번을 흔들어봤지만 꿈쩍도 하지 않았다. 하지만 이대로 돌아서기엔 기분이 찜찜했다. 이 안에 무엇이 있는지 몰라도 그게 뭐가 되었든 확인하지 않으면 두고두고 마음에 남을 것 같았다. 지원의 입술이 바짝 말랐다. 혀로 입술을 한번 훑고는 가방에서 열쇠가 될 만한 걸 찾았다.

캠핑용 맥가이버칼이 손에 잡혔다. 여러 개의 칼날 중 가장 얇은 걸 꺼내 열쇠 구멍에 집어넣었다. 한참을 씨름한 끝에 딸깍, 소리와 함께 자물쇠가 풀렸다. 다시 문을 끌어당기니 눈앞에 암흑 같은 건물 내부가 드러났다. LED 랜턴으로 안쪽을 비추며 발을 떼려는데, 어느새 등 뒤까지 와 있었는지 아빠가 팔로 가로막으며 나섰다.

"내가 들어가볼게. 밖에 있어."

아빠는 지원의 손에 있는 랜턴을 슬쩍 가져갔다.

랜턴 불빛이 시멘트 건물 내부를 비추기 시작했다. 지원은 여전히 카메라 렌즈를 아래로 떨군 채 랜턴에 비춰지는 건물 내부를 훑어봤다.

자주 사용하지 않는 물품을 보관하는 창고였다. 낡은 장롱과 캐비닛이 눈에 들어왔고, 바닥에 흐트러진 여러 농기구와 벽에 쌓여 있는 상자들이 을씨년스럽게 보였다. 조심스럽게 걸음을 내딛던 아빠는 눈에 띄는 게 없다는 듯 고개를 흔들었다.

지원도 천천히 내부로 따라 들어갔다. 아빠를 지나쳐 유독 눈에 띄는 낡은 장롱 앞에 섰다. 장롱 크기로 보아 사람 두세 명은 충분히 들어갈 것 같았다. 장롱 입구를 끌어당겼지만 이것도 잠겨 있었다. 주머니에 넣어둔 맥가이버칼을 꺼냈다. 그때 뭘 발견했는지 아빠의 목소리가 들려왔다.

"지원아, 이쪽으로 와볼래,"

지원이 맥가이버칼을 도로 집어넣고 아빠 옆으로 가 섰다. 아빠는 쌓여 있는 상자 뒤편에서 찾았다며 플라스틱 가면 하나를 내밀었다. 랜턴 불빛이 가면 앞쪽을 비추자 귀여운 개구리 얼굴이 드러났다.

어릴 적 동생이 쓰던 가면이었다. 지원은 유튜브 영상을 제작하며 개구리맨을 연출할 때마다 과거 동생이 쓰고 놀던 이 가면이 자주 떠오르곤 했다.

"이거 지웅이가 가지고 놀던 거예요. 그런데……."

개구리 얼굴 곳곳에 붉은 액체가 묻어 있었다. 사람 피라는 생각이 들어 목덜미에 소름이 돋았다. 아빠는 붉은 액체가 묻은 부분을 코로 가져갔고 몇 번 킁킁거렸다.

"최루액이야."

지원도 코를 가져다대보며 비린내가 나지 않는다는 걸 확인했다. 매캐한 냄새가 나는 걸 보니 아빠 말대로 최루액 같았다. 긴장한 터라 피가 아니라는 것만으로도 안도감이 밀려왔다. 하지만 최루액이 묻은 이유를 떠올리자 금방 소름이 온몸으로 퍼져갔다. 엄마는 항상 최루액이 담긴 호신용품을 가지고 다녔다. 그걸 사용했다면 결국 무슨 일이 일어났다는 것이다.

"냄새가 남아 있는 걸 보니 몇 분 전까지 이곳에 있었나 보다."

눈을 치켜뜬 지원을 마주 보며 아빠가 말했다.

"설마 했는데, 아무래도 서둘러야겠다."

"서두르다니요?"

"의심 가는 사람들이 있어."

"누구요?"

"나성경 부모."

"그 사람들이 전부 알게 된 거예요?"

"그런 거 같아."

지원은 아빠의 판단에 동감한다는 듯 고개를 끄덕였다. 머릿속에서 두 사람의 얼굴이 빠르게 스쳐 갔다. 줄곧 그들을 의심하고 있었다. 자신을 몰래 감시한 일부터 문제의 댓글을 단 것까지, 그들의 소행이라고 추정했다.

그로 인해 심리적으로 몹시 불편하고 성가신 상태가 지속되었고, 일상의 한 부분을 잠식해들어 마음을 무력하게 만들었다. 그 일을 계기로 평범하고 제대로 된 삶이 얼마나 어려운지 지원은 다시 한번 실감하기도 했다. 스스로 어느 한구석이 허물어진 채 살아간다고 자조하면서. 그런데도 그동안 그들의 은밀하고도 지속적인 행태에 대응하지 않았다. 따져 물을 수도 없었다. 그저 당연하게 참고 지내야 했다. 그들은 피해자고 자신들은 가해자란 생각 때문에.

"그들이 어디 있는지 안다. 그쪽으로 가보자."

아빠의 말에서 유난히 무게감이 전해졌다. 그들이 진실을 알게 된 이상 어차피 한 번은 맞닥뜨려야 했다. 그리고 더는 참고 싶지 않았다.

"네, 바로 가봐요."

아빠가 먼저 창고에서 빠져나갔다. 지원이 뒤따르며 소리 나지 않게 창고 문을 닫았다. 닫히는 문틈 사이로 낡은 장롱이 보였다. 장롱 속을 확인하지 않은 게 못내 꺼림칙했지만 확신을 가지고 서둘러 나서는 아빠의 말에 찜찜한 마음을 털어냈다.

3

아빠의 검은 승용차가 어둠 속에 잠든 국도를 깨우며 달렸다. 하안
시에서 멀지 않은 어느 산속 주택으로 가는 길이었다. 아빠는 몇 차
례 가본 적이 있다며 내비게이션을 켜지 않았다.

"그 사람들 언제 찾은 거예요?"

헤드라이트가 비추는 텅 빈 길에서 눈을 떼지 않던 지원이 갑자기
물었다.

"예전에 엄마한테 들었어요. 아빠가 그 사람들 찾고 있다는 거. 말
이 없으셔서 아직 못 찾으신 줄 알았는데, 언제 아신 거예요?"

"얼마 안 됐어."

"왜 가족 방에 말 안 했어요?"

"곧 말할 생각이었어."

아빠는 나성경 부모의 주거지를 찾아낸 뒤 지난 6개월간 두 사람

의 동향을 살폈다고 했다. 가장 최근에 그들을 관찰한 게 지난달이었고, 그때까지만 해도 의심스럽거나 수상한 움직임이 보이지 않아 가족 방에 알리지 않았다고 했다.

지원은 몇 년 전 TV에서 본 적 있는 두 사람을 떠올렸다. 방송에서 그들은 딸을 죽인 지원학에 대한 분노를 여과 없이 드러냈다. 혐의를 인정하지 않은 지원학을 노골적으로 욕하며 그러면서도 끝내 힘겹게 눈물을 참아내는 모습도 보았다. 그 방송이 나가고 한 해 뒤, 엄마로부터 그들이 사라졌다는 얘기를 들었다. 사라졌다는 게 처음엔 어떤 의미인지 금세 깨닫지 못했다. 불길한 마음에 무슨 말이냐고 다시 묻자 엄마는 말 그대로라고 했다. 소리 소문도 없이 하안시를 떠나 종적이 묘연해진 상태라는 것이다.

"아빠가 보기엔 어땠어요?"

"어땠냐니?"

"그 사람들 잘 지내는 거 같았어요?"

"그럴 리 없잖아."

조금은 차갑게 튀어나온 아빠의 목소리에 지원은 말을 잇지 못했다. 손에 밴 땀을 바지에 닦아내는데 주머니에 있는 스마트폰에서 진동이 울렸다. 성재의 메시지였다.

―실시간 시청자 수 1,000명 돌파.

차가 속도를 높이며 멀리 보이는 불빛을 빠르게 뒤쫓았다. 지원의 두 눈뿐 아니라 손에 있는 짐벌 카메라도 앞 유리 너머의 모습을 고스란히 담고 있었다.

"그 카메라는 계속 켜 있는 거니?"

"네, 지금도 촬영 중이에요. 아까 말했듯이 소리는 안 들어가고요."

"영상이 남자친구한테 먼저 보내지는 거야? 그다음에 유튜브로 송출되는 거고?"

"맞아요."

"남자친구가 서산 집에 있는 거지?"

"네."

남자친구를 집에 들인 것 가지고 아빠가 왈가왈부할 것 같지는 않았다. 아빠는 홀로 떨어져 사는 딸이 빨리 남자친구를 사귀었으면 좋겠다는 말을 종종 했었다. 그러고 보니 아빠에게 성재 얘기를 한 적은 없었다. 작년에 만났을 때도 꺼낼까 하다가 말았던 걸로 기억한다.

"내가 남자친구에 관해 얘기한 적 있었나?"

아빠는 잠시 생각하더니 고개를 갸웃거렸다.

"이름은 우성재, 대학교 선배예요. 나보다 네 살 많고 사귄 지는 2년 정도 됐어요."

"착하니?"

"네, 잘해줘요. 같이 있으면 든든하고."

이것저것 캐물을 줄 알았는데, 아빠는 그다지 흥미를 보이지 않았다. 그럴 때도 아니긴 했다. 아무래도 엄마 일로 머리가 복잡할 테니 한가한 얘길 나눌 타이밍도 아니었다. 그런데도 지원은 오늘따라 여느 때 같지 않은, 아니 달라 보이는 아빠의 태도가 마음에 걸렸다.

"남자친구에 대해 더 궁금한 거 없어요?"

별거 아닌 질문인데도 아빠의 입은 열리지 않았다. 다른 생각에 몰두하고 있는 듯해서 지원도 입을 닫고 창밖을 바라봤다.

고속도로 진입을 알리는 표지판이 눈에 들어왔다. 차가 표지판이 가리키는 방향으로 움직였고 곧 고속도로에 올랐다. 그로부터 십 분 정도 더 달렸을 즈음에 좀처럼 열리지 않을 것 같던 아빠의 입이 조심스럽게 말을 꺼냈다.

"그 개구리맨 채널은 남자친구랑 같이하는 거니?"

지원은 깜짝 놀라 고개를 돌렸다. 일부러 아빠의 옆모습을 바라보며 변명하듯 말했다.

"그건 아닌데…… 내 채널 알고 있었어요?"

아빠의 얼굴에 당황한 기색이 스쳤다. 지원이 얼른 말을 이었다.

"어떻게 알았어요?"

지원은 초조하게 아빠의 대답을 기다렸다. 또 한동안 아빠는 침묵했다.

시력이 떨어진다는 이유로 스마트폰 앱 중에서 전화와 메시지만 사용하는 아빠였다. 유튜브는 잘 보지 않는다고 했다. 설령 개구리맨 영상을 본다 해도 자신의 딸과 연결 짓지 못할 거라 여겼다. 아빠에게 유튜브 채널이 걸릴 일은 없다고 확신했는데 이미 알고 있었다는 게 허탈했다.

"혹시 엄마가 얘기했어요?"

지원이 넌지시 묻자 아빠는 망설이는 듯하다가 고개를 끄떡였다.

"왜 저한테 말 안 했어요?"

"그저 모른 척하라고 해서."

지원은 고개를 돌렸다. 그동안 아빠의 보고서를 훔쳐보고 거기 나온 내용으로 영상을 만들었다. 그걸 아빠가 모를 리 없다. 그런데도 모른 척하고 있었다니, 미안하고 부끄러운 감정이 치솟아 얼굴이 뜨거워졌다.

그런데 이상하다는 생각이 동시에 들었다. 과거에 아빠는 자신이 받은 경찰 자료를 극비 서류처럼 다뤘다. 엄마가 우연히 본 걸 가지고도 불같이 화를 내며 목소리를 높였다. 그건 지원에게도 간접적인 교육이 되었다. 아빠의 자료를 건드리거나 본다는 건 금기였고, 굉장히 위험한 일이라는 걸. 갑자기 폭발하는 모습들은 지금도 눈에 선했는데, 지금 이런 차분한 반응은 너무나 예상 밖이었고 이해하기도 어려웠다. 연기처럼 피어오른 위화감이 가슴을 뒤흔들었다.

지원은 작년 여름 아빠를 만났을 때 나눴던 대화가 떠올렸다. 동생이 있는 병원 얘기를 슬며시 꺼내자 아빠는 눈을 부릅뜬 채 정색을 하고 전혀 모른다고 대답했다. 아예 다시는 동생 얘기를 꺼내지 말라고 쏘아붙이기도 했다.

그때 아빠의 태도를 머릿속에 그리며 다시 한번 유도하는 질문을 꺼내보았다.

"엄마가 제 유튜브 채널 얘기할 때 지웅이 근황은 얘기 안 했어요?"

"그건 못 들었어."

"지웅이 병원이 전주에 있다던데, 그건 아빠도 알고 있죠?"

아빠는 대수롭지 않게 '그래' 하고 대답했다. 잠시 기다려봐도 흥분하거나 민감하게 반응하는 행동은 하지 않았다. 그저 담담한 얼굴을 하고 있으니 오히려 이질감이 느껴졌다.

지원은 혼란스러웠다. 그러고 보니 오늘 아빠의 얼굴을 제대로 본 것 같지 않았다. 오늘따라 자꾸 눈을 피하는 아빠의 행동이 그저 엄마 때문이라고만 생각했다. 엄마를 지켜내지 못했다는 죄책감이 딸 앞에서 주눅들게 만들었다고만 여겼다. 그런데 그게 아닐 수도 있다는 생각이 퍼뜩 들자 더 이상 이대로 넘어갈 수 없었다. 상대의 눈을 보고 대화를 끌어내는 것이 직업인 아빠가 이런 오리무중의 상황이라면 더 딸에게 파고들며 단서가 될 만한 것들을 물었을 것이다. 뭔가 숨기는 게 있는 것 같았다. 그게 뭔지는 쉽게 떠오르지 않았다.

한동안 두 사람 사이에 정적만 흘렀다. 차가 고속도로 내 정체 구간에 들어섰고 가다 서기를 반복했다. 아빠는 무겁게 내려앉은 정적이 신경 쓰였는지 라디오를 켰다. 마침 신나는 트로트 음악이 흘러나왔다.

지원은 아빠에게 보이지 않게 스마트폰을 기울였다. 화면 속에서 나성경 부모인 나석준과 김지연의 정보가 나열돼 있었다. 오래전 아빠의 이메일에서 빼낸 것들이었다. 두 사람의 얼굴과 나이, 학력, 성격, 가족관계 등을 눈으로 훑어봤다.

트로트 음악이 끝나고 라디오 광고가 이어졌다. 힐끔거리는 아빠의 시선에 얼른 뉴스 창을 열어 온라인 기사를 읽는 척했다.

몇 분 후 다시 그들의 정보를 살폈다. 지원의 눈길이 두 사람의 직업란에서 멈췄다.

나석준과 김지연 둘 다 성형외과 의사였다. 지원은 영화에서나 나올법한 소름 끼치는 가정 하나가 떠올랐다. 말도 안 되는 생각에 온몸이 바짝 굳었다.

정말 가능한 일인지 재차 되짚어봤다. 쉽게 판단이 서지 않았다. 고민하면 할수록 생각의 추가 불가능한 쪽으로 움직였다. 그럴 리 없다고 여기면서도 혹시 모른다는 의혹이 떠나지 않았다. 혼란스러운 마음을 가라앉히고 최대한 자연스럽게 말을 꺼냈다.

"아 참, 오늘 낮에 준규 아저씨 만났는데요. 아빠가 선물해 준 시계 받고 수영이가 엄청 좋아했대요."

"다행이구나."

"그 시계는 어디서 산 거예요?"

"백화점에서 샀어. 하얀시에 새로 생긴 백화점에서."

라디오 광고가 끝나자 발랄한 DJ의 목소리가 흘러나왔다. 그 목소리를 들으며 지원은 두 주먹을 꽉 쥐었다. 아빠가 수영이에게 보내줬다는 선물은 노트북이었다. 시계와 노트북을 헷갈릴 리 없다. 뭔가 잘못된 게 분명했다. 주먹에 힘을 실어 떨리는 몸을 진정시켰다.

침착하자. 침착해야 한다. 그리고 생각하자.

어느 정도 진정되었을 때 다리 밑에 둔 가방을 무릎 위로 올렸다. 가방 속에서 스마트폰 보조 배터리를 꺼냈다. 보조 배터리에 연결된 양 갈래 선으로 짐벌 카메라와 스마트폰을 동시에 충전했다.

충전 중인 물건을 가방 위에 올리고 한동안 창밖을 바라봤다. 몇 분 뒤 손을 슬쩍 가방 속에 넣어 최루액 스프레이와 호신용 수갑을 찾았다. 그것들을 조심스럽게 재킷 주머니로 옮겼다. 그때부터 진짜 아빠에게 받은 호신용품을 손에 쥔 채 차가 멈추기만을 기다렸다.

출발한 지 두 시간 정도가 지났을 때 이리저리 휘어진 오르막길로 접어들었다. 길가에 가로등이 전혀 없어 전조등 불빛만이 어둠을 밝혔다. 맞은편에서 내려오는 차량을 위태롭게 지나쳐 이십 분가량 더 나아간 끝에 어느 산길로 들어갔다.

뼈만 앙상하게 드러낸 나무가 줄지어 서 있었다. 갑자기 멧돼지라도 튀어나올 것 같은 스산한 분위기였다. 칠흑 같은 그 길을 뚫고 왼쪽으로 돌아 샛길로 향했다.

눈 덮인 작은 들판이 나왔다. 덩그러니 세워진 2층 주택이 눈에 들어왔다. 내부 전등이 꺼져 있어 달빛에 비친 주택 윤곽만 드러났다.

세차게 뛰는 심장박동이 목을 타고 머리까지 울렸다. 지원은 마른 침을 꿀꺽 삼켰다. 그 소리가 유독 크게 들려 스스로도 깜짝 놀랐다.

차는 주택과 조금 떨어진 곳에 자리를 잡았다. 차가 멈춘 순간, 지원은 머릿속에 그렸던 행동을 실행으로 옮겼다.

수갑을 쭉 뻗어 순식간에 상대의 손목과 운전대를 연결했다. 바로 운전석을 향해 최루액 스프레이를 뿌렸다. 퍼런 물안개가 운전석을 뒤덮었다.

"뭐 하는 거야?"

운전석에 있는 남자는 기침을 터트리며 몸을 흔들었다. 하지만 오른팔과 운전대가 묶인 탓에 행동이 부자연스러웠다. 지원은 숨을 참고 안전띠를 풀었다. 다시 한번 운전석 쪽으로 최루액을 뿌리면서 나머지 손으로 콘솔박스에 있는 남자의 스마트폰과 차량 스마트키를 챙겼다. 밖으로 나가자마자 손에 쥔 물건들을 멀리 보이는 수풀 속으로 던졌다.

다행히 실수는 없었다. 가끔 수갑 채우는 연습을 했던 게 오늘에서야 빛을 발했다. 처음엔 장난감 같다고 무시했던 수갑이었다. 하지만 열쇠 없이 절대 풀 수 없는 걸 확인한 뒤부턴 언젠가 쓸모 있겠다고 여기며 가방에 넣어 다녔다. 그게 적중했다는 생각에 뿌듯한 마음이 더해졌다.

열린 조수석 문으로 남자가 안전띠를 푸는 게 보였다. 그는 몸을 젖혀 글로브 박스에서 물티슈를 마구 뽑아 파랗게 변한 얼굴을 연신 닦아냈다.

"지원아!"

그는 몇 차례 콜록거린 뒤 말을 이었다.

"무슨 생각인지 모르겠지만 이러면 안 돼. 혼자 가면 위험해."

지원은 대꾸하지 않았다. 그는 아빠가 아니다. 누군지 모르지만 아빠가 아닌 건 확실하다. 얼른 아빠와 엄마를 찾아야 한다.

조수석 문을 일부러 세게 쾅 닫았다. 다시금 차 안에서 자신을 부르는 거친 목소리가 들렸다. 그 목소리를 무시하고 몸을 돌렸다.

잠시 가방에 넣어뒀던 짐벌 카메라를 꺼냈다. 그런데 카메라에서 네트워크 연결이 불가하다는 표시등이 깜박였다. 스마트폰 역시 인터넷 연결이 안 됐다. 전화 사용도 마찬가지였다. 그때 짧은 진동이 연이어 울렸다.

―카메라 연결 끊겼어. 무슨 일 생긴 거야?

―괜찮은 거지? 오 분 안에 답장 없으면 준규 아저씨한테 연락할 거야.

성재의 문자 메시지였다. 다행히 문자 사용은 가능한 모양이었다. 지원은 바로 답장을 보냈다. 산속이라 카메라 송출이 안 된다는 것을 알렸고 무슨 일이 생기면 다시 연락하겠다고 했다.

스마트폰을 외투 주머니에 넣고 짐벌 카메라를 치켜들었다. 카메라 모드를 실시간 송출이 아닌 자체 녹화로 바꾼 뒤에 소리 죽여 2층 주택으로 다가갔다.

주택 대문은 잠겨 있었다. 뒤쪽을 둘러봤지만 다른 문은 보이지 않았다. 방과 연결된 창문도 전부 잠긴 듯했다. 살짝 열려 있는 작은 창이 보여 그쪽으로 움직였다.

보일러와 세탁기가 있는 다용도실 창문이었다. 작은 창을 다 열어보니 일반 도화지 정도의 공간이 생겼다. 남자라면 턱도 없겠지만 지원에겐 충분해 보였다.

짐벌 카메라와 다른 짐을 전부 가방 속에 넣고 가방부터 창문 안쪽으로 던졌다. 그다음 몸을 밀어 넣었다.

사뿐히 다용도실로 들어가 가방을 끌어안았다. 다용도실 문에 귀를 붙이고 안에서 나는 소리에 집중했다. 아무런 소리도 들리지 않았다.

이제부터 집 안 구석구석을 살펴야 한다. 예상이 맞다면 이 집 어딘가에 엄마와 외할머니 그리고 아빠가 있을 것이다. 일단 그들의 모습을 카메라에 담고 네트워크가 잡히는 곳으로 이동해 성재에게 영상을 보낼 계획이다. 그 영상이 준규 아저씨에게 전달되면 나머진 아저씨에게 맡기면 된다.

지원은 가방을 뒤졌다. 만약을 대비해 챙겨올 수 있는 건 다 가져왔다.

가죽 재킷을 벗고 포켓이 많은 낚시 조끼로 갈아입었다. 조끼에 달린 포켓에 최루액 스프레이와 맥가이버칼, 미니 전기충격기, LED 랜턴을 넣었다. 짐벌 카메라는 가슴팍에 부착했고, 불법으로 개조한 비비탄 권총은 허리에 꽂았다. 마지막으로 가방 안쪽에 접혀 있는 개구리 가면을 꺼냈다.

유튜브 영상을 촬영할 때 쓰는 가면이었다. 진짜 얼굴을 숨기는 용도뿐만 아니라 이 가면을 쓰면 평소보다 훨씬 대담해지기에 챙겨왔다. 심호흡을 한번 하고 가면을 얼굴에 밀어 넣었다. 스마트폰으로 가면 쓴 얼굴을 확인하니 오늘따라 더 섬뜩해 보였다.

가방에 가죽 재킷을 넣고 창밖으로 던져뒀다. 지원은 몸을 잔뜩 숙인 채 다용도실 문을 열었다.

천천히 한발 한발 내딛으며 앞으로 나아갔다. 주택 내부는 밖에서 볼 때보다 더 어두웠다. 새어 들어오는 빛이 죄다 차단됐는지 눈이 어둠에 적응하는 데 제법 시간이 걸렸다.

좁은 통로를 지나니 부엌이 나왔다. 조금 더 들어가자 거실이 보였다. 스탠드형 TV와 큰 소파가 놓인 평범한 내부였다. 하지만 뭔가 휑하다는 인상을 지울 수 없었다.

어디에서도 인기척이 느껴지지 않았다. 단, 거실 천장에 있는 CCTV 카메라는 확연히 눈에 들어왔다. 지원은 카메라 화각을 계산하여 렌즈 시야가 미치지 않는 곳에 잠시 머물렀다. 그곳에서 실내의 내부 구조를 파악했다.

밖에서 봤을 때 큰 창문이 1층에 네 개, 2층에 두 개 있었다. 1층 네 개 중 하나는 거실이고 또 하나는 부엌이다. 나머지 두 개가 방에 있는 창문일 것이다. 거실 옆에 좁은 복도가 있었다. 그쪽에 방으로 들어가는 문이 있는 듯했다.

잰걸음으로 거실을 통과해 복도로 들어갔다. 예상대로 문이 두 개 보였다. 가까운 쪽부터 문고리를 돌려봤다. 문이 잠겨 있지 않았다.

지원은 최대한 움직임이 느껴지지 않도록 문을 밀었다. 분명히 아주 살짝 힘을 줬을 뿐인데 문과 바닥의 마찰음이 날카롭게 울렸다. 집 안 전체에 끼익, 하는 소리가 퍼져나갔다. 2층에서 자는 사람이 깰 수 있을 정도로 큰 소리였다.

깜짝 놀란 지원은 행동을 멈추고 몸을 벽에 붙였다. 얼른 비비탄 권총과 미니 전기충격기를 손에 쥐었다. 숨죽인 채 서 있었는데 아무런 일도 일어나지 않았다. 여전히 어두웠고 정적만 흘렀다. 집주인이 없다는 걸 확신했다.

그때부터 망설임 없이 행동했다. 문을 열고 방으로 들어갔다. LED 랜턴을 꺼내 내부를 비췄다. 바닥에 놓인 매트릭스와 널브러진 남자 옷가지가 눈에 띄었다. 남자 혼자 머무는 공간으로 보였는데, 마구잡이로 옷을 벗어둔 걸 보니 얼마 전까지 이곳에 있었던 것 같았다.

그 옆방도 열어보았다. 끼익, 소리가 크게 나도 신경 쓰지 않았다. 병원 입원실에나 있을 법한 환자용 침대가 놓여 있는 방이었다. 하지만 방안 어디에도 생활의 흔적은 보이지 않았다.

아무도 없다는 걸 확인하고 2층으로 올라갔다. 계단을 걷는 발소리가 빠르게 쿵쿵거렸지만 이것도 신경 쓰지 않았다.

2층 복도에 문이 두 개 있었다. 아래층과 다른 점이 있다면 둘 다 도어록으로 잠긴 상태였다. 직감적으로 이곳이라는 생각이 들었다.

가까운 문부터 두드렸다. 가족의 목소리만 확인된다면 바로 이 집을 나가 성재에게 연락할 생각이었다. 지원은 가면을 벗었다. 문에 얼굴을 붙이고 힘껏 소리쳤다.

"엄마, 아빠, 거기 있어요?"

손이 벌게질 때까지 두드렸다. 맥가이버 칼을 꺼내 끄트머리로 문을 때렸다. 다시 귀를 기울였지만 방 안에선 어떠한 소리도 들리지 않았다. 그런데 옆쪽에서 희미하게 철컹거리는 소리가 들려왔다. 문에서 한 발짝 떨어지자 더 명확하게 들렸다.

지원은 옆방으로 가서 문을 두드렸다. 철컹철컹하는 소리가 훨씬 커졌다. 쇠붙이가 흔들리는 소리였는데 왠지 낯설지 않았다. 어디서 들었던 건지 머리를 굴렸다. 이내 머릿속에서 은빛 수갑이 떠올랐다. 수갑과 쇠기둥을 연결됐을 때 나던 소리와 비슷했다.

"엄마, 아빠, 거기 있죠?"

지원이 외쳐대자 방안에서 들려오던 소리가 일순 멈췄다. 지원은 얼른 한쪽 귀를 문에 붙였다. 뭐라도 듣기 위해 온 신경을 집중했다. 어렴풋이 어떤 목소리가 들리는 것 같았다. 눈을 감고 다시 기다렸다. 얼마 지나지 않아 아주 작은 목소리가 들렸다.

"지원아."

뭔가에 막혀 제대로 뻗지 못하는 목소리였다. 그래서 아주 작게 들렸지만 자신을 부르는 아빠 목소리라는 건 확실했다.

"아빠, 조금만 참아요."

문을 향해 힘껏 외치고 스마트폰을 꺼냈다. 빨리 문자를 보내야 한다는 생각에 사로잡혔다. 그런데 그때 집 안 전체로 전등이 켜지며 사방이 밝아졌다.

지원은 고개를 돌려 1층을 내려다봤다. 몇 분 전까지 아빠인 척했던 남자가 어느새 집안으로 들어와 있었다. 어떻게 했는지 모르지만 이미 수갑은 끊어진 상태였다.

얼른 개구리 가면을 다시 쓰고 몸을 숙였다. 허리춤에 있던 비비탄 권총을 꺼내 들었다. 방아쇠에 검지를 집어넣고 격발에서 연발로 변경했다. 단순 비비탄 총알이 아닌 쇠구슬이 장전된 상태라서 조준만 잘하면 남자의 머리통까지 깨뜨릴 수 있었다. 몸을 일으켜 세워 1층에 있는 남자를 향해 권총을 겨눴다.

그런데 길쭉한 사냥총 총구가 먼저 자신을 향해 있었다. 방아쇠를 당기는 남자의 모습이 눈에 들어왔고 무의식적으로 바닥에 엎드렸다.

천둥소리 같은 총성이 울리며 천장에서 불꽃이 튀겼다. 지붕 안쪽 어딘가에서 부서진 나뭇조각 하나가 2층 난간을 때리고 바닥으로 떨어졌다. 권총을 쥔 지원의 손이 덜덜 떨렸다. 더는 총성이 울리지 않았다. 총성 대신 빠르게 움직이는 발소리가 귀를 때렸다.

지원은 퍼뜩 고개를 들었다. 벌써 남자가 2층으로 향하는 계단에 접어들었다. 사냥총 총구에선 진한 연기가 피어오르고 있었다. 지원이 남자를 향해 쇠구슬을 쏘아댔다. 묵직한 쇠붙이가 벽을 강타하는 소리가 들렸지만 진짜 총에 비할 바는 아니었다.

남자가 2층으로 올라오면 꼼짝없이 당할 수밖에 없다. 어떻게든 그를 따돌리고 이 집에서 나가야만 한다. 기회는 지금뿐이라고 생각하니 2층 높이는 아무것도 아닌 것처럼 보였다.

귀를 기울였다가 남자가 2층 복도에 다다른 순간, 지원은 난간 아래로 뛰어내렸다. 쿵 소리와 함께 1층 바닥에 발이 닿았다. 바로 일어나려는데 오른쪽 발목에서 강한 통증이 느껴져 그대로 쓰러졌다. 처음 느끼는 날카로운 감각에 머리가 쭈뼛 섰다. 할 수 없이 몸을 숙이고 네 발로 움직였다.

일단 부엌으로 향했다. 네 발로 걷는 개구리 인간이 찻장 유리에 비쳤다. 나중에 경찰이 CCTV 카메라에 찍힌 이 모습을 보고 뭐라 할지 걱정이 앞서기도 했다.

부엌에 다다랐을 때, 힘겹게 몸을 일으켜 세웠다. 지원은 좁은 통로를 지나 다용도실로 들어갔고 그곳 작은 창문을 통해 주택 밖으로 나왔다.

미리 던져뒀던 가방을 손에 쥔 채 몸을 숨길 곳을 찾았다. 멀지 않은 곳에 커다란 쓰레기통이 보였다. 거기까지만 꾹 참고 다리를 움직였다. 쓰레기통 뒤편에 도착하자마자 털썩 주저앉았다.

거의 동시에 남자가 쓰레기통 주변을 살피며 지나갔다. 숨죽이고 앉아 있던 지원은 그가 멀리 사라진 걸 확인한 뒤에야 가면을 벗었다. 땀으로 흠뻑 젖은 얼굴을 대강 닦고 스마트폰을 꺼냈다.

―가족들이 여기 붙잡혀 있어.

―지금 바로 준규 아저씨한테 알려줘.

문장을 입력하고 발송을 눌렀다. 아까와 달리 발송 중이라는 표시만 한참 떠 있었다. 스마트폰을 바닥에 두고 문자가 전달될 때까지 기다렸다.

가방 속을 뒤져 손수건 하나를 꺼냈다. 그 손수건으로 쩌릿한 오른쪽 발목을 강하게 묶었다. 조금은 괜찮아진 것 같아 목에 갇혀 있던 숨을 조금씩 나눠서 토해냈다. 다시 스마트폰을 확인하니 발송 완료 표시가 나타났다.

그런데 답장이 오지 않았다. 조금 더 기다려봐도 아무런 소식이 없었다. 불안한 마음에 같은 문자를 한 번 더 보냈다. 이때부턴 발송 실패 표시만 나타났다.

싸늘한 산바람이 몸을 휘감았다. 가방에 넣어둔 가죽 재킷을 꺼내입었다. 몸을 웅크리고 다시 스마트폰 화면을 뚫어지게 바라봤다. 배터리는 10%밖에 남지 않았다. 짐벌 카메라와 보조 배터리는 이미 방전된 상태였다. 여기서 성재의 연락을 기다릴지 아니면 산 밑으로 내려가 전화를 해볼지 선택해야 했다.

온몸이 떨렸다. 발목 통증이 점점 심해졌다. 가만히 있을 수도, 이곳을 떠날 수도 없는 상황이었다. 고민에 휩싸인 채 몸을 더 움츠렸는데 바닥에 떨어진 개구리 가면이 눈에 들어왔다. 얼마 뒤 가면을 가져와 얼굴에 밀어 넣었다.

지원이 남자로부터 도망치기 위해 2층 난간에서 뛰어내렸을 때, 성재는 밤늦게 찾아온 또 다른 남자와 대치 중이었다.

몇 분 전 카메라 영상이 끊겼고 모니터 화면에 네트워크 연결이 필요하다는 안내창이 등장했다. 성재는 바로 전화를 걸었다. 하지만 긴 연결음만 이어질 뿐이었다. 급히 문자 메시지를 보냈다. 그제야 답장이 돌아왔다. 지원은 무슨 일이 생기면 다시 연락하겠다고 했다. 그 뒤로 소식이 없었다.

불안한 마음을 떨쳐내기 위해 계속 과자를 입에 물었다. 유튜브 실시간 대화창에서는 화면이 끊긴 데 대한 불만과 걱정의 글들이 올라오고 있었다. 시청자 수는 어느새 천오백 명을 훌쩍 넘겼다.

성재는 카메라 배터리 방전으로 잠시 연결이 끊겼다는 공지 글을 올렸다. 곧 다시 연결하겠다는 글을 남기고 군것질을 이어갔다.

그렇게 몇 분간 지원의 문자 메시지를 기다렸다. 그런데 메시지 알림 대신 처음 보는 알림이 스마트폰 화면에 나타났다. 집 주변에 수상한 움직임이 포착됐다는 경고 메시지였다.

비스듬하게 앉아 있던 자세를 바로 했다. 지원이 알려준 대로 경고 메시지를 누르자 CCTV 카메라 영상이 재생됐다. 화면 속에서 집으로 다가오는 남자 모습이 하나 나타났다. 남자가 대문 앞에 서서 벨을 눌렀다.

벨소리가 시끄럽게 울렸다. 성재는 의자에서 나와 창문을 열었다. 창문 밖으로 화면 속 남자가 보였다.

검정 털모자와 안경을 썼는데 중년으로 보이는 남자였다. 조금은 낯이 익은 걸 보니 언젠가 본 적이 있는 듯했다. 이 마을 사람인 것 같아 마음이 놓였다. 하지만 이 시간에 찾아온 게 의아스럽긴 했다.

또다시 벨소리가 들렸다. 지원이 주고 간 사각형 물체가 눈앞에 있었다. 장난감 무전기처럼 생긴 호출기로, 지원은 혹시 이상한 사람이 보이면 이 호출기를 누르라고 했다. 성재는 그걸 챙기려다 그냥 뒀다. 남자 혼자였고 자신보다 키도 훨씬 작아 크게 걱정되지 않았다. 스마트폰만 주머니에 넣고 문을 나섰다.

마당을 지나쳐 대문 앞에서 무슨 일인지 물었다. 남자는 민준규 과장님이 한번 가보라고 했다며 되레 성재를 이상한 눈으로 쳐다봤다. 기분 나쁜 그 눈빛에 성재는 자신이 지원의 남자친구이고, 준규 아저씨와도 잘 아는 사이라고 알렸다.

남자가 가운데 손가락으로 안경을 밀어 올린 뒤 입을 열었다.

"근데 지원이는 집에 없어요?"

"네, 잠깐 아빠한테 갔어요."

"없다고요?"

그의 눈이 날카롭게 변했다. 낯선 남자에게 그런 눈빛을 받는 게 썩 마음에 들지 않았지만, 그의 입장에선 충분히 의심스러울 수 있겠다고 생각했다. 여자 혼자 사는 집에 여자는 없고 덩치 큰 남자만 있다. 그것도 이 늦은 시간에.

"준규 아저씨한테 제가 연락드릴게요. 걱정하지 않으셔도 돼요."

"나한테 확인해보라고 계속 전화가 와서, 지금도 전화 왔네."

남자는 진동이 울리는 스마트폰을 보이며 말을 이었다.

"그쪽이 받아서 얘기해봐요."

성재는 할 수 없이 대문을 열었다. 남자에게서 스마트폰을 받아 귀에 갖다 댔다.

"안녕하세요. 오후에 뵀던 지원이 남자친구 우성재입니다."

상대는 성재의 인사에 반응이 없었다. 갑작스럽게 정적이 흘렀다. 그게 이상하다고 여길 때쯤, 등 뒤에서 뭔가 가까워지는 움직임이 느껴졌다. 재빨리 몸을 돌렸다.

남자가 손에 쥔 무언가로 성재의 다리를 내리쳤다. 뼈가 부서지는 듯한 통증이 밀려왔다. 성재는 한쪽 무릎을 꿇으며 바닥에 엎어졌다. 동시에 두 손을 뻗어 남자의 몸을 붙잡았다. 힘껏 남자를 끌어당겼다.

업어치기로 자빠뜨릴 생각이었다. 일단 바닥에 뒤엉키면 무게로 제압할 수 있다. 그의 가슴팍을 잡은 두 손에 다시 힘을 실었다.

그런데 상대의 몸이 꼼짝도 하지 않았다. 두세 번 더 힘을 써봤지만 소용없었다. 마치 단단한 돌덩이를 붙잡고 있는 느낌이었다. 남자는 성재의 손을 걷어내고 한 걸음 물러섰다. 성재도 몸을 일으켜 세웠다.

두 사람의 대치가 이어졌다. 성재는 유도 자세를 취한 채 상대의 움직임을 경계했다. 다리 통증이 가라앉기를 기다렸다가 선제공격을 하기 위해 먼저 다가갔다. 손을 뻗어 남자의 팔을 붙잡았고 그의 손에 있던 쇠뭉치를 빼앗았다. 그걸 멀리 내던졌다. 그런데 그 순간, 남자가 성재의 손에서 벗어났다.

남자는 성재의 등 뒤로 이동했다. 어느새 꺼낸 밧줄로 성재의 목을 감쌌다. 밧줄을 팽팽히 잡아당겼다.

순식간에 목이 조여왔다. 성재는 양손으로 밧줄을 붙잡고 조금의 공간이라도 만들어보려 했지만 작은 틈조차 생기지 않았다. 얼마 지나지 않아 머리가 하얘졌다.

밧줄이 풀리는 것과 동시에 성재가 바닥에 쓰려졌다. 숨을 몰아쉬고 몇 차례 기침을 했다. 몸을 웅크린 채 쿨럭거리니 목으로 시큼한 위액이 솟구쳤다. 한동안 정신이 돌아오지 않았다. 세상이 핑핑 도는 것처럼 어지러웠다.

그 틈에 남자가 다가왔다. 그는 누런 천 주머니를 펼쳐 성재의 얼굴에 덮었다. 주머니 끈이 조여지자 다시금 숨을 쉴 수 없게 됐다.

점점 의식이 희미해졌다. 목을 감싸고 있던 주머니 끈이 풀렸는데도 더 이상 움직일 수 없었다. 팔다리가 축 늘어졌다. 그리고 얼마 뒤 손등에서 따끔하는 통증이 느껴졌다. 알 수 없는 액체가 몸속으로 들어왔다. 바지 주머니에서는 진동이 울렸다.

무슨 일이 생기면 연락한다고 했다. 방금 그 진동은 지원의 문자 메시지였다. 확인하지 않아도 본능적으로 알 수 있었다.

지원이에게 무슨 일이 생긴 거다. 내가 도와야 한다. 그런데 몸이 움직이지 않는다. 내가 도와야 하는데…….

성재의 두 눈이 스르르 감겼다. 아슬아슬하게 남아 있던 의식이 시커먼 어딘가로 빨려 들어갔다.

개구리 가면을 뒤집어쓴 지원은 몸을 엎드린 채 살금살금 주택과 멀어졌다. 손발을 이용해 조금씩 걷다 보니 산 밑으로 내려가는 좁은 흙길이 나왔다. 아직 성재의 답장은 도착하지 않았다. 여전히 전화와 문자는 불가한 상황이었다. 배터리는 이제 겨우 6%만 남아 있었다. 더는 지체할 수 없었다. 허리를 천천히 펴고 다리를 절뚝이며 흙길로 들어갔다.

길쭉한 나뭇가지 하나를 주워 지팡이 삼아 땅을 짚었다. 앞이 잘 보이지 않아 내딛는 걸음이 아기 걸음마처럼 조심스러웠다. 그렇다고 랜턴을 켤 수는 없었다. 불빛이 새어 나가면 자신의 위치가 그대로 발각될 것이다.

몇 분 전 쓰레기통 앞을 지나간 뒤로 남자의 모습이 보이지 않았다. 지원이 뒷산으로 갔다고 생각하고 주택 뒤쪽 산으로 방향을 잡은 것 같았다. 지원은 그 반대편 길로 나선 것이다. 남자가 산 쪽에서 아직 내려오지 않았기만을 바랐다.

조심스럽게 발을 디디며 가파른 내리막을 걸어내려갔다. 한두 번 미끄러졌지만 넘어지지는 않았다. 꽤 내려왔다는 생각이 들 때쯤 작은 공터가 나타났다. 잠시 가면을 벗고 숨을 돌렸다. 스마트폰을 확인하니 전화가 가능한 상태로 바뀌어 있었다.

지원은 통화 목록에서 성재를 찾았다. 바로 전화를 걸려는데 어디선가 철컥하는 소리가 들렸다. 총을 장전하는 소리였다.

사방으로 고개를 돌렸다. 앙상한 나무 윤곽만 보이다가 생김새가 다른 형태 하나가 눈에 들어왔다. 남자가 사냥총을 들고 서 있었다. 그 자리에서 지원이 내려오기만을 기다린 모양이었다.

총구가 정확하게 지원을 향했다. 그것도 머리 쪽을. 지원은 손바닥을 펴보이며 천천히 양팔을 머리 위로 들었다. 남자는 총구를 그대로 겨눈 채 천천히 다가왔다.

남자와의 거리가 2m 정도로 가까워졌다. 어둠 속에 가려져 있던 얼굴이 드러났다. 더는 아빠로 보이지 않았다.

"핸드폰 바닥에 내려놔."

그의 목소리는 여전히 침착했지만 공격적이고 거칠었다. 지원은 스마트폰을 내려놓으며 통화 버튼을 눌렀다.

"손들고 돌아서."

남자가 시키는 대로 했다. 등 뒤로 점점 가까워지는 발소리가 들렸다.

이미 지칠 대로 지쳤다. 더는 도망갈 수 없었다. 지원의 시선이 바닥에 뒤집혀 있는 스마트폰으로 향했다. 화면에서 새어 나오던 불빛 색깔이 변했다. 통화가 연결됐다.

"살려줘요!"

지원은 스마트폰 너머 이 소리를 들을 수 있는 유일한 사람, 성재를 향해 외쳤다. 성재가 정확하게 들을 수 있도록 더 목소리를 높였다.

"제발 살려줘!"

총구가 지원의 등에 닿았다. 지원은 더 이상 입도 벙긋 못 하고 그대로 얼어붙었다. 순순히 하라는 대로 할 수밖에 없다고 체념한 순간, 남자의 두 손이 코와 입을 틀어막았다. 정신없이 들이마신 숨에 싸한 약품 냄새가 섞여 콧속으로 밀려 들어왔다.

술에 취한 것처럼 머리가 어질어질해졌다. 지금이라도 그의 손을 뿌리치고 산속 어디로든 뛰어들까 생각했다. 하지만 얇은 주삿바늘이 지원의 목 혈관으로 들어오며 실낱같이 남아 있던 의지마저 앗아 갔다. 온몸의 피가 미친 듯이 날뛰기 시작했다.

캄캄한 어둠이 갑자기 환해졌다. 눈앞에 강렬한 LED 조명이 켜진 듯했다. 지원은 밀려드는 환한 불빛을 멍한 눈으로 바라봤다. 순식간에 그 빛에 잠식되어 그대로 정신을 잃었다.

4

나석준은 승용차에 올라타 가쁜 숨을 골랐다. 보조석 바닥에서 절단기를 집어 운전대에 걸려 있는 수갑부터 끊었다. 조금 전 자신의 손목에 있던 수갑도 이 절단기로 제거했다. 시동 버튼을 누르고 핸들을 돌려 좁은 샛길로 들어갔다.

지원이 쏘아댄 최루액 탓에 아직 눈이 시큰거렸다. 손목에 벌건 자국도 선명하게 남아 있었다.

도지원이 언제고 눈치챌 수 있다고 생각했다. 그래서 낌새가 달라지는지 틈틈이 살폈다. 별다른 티를 내지 않아서 안심하고 있었는데 생각지도 못한 순간에 당해버렸다.

다행히 가방 안에 실톱이 있어 수갑과 수갑 사이를 잇는 체인을 끊을 수 있었다. 도지원이 버린 스마트폰은 도경수 것이라 더는 필요 없었고, 차량 스마트키는 예비로 하나 더 갖고 있었다.

샛길을 나와 구부러진 도로에 접어들었다. 석준은 무선 이어폰을 귀에 꽂고 아내에게 전화를 걸었다. 서너 번의 신호가 울릴 때까지 통화가 연결되지 않았다. 잊고 있던 불안감이 스멀스멀 올라왔다.

석준과 도지원이 부안집을 둘러볼 때, 아내는 그 집 창고에 있었다. 박한나와 박한나의 친모를 장롱에 숨기고 아내는 철제 캐비닛 안에 있었다. 석준이 도지원의 관심을 다른 곳으로 돌리면서 아무것도 들키지 않았지만, 거길 떠난 이후의 일은 아직 모르는 상황이었다.

귓속으로 들어오는 신호가 끊기며 아내의 목소리가 들렸다. 늦게 받아서 미안하다는 아내의 말에 석준은 안도의 한숨을 내쉬었다.

"무슨 일 있는 거 아니지?"

"아니에요. 창고 안이 추워서 덮을 것 좀 더 가져오느라."

"아직 창고에 있는 거야?"

"네."

아내 홀로 박한나와 박한나의 친모를 집 안으로 옮기지 못하게 했다. 그 때문에 아내는 계속 창고에 남아 두 사람 상태를 확인한 모양이었다.

"별일 없었어?"

"아직까지는요. 두 사람 다 한 번씩 깨서 약을 조금 사용했어요."

"잘했어. 난 지금 집에서 나왔어. 빨리 갈 테니 조금만 기다려줘."

"그 애는요?"

"빈 병실에 눕혀놨어. 걱정 안 해도 돼."

석준은 다시 한번 서둘러 가겠다고 말한 뒤 통화를 마쳤다. 이어서
김광래에게 전화했다. 또다시 긴 연결음이 들려왔다.

몇 시간 전, 박한나의 친모 집에서 석준은 김광래에게 메시지를 보
냈다. 간략히 상황을 설명했고 서둘러 서산집으로 가달라고 부탁했
다. 가서 도지원의 남자친구를 붙잡아 달라고 하니 김광래는 더 묻지
않고 알겠다고만 대답했다. 그리고 몇 분 전, 일을 마쳤다는 메시지
를 보내왔다.

"네, 말씀하세요."

통화가 연결되며 김광래의 목소리가 차분하게 들려왔다.

"지금 어디세요?"

"아직 서산입니다."

"남자애는 어때요?"

"푹 잠들었어요. 이상 반응도 없었고요."

그간 아내가 김광래에게 주사 놓는 법과 상황에 따라 어떤 약물을
얼마큼 주입해야 하는지를 여러 번 알려줬다. 그에게 이런 일까지 시
켜선 안 되지만 달리 방법이 없었다.

"손발도 묶어뒀으니 내일까지는 걱정 안 하셔도 됩니다."

"그럼 빨리 복귀해주세요. 도지원은 병실에 붙잡아뒀어요."

"생각보다 많이 늦으셨는데, 원장님은 다친 데 없습니까?"

"네, 전 괜찮아요."

석준은 통화를 마치고 귀에서 무선 이어폰을 빼냈다. 좀 더 액셀을

세게 밟아 속도를 높였다.

긴장이 풀려서인지, 다친 데 없다는 김광래의 말 때문인지, 갑자기 목과 허리가 뻐근하게 쑤셨다. 사냥총을 들고 뛰어다닌 것도 모자라 도지원을 업고 산을 올랐으니 몸 구석구석 아프지 않은 게 이상할 것이다.

차량 시계를 확인하니 어느새 새벽에 이르고 있었다. 김광래의 말마따나 많이 늦어졌다. 도지원을 붙잡는 데 허비한 시간은 어쩔 수 없었다. 하지만 도지원을 눕혀둔 병실에서 삼십 분가량을 더 소비했다.

그냥 나왔다면 좀 더 빨리 움직일 수 있었을 텐데, 도지원을 병실 침대에 결박하면서 발목이 잔뜩 부어 있는 걸 발견했고 망설이다가 강화 주사를 놓았다. 손상 부위가 움직이지 않도록 붕대로 고정한 다음 더러워진 얼굴과 손발을 닦아줬다. 그래도 미안한 마음이 줄어들지 않아 발길이 떨어지지 않았다. 정말 이 아이까지는 끌어들이지 않으려고 했다.

석준은 어쩔 수 없었다고 되새기며 불편한 마음을 밀어냈다. 이미 벌어진 일들은 머릿속에서 지워야 했다. 앞으로 해야 할 일이 아직 태산이었다. 그 일들만 떠올리기로 했다.

일단 창고에 있는 두 사람을 집으로 옮긴다. 그들이 하루 동안 방 안에만 있게끔 만들어야 하고, 아내에게 잠시 눈을 붙일 시간을 줘야 한다. 해가 뜨면 준비해둔 음식으로 배를 채운다. 그 뒤에 뜨거운 물로 몸을 씻고 깔끔한 정장으로 갈아입는다. TV 프로그램에 출연하는 범죄 심리학자 도경수의 모습으로 집을 나선다. 이후 그의 아들 도지웅을 만난다.

오늘 도지웅으로부터 사건의 진실을 듣는다. 진실이 확인되면 모든 일을 마무리하고 이 나라를 떠난다.

지난 6년간의 세월을 떠올리며 다시금 의지를 다졌다. 이미·모든 준비를 마친 상태였다. 길고 길었던 이 일도 이제 단 하루만 남겨두고 있었다.

4부

———

성 형 외 과 의 사

1

어느 날 담당 형사가 집에 찾아왔다. 형사는 지나가다 잠깐 들렀다며, 안부를 묻고 나서는 천천히 말을 꺼냈다. 아직 확실치 않지만 추가 증거를 발견한 것 같다고 했다. 나석준은 숨죽인 채 그의 말을 들었다.

"곧 재수사가 이뤄질 겁니다. 감식이 끝나는 대로 연락드리겠습니다."

그는 정확한 내용을 알려주지는 않았다. 그저 사건이 해결될 거라는 뉘앙스만 풍긴 채 떠났다. 그리고 이틀 뒤 딸아이의 옷가지가 발견됐다는 소식을 들었다. 발견된 장소는 지원학의 조부모 집이었다.

경찰이 지원학의 여죄를 조사하던 그 시각, 석준은 서울에 있는 대형 로펌을 방문했다.

로펌 대표인 윤동수는 얼굴을 보자마자 기다리고 있었다는 듯 환한 미소로 악수를 청했다. 품위 있는 양복과 단정하게 빗어 넘긴 머리까지 예전 그대로였다. 떡 벌어진 어깨와 군살 없는 탄탄한 몸매도 여전했다. 석준보다 서너 살 위인데 훨씬 활기가 넘쳐 보였다. 복도에 나와 기다리고 있던 그는 석준을 자기 방으로 안내했다.

성경이의 장례식 이후 4년 만에 얼굴을 마주하는 거였다. 그간 윤동수는 여러 번 석준을 찾아왔지만 이런저런 핑계를 대며 피해왔다. 당시에는 하안시로 내려온 걸 매일 같이 후회하며 살았다. 그리고 그 후회 끝엔 항상 윤동수와의 만남이 있었다.

"제가 가도 되는데, 이렇게 와주셔서 감사합니다."

석준은 겉치레로 하는 말인 줄 알았지만 '네'라고만 짧게 대답했다. 앞에 놓인 차를 한 모금 마셨다.

"부탁할 게 있다고 하셨죠. 뭐든 말씀해주세요."

바로 입을 열지 못했다. 찻잔에만 오래 눈이 머물렀다. 잠시 뜸을 들인 다음에야 고개 들어 윤동수의 눈을 바라봤다. 크고 깊은 눈동자가 어서 말해보라고 재촉하는 듯했다.

하안시로 이사하기 1년 전 어느 날, 느닷없이 윤동수가 찾아왔다. 서울에서 병원을 운영할 때였다. 그는 로펌 대표라는 명함을 내밀며 당시 언론을 떠들썩하게 했던 인기 여배우 사망 사건을 언급했다.

그가 여배우 쪽 변호사였다. 의료사고 분쟁 소송을 맡고 있다는 뜻이기도 했다. 해당 사건은 석준도 잘 알고 있었다. 성형수술 중 마취제 부작용에 의해 사망한 건이었다.

환자는 악성고열증으로 사망했다. 악성고열증은 마취 중 발생할 수 있는 합병증으로 그 빈도가 드물지만 예후는 중한 질환이다. 사망률이 극히 높은데 진단은 매우 어렵다. 의사들 사이에서 절망으로 통하는 무서운 질환 중 하나다.

수술을 했던 의사는 나름 잘 대응했을 것이다. 그저 환자가 운이 나빴을 뿐이다. 안타깝지만 어쩔 수 없는 일이었다. 그만큼 소송도 쉽지 않아 보였다.

석준이 궁금한 건 윤동수가 왜 자신을 찾아왔는가였다. 윤동수는 석준의 은사님을 거론하며 친근감 있게 말을 꺼냈고, 사망한 여배우 집안부터 석준의 명성과 뛰어난 사업성까지 듣기 좋은 말을 주절주절 늘어놨다. 결론은 해당 사건이 의료사고였다는 의학적 소견을 얻고 싶다는 거였다.

그는 대가로 주어지는 거액의 사례금도 언급했다. 석준은 은사님 이름보다 사례금 액수에 흔들렸다. 당시 사업 확장을 앞두고 있어 눈에 불을 켜고 수입을 늘릴 때였다. 일단 사건을 한번 살펴보기로 하겠다고 그의 부탁을 수락했다.

며칠 동안 해당 사건 속 수술 과정을 면밀하게 검토했다. 딱히 문제가 될 부분은 보이지 않았다. 하지만 어떻게든 문제를 찾아야 했다. 머릿속에 들어온 사례금을 쉽게 무시하고 떨쳐낼 수 없었다.

전신마취제 관련 최신 논문을 닥치는 대로 읽은 뒤에야 대응이 미흡했던 부분 한두 개를 꼽을 수 있었다. 석준은 실제 도입 여부와 관계없이 논문에 적힌 이론만으로 해당 사건을 의료사고라 단정 지었다.

며칠 뒤 윤동수에게 소견서와 증거 자료를 보냈다. 이후 첫 번째 공판에도 직접 나가 필요한 자문을 제공했다. 하지만 자신의 의견이 재판 결과에 큰 영향을 끼칠 거라곤 생각지 않았다. 비록 그럴싸한 문제점을 찾아냈다고 해도 의료사고로 볼 수 없다는 것이 솔직한 심정이었다. 결과는 이미 정해져 있다고 여겼다.

첫 번째 공판 다음 날 약속된 사례금이 입금됐다. 다소 꺼림칙한 기분이 들었지만 그것도 잠시뿐이었다. 바쁜 일상의 파도에 이리저리 휘둘리며 기분도 시시각각 바뀌었다. 단숨에 그 사건도 머릿속에서 지워졌다. 그런데 얼마 후, 예상과 다른 재판 결과가 들려왔다. 1심에서 사망한 여배우 쪽이 승소한 것이다. 또다시 언론이 들끓었다.

재판은 그 뒤로도 6개월간 지속했다. 결국 의료과실이 인정됐고, 뒤따라 의료계의 반발이 거세졌다. 말도 많고 시끄러웠던 그 기간 동안, 석준의 삶에는 많은 변화가 일어났다.

전국 성형외과를 평가하고 수술 부작용을 공유하는 온라인 시크릿 카페가 존재한다. 그곳에 석준의 병원을 겨냥한 악의적인 글들이 등장했다. 거기 올라온 글들을 시작으로 부정적인 온라인 기사까지 떴고 급기야 경찰이 들이닥쳐 불법 알선행위와 탈세, 대리수술 등의 조사를 진행했다. 안팎으로 어수선한 분위기가 그칠 줄 모르고 이어지자 야금야금 취소되던 기존 예약이 어느 순간 전부 취소되는 사태에 이르렀다. 고객이 뚝 끊기는 건 그야말로 순식간이었다.

석준과 척을 지고 있는 서울성형외과의사회 짓으로 추측됐다. 석준의 공격적인 해외영업과 불법 브로커 문제 등으로 지난 몇 년간 서울성형외과의사회와 관계가 좋지 않았다. 이번 윤동수와의 거래를 빌미로 그들이 작정하고 움직인 것이었다. 하지만 그들의 짓이라고 증명한다 해도 상황을 바로잡을 수 있는 건 아니었다. 딱히 대응할 방법도 떠오르지 않았다.

병원 경영이 어려워지자 직원들이 서둘러 사직서를 냈다. 함께 병원을 운영해오던 아내가 어떻게든 이 사태를 수습해보려 했지만, 사방으로 갈라지는 균열을 일일이 다 막을 순 없었다. 지극히 당연한 수순이긴 했지만 부부 사이도 냉랭해졌다. 그리고 당시 세 살이었던 딸 아이에게도 문제가 생겼다. 하지 않던 행동을 하기 시작한 것이다.

위험한 물건을 던지거나 갑자기 소리를 지르고, 무엇보다 아이의 공격적인 성향이 짙어졌다. 마음속에 불만이 쌓여 생긴 불안 증세로 보였다. 이미 지칠 대로 지친 부모가 제때 바로잡아주지 못하는 바람에 아이의 행동은 더 삐뚤어져 갔다.

석 달 뒤 석준은 아직 자신에게 등 돌리지 않은 몇몇 선배로부터 하안시에서의 개업을 권유받았다. 더는 서울에서 병원을 운영하기 어렵다고 생각하던 터라 귀 담아 듣게 되었다. 그때는 일과 가정 모두 변화가 시급했다.

하안시에서 새 병원을 개업하던 날, 또 윤동수가 찾아왔다. 그는 갑자기 변해버린 석준의 상황을 전혀 예상치 못했다며 몹시 당황해했다. 석준은 오히려 그가 이렇게 찾아온 게 놀라웠다. 사례비도 지불했으니 석준에게 무슨 일이 생겨도 거래는 이미 끝난 뒤라고 여겨도 될 것이다. 그러니 찾아올 이유가 없는 것이다. 그의 진심이 느껴졌다. 그가 최악의 상황을 어디까지 고려했는지는 몰라도 이 정도까지는 예상 못 했다는 것이다. 그래도 석준은 그를 일부러 외면했고, 싸늘하게 굴었다. 이렇게 된 데는 과도한 욕심에 이끌려 여러 일을 벌인 자신의 잘못도 있었다. 하지만 그를 만나지 않았다면 이렇게까지 일이 꼬이지 않았을 거란 생각이 머릿속에 확고히 자리 잡고 있었다.

윤동수는 굳이 자신에게도 책임이 있다는 표현을 쓰며 미안한 마음을 드러냈다. 어떻게든 도움을 주고 싶다고 했다. 원상태로 되돌릴 수 없다면 그게 무슨 도움이 되겠냐며 석준이 거부하자 나중에라도 도움이 필요하면 꼭 알려달라고 당부했다.

그때 그는 어떤 것이든 자신이 할 수 있는 일이라면 들어주겠다고 했다. 석준은 그날의 기억을 떠올리며 입을 열었다.

"딸아이 사건에 새로운 증거가 확보됐습니다. 지원학의 재조사가 시작될 거고요."

"네, 들었습니다."

"제가 직접 지원학을 만나고 싶습니다. 만나서 꼭 확인할 게 있습니다."

"제게 부탁하실 게 그겁니까?"

"네."

"변호인 접견을 말씀하시는 거죠?"

석준은 상대의 큰 눈을 보며 다시 한번 '네'라고 대답했다. 윤동수가 내내 짓고 있던 배려의 미소를 거둬들였다. 그러자 그의 얼굴에 직업적으로 깃든 냉철함이 스며 나왔다.

그는 잠시 시선을 돌렸다. 창밖으로 보이는 구름을 한동안 응시했다. 몸은 미동도 하지 않았지만 머릿속에선 여러 가능성이 분주하게 움직이는 것처럼 보였다. 삼사 분 정도 지난 뒤에 그의 시선이 석준에게로 돌아왔다.

"단 한 번이라면 어떻게든 해보겠습니다. 그걸로 되시겠습니까?"

"네, 한 번이면 됩니다."

"뭘 확인하고 싶으신 건지 알려주십시오. 그래야 저도 대비를 할 수 있습니다. 지금 말씀해주시겠습니까?"

"그러죠."

석준은 지원학이 범인이라는 점을 의심치 않았다. 하지만 경찰이 추정하는 그의 범행 과정에서 이해가 되지 않는 부분이 몇 개 있었다. 그래서 자신이 가지고 있는 의혹들을 여과 없이 설명했다. 그걸 직접 확인하기 위해 지원학을 만나려 한다고 말했다.

윤동수는 석준의 말을 끝까지 듣곤 오늘 당장 움직일 테니 며칠만 기다리라고 했다. 석준은 감사 인사를 할 때 일부러 깊숙이 머리를 숙였다.

"단, 지켜주셔야 할 게 있습니다."

아직 듣지 못한 정수리 위로 그의 차가운 목소리가 얹혔다. 고개를 들어 표정을 살피니 두 눈동자가 불덩어리처럼 이글거리는 것 같았다.

"어떤 말을 들어도 감정을 드러내지 않겠다고 약속해주십시오. 조금이라도 의외의 행동을 보이면 저희 둘뿐만 아니라 이 회사까지 위험해집니다."

"무슨 말씀인지 알겠습니다. 제 가족을 걸고 약속하겠습니다."

윤동수로부터 원하던 확답을 받아내고 석준은 집으로 돌아왔다. 그의 전화는 정확히 나흘 뒤에 걸려왔다. 그 통화 이후 또 나흘이 흘렀을 때, 석준은 지원학이 수용된 교도소를 찾아갈 수 있었다.

위조된 변호사 신분증을 내밀며 변호인 접견을 신청했고, 교도소 내 접견실로 들어갔다.

석준과의 만남 이후 바로 다음 날 윤동수는 지원학의 아버지를 만나 변호사 교체를 설득했다. 그 두 사람이 석준보다 먼저 지원학을 만나러 가서 변호사가 바뀌었다는 걸 알렸다. 대형 로펌에서 자신을 변호해준다는 걸 이미 알아서인지 석준을 보는 지원학의 표정은 꽤나 밝아 보였다.

분명히 지원학은 석준의 얼굴을 알고 있을 터였다. 그래서 거뭇하게 수염을 기르고 알이 두꺼운 안경을 꼈는데 그게 다행히 효과를 거둔 모양이었다. 면회 내내 지원학의 얼굴에서 수상한 기색이 떠오르지 않았다. 표정도 눈에 띄게 여유로웠다.

석준은 마음을 가라앉히고 지원학과 마주 앉았다. 당시 지원학은 서른두 살, 사건이 발생했을 때는 이십대 후반이었다. 잡티 하나 없는 하얗고 말끔한 피부를 지니고 있는 걸 보니 사건 당시엔 훨씬 더 어려 보였을 것이다. 그는 예전에 법정에서 봤을 때보다는 다소 살이 올라 있었다. 겁먹어 퀭했던 눈에도 제법 생기가 돌았다. '교도소가 살만한가 보다'라는 생각이 애써 짓누른 감정을 뒤흔들었다.

"유명한 변호사님이라고 들었어요. 도와주셔서 감사합니다."

지원학이 히죽거리며 말을 건넸다. 석준은 두 눈을 질끈 감았다가 떴다. 들끓는 마음을 다잡고 침착하게 대화를 시작하려고 했다.

예상대로 지원학은 범행 일체를 완강하게 부인했다. 하안시 무악산 살인사건은 자신의 짓이 아니라고 얼마나 핏대를 세웠는지 목소리가 잔뜩 쉬어서 나왔다. 경찰이 조부모 집에서 발견한 옷가지들은 자신이 숨긴 게 맞다고 실토하면서도 나성경에 대해선 정말이지 아무것도 모른다고 악을 썼다.

"변호사는 의뢰인을 지키는 사람입니다. 의뢰인을 위해서 사실도 거짓이라 말할 수 있고 거짓도 사실이라 말할 수 있죠. 모두를 적으로 돌리는 한이 있어도 저는 당신을 지킬 겁니다. 그러니 부디 제가 묻는 말에 솔직히 대답해주세요."

석준은 미리 준비한 말을 차분하게 내뱉었다. 억울하다며 떠들던 지원학이 입을 닫고 고개를 끄덕였다. 석준의 시선이 테이블 위에 있는 경찰 조서로 향했다. 조서엔 경찰이 추정한 지원학의 주요 범행 과정이 담겨 있었다.

수법은 대체로 비슷했다. 지원학은 손에 깁스를 한 채 여자아이들에게 다가가 사소한 도움을 요청했다. 손을 쓰지 못하는 오빠뻘의 청년을 보면 아이들은 무엇이든 해줄 것처럼 거리낌 없이 나섰다. 그는 스마트폰 번호를 눌러 달라거나 음료 뚜껑을 열어달라며 아이가 할 수 있는 걸 시킨다. 어른을 도와주었다는 뿌듯한 마음이 들 때 차까지 가방을 들어 달라는 부탁으로 넘어갔다. 그렇게 아이들을 자신의 차 뒤쪽으로 데려갔고, 트렁크에 가방을 넣는 아이들을 힘껏 밀어 그 속에 집어넣었다.

석준은 몇 가지 질문을 꺼냈다. 그 질문들로 지원학이 실행한 납치 방법을 최대한 끄집어냈다. 대부분 조서에 적힌 내용과 비슷했다. 하지만 이런 식으론 절대 성경이를 납치하지 못한다고 생각했다.

당시 열 살이었던 성경이는 또래들과 확연히 달랐다. 정확한 원인을 알 수 없는 외상 후 스트레스 장애 때문에 부모를 제외한 모든 이에게 냉소적인 태도를 보였다. 특히 낯선 사람에겐 경우가 더 심했다. 처음 보는 사람이 다가오면 잔뜩 경계했고, 말이라도 걸면 신경질적으로 소리쳤다. 그런 행동이 친구들 사이에서도 문제가 되어 몇 번 담임선생님의 전화를 받을 정도였다. 지원학의 도움 요청에 응할 아이가 아니란 건 확실했다.

당시 CCTV 카메라는 아파트 단지 입구와 후문 쪽만 작동되고 있는 상태였다. 전체 CCTV 카메라를 통제하는 관제실이 갖춰지기 전이라 대부분의 카메라가 작동하지 않았다. 어쩔 수 없이 입구와 후문 쪽 카메라 영상만 수백 번 돌려봤다. 영상 어디에도 성경이가 밖으로 나가는 모습은 보이지 않았다.

누군가 성경이를 차에 태우고 밖으로 나가긴 했을 것이다. 하지만 강제로 태우는 건 불가능했다. 사건 당일 꽤 많은 이삿짐센터 직원과 시설설비 작업자가 아파트 단지를 오갔다. 범인이 강제로 성경이를 붙잡기라도 했다면 아이는 분명히 소리쳤을 테고, 누군가는 그 소리를 들었을 것이다. 지원학의 수법이 아니라 범인은 자연스러운 다른 방법으로 성경이를 차에 태웠을 걸로 추정됐다. 도대체 어떻게?

성경이를 유인할 수 있는 게 딱 하나 있었다. 성경이가 사라지기 나흘 전에 집을 나간 검정 고양이 우주였다. 하안시로 이사 왔을 때 분양받은 세 살짜리 고양이로, 이 주 남짓 되었을까, 그 정도 짧은 시간 동안 우리와 함께 지냈다.

성경이가 고양이에게 적극적인 애정을 보이진 않았지만 막상 눈에 안 보이자 종종 걱정스러워하는 말을 하기도 했다. 속으론 우주가 돌아오길 간절히 기다렸다. 저 혼자 아파트 단지를 돌아다니며 찾으러 다닌 것 같기도 했다. 그것 말고는 없었다. 분명 우주를 이용해 성경이를 유인했을 거라는 게 석준의 추측이었다. 하지만 성경이뿐만 아니라 그 고양이를 봤다는 제보도 없었기에 이 추측은 수사에 큰 도움이 되지 않았다.

"조부모님 집 툇마루 아래서 고양이 사체도 몇 구 발견됐다고 하던

데, 그것도 지원학 씨가 한 게 맞나요?"

석준은 우주를 매개로 다른 걸 묻기 위해 슬쩍 운을 띄웠다. 지원학은 눈을 치켜뜨며 말도 안 되는 소리라고 반박했다. 고양이 사체 얘기는 사실이 아니니 그가 격하게 반응하는 것도 당연했다. 그런데 이어지는 지원학의 말이 석준을 혼란스럽게 했다.

"저는 알레르기 비염이 있어서 개나 고양이를 만지지도 못해요. 어쩌다 한번 만지면 온종일 기침을 한다고요. 그건 아빠도 알아요. 병원에 가보세요. 예전에 진료받은 기록이 남아 있을 거예요. 경찰이 저를 사이코패스로 만들려고 수작 부리는 거라고요."

지원학이 눈이 벌게져서 말을 이었다.

"그리고 경찰한테 몇 번이나 말한 건데요. 저는 중학교를 졸업한 뒤로 무악산에 가본 적이 없어요. 정말이에요. 그 산이 얼마나 무서운 곳인데요."

그가 경찰에게도 털어놓았다던 무악산 괴담을 다시 꺼냈다.

무악산에는 유독 주인 없는 묘가 많아 밤마다 원혼이 떠돌아다닌다는 소문이 떠돌았고, 실제로 귀신을 봤다는 사람도 꽤 많다고 한다. 하안시에 오래 살았던 사람이라면 웬만한 일이 아니고서는 밤에 그곳에서 가지 않는다. 그러므로 자신이 직접 그곳에 시체를 숨긴다는 건 상상도 할 수 없는 일이라고 했다.

"저처럼 하안시에 쭉 살았던 사람이 한 게 아니에요. 외부에서 온 사람 짓일 거예요. 그놈이 나한테 덤터기 씌우는 거라고요."

석준은 경찰을 통해 이 말을 들은 적이 있었다. 그때는 말도 안 되는 변명이라 여겼는데 막상 당사자한테 들으니 제법 그럴싸하게 들렸다.

갑자기 불안해졌다. 지원학이 범인이 맞다는 걸 확인하러 왔는데 어쩐지 상황이 정반대로 흘러가는 것 같아서였다. 어렵게 만든 기회를 허무하게 날려버릴지도 모른다는 생각에 점점 초조해졌다.

삼사억 원이면 교도소에 있는 사람을 죽일 수 있다고 들었다. 오늘 그가 범인이 맞다는 게 확인되면 얼마를 써서라도 그를 죽일 생각이었다. 그런데 아무것도 확인하지 못했다. 오히려 그가 진범이 아닐지도 모른다는 생각만 강해졌다.

자신의 두 눈동자가 맥없이 흔들리는 게 느껴졌다. 얼른 시선을 떨구었다. 감정에 휩쓸리면 안 된다. 어떠한 감정도 드러내지 않겠다고 윤동수와 약속했다. 한동안 고개를 들지 않고 생각에 잠긴 척했다.

석준이 말이 없자 지원학이 입을 씰룩거렸다. 그러다 결심한 듯 말을 건넸다.

"경찰 조사 때 들었는데, 제가 숨긴 물건을 찾은 게 어떤 범죄 심리학자 덕이라면서요. 그 사람이 나를 분석해서 할아버지 집을 찾은 거라고 하던데, 정말이에요?"

석준은 고개는 숙인 채 눈만 치켜들었다. 그게 왜 궁금하냐고 묻자 지원학은 이상한 말을 나불거렸다.

"경찰도 아닌 사람이 내가 할아버지 집에 숨긴 걸 어떻게 알았을까요? 아니, 어떻게 알게 됐다고 칩시다. 어쨌든 그 사람이 경찰보다 먼저 알았다는 뜻이잖아요. 그럼 경찰이 할아버지 집에 가기 전에 그 사람이 먼저 갔을 수도 있고, 그 사람이 미리 뭔가를 숨겼을 수도 있는 거잖아요."

"무슨 소리를 하는 겁니까?"

"저는 나성경을 안 죽였다니까요. 제가 숨긴 게 아니라고요. 몇 번을 말해요."

지원학이 마른침을 삼키고 목소리를 쥐어짰다.

"누군가 제가 한 짓처럼 꾸민 거예요. 그 범죄 심리학자는 조사받은 적 있어요?"

석준은 도경수의 얼굴을 떠올리며 고개를 저었다.

"과거에 경찰이었던 사람이에요. 지금도 경찰이나 마찬가지고요. 그리고 그 사람은 오직 사건 자료만으로 지원학 씨를 분석한 겁니다. 당신이 피해자 물품을 전리품처럼 가지고 있을 거라는 걸 경찰에 알린 거고, 조부모님 집과 그 물품은 경찰이 찾아낸 거예요."

"그럼 경찰이나 그 사람이나 다 한통속인가 보죠. 팔십년대도 아니고 이런 식으로 사건을 조작해도 되는 거예요? 제가 나쁜 놈이긴 한데, 그 사건은 진짜 아니에요."

지원학은 얼굴뿐만 아니라 목까지 벌게졌다. 석준은 한꺼번에 쏟아져나온 그의 말을 일단 머릿속에 새겼다. 이후로도 한동안 준비했던 질문들을 건넸지만 크게 의미는 없었다. 전혀 마음의 동요가 일어나지 않았다. 분명한 건 마음이 이미 그가 범인이 아니라는 쪽으로 기울어져 있었다는 것이다.

접견을 끝내고 교도소를 나왔다. 그날 밤 아내에게 교도소에서 있었던 일을 빠짐없이 얘기했다. 긴 말을 다 늘어놓고 나니 자기도 모르게 눈물샘이 터져버렸다. 아내는 어깨를 들썩이며 흐느끼는 모습을 말없이 지켜보기만 했다.

아내는 지원학이 아니라는 걸 믿지 못하는 기색이었지만 더 이상은 못 하겠다고 나직이 중얼거렸다. 그저 그 말만 내뱉고 또다시 깊은 절망 속으로 빠져들었다.

그런데 이틀 뒤, 아내가 이상한 말을 꺼냈다.

"아무래도 지원학이 한 말이 마음에 걸려요. 누군가 미리 그 집에 가서 성경이 옷가지를 숨겼을 거라는 말이요. 저기…… 도경수 씨라면 가능하지 않을까요?"

"무슨 말이야?"

"그날 도경수 씨 가족이 2단지에 왔었잖아요. 그 아들이랑, 애 엄마도 왔었고 나중에 도경수 씨도 다녀갔고요."

그 내용이라면 석준도 알고 있었다. 고개를 끄덕였다. 그날 아파트 단지를 다녀간 모두가 경찰 조사를 받았다. 하지만 그 누구의 행적에서도 수상한 점은 발견되지 않았다.

"그런데 그 남자애는 기억이 나지 않는다고 했어요. 그날 오후에 뭘 했는지 어디에 갔었는지 그런 것들 전부요. 기억이 안 난다는 게 이상하긴 했지만 경찰은 심하게 몰아붙이지 않았어요. 그 애가 지적

장애가 있다는 이유로요."

아내의 목소리가 점점 커졌다.

"사실 보통 아이들이랑 별반 차이가 없었잖아요. 말이 좀 어눌하긴 해도 자기 의사를 잘 표현했고요. 그러니까 내 말은…… 충분히 거짓말을 할 수 있었을 거란 거예요."

"거짓말은 아니었어. 경찰 조사 때마다 내가 지켜봤어. 정말 모르는 눈치였어. 경찰도 그렇게 얘기했고."

"최면 같은 걸로 기억을 지운 거 아닐까요? 도경수 씨라면 그런 것도 가능할 거잖아요."

석준이 더 이상 대답이 없자 아내는 울먹이는 목소리로 말을 이었다.

"그때는 당연히 아니라고 생각했는데, 혹시 모르잖아요. 그 애가 성경이를……."

아내가 차마 말을 끝맺지 못했다. 평소 같았으면 쓸데없는 소리라고 나무랐을 텐데 석준은 그러지 않았다. 대신 차분하게 다짐하듯 말했다.

"기억을 못 한 건지, 거짓말을 했던 건지, 한번 알아볼게."

사건 발생 당시 석준은 도경수가 옆 단지 아파트에 살고 있어 오히려 든든한 기분이 들었다. 그도 같은 지역에서 아이를 키우는 아버지이기에 남 일 같지 않다며 경찰 조사에 적극적으로 참여했다. 성경이 시체가 발견된 후로도 계속 사건에 관심을 기울여줘서 석준은 그에게 항상 고마운 마음이었다. 그래서 그를 의심해야 하는 상황이 조금은 불편하게 느껴졌다.

흥신소에 의뢰해 최대한 조심스럽게 도지웅을 찾는 작업을 시작했다. 일단 그 애를 만나서 뭐라도 직접 물어볼 생각이었다. 그런데 어디에서도 그 애가 보이지 않았다.

조사를 지속하다 보니 도지웅이 서울에서 저지른 무차별적인 폭행에 관해 알게 됐다. 여러 폭력적인 행동으로 많은 문제를 일으켰다는 것도 확인했다. 그때부터 도지웅과 도경수를 향한 의심의 연기가 새록새록 피어올랐다.

전주 톨게이트를 지나 어느 정도 달리니 모악산 방향으로 향하는 고속도로 출구가 보였다. 그 출구로 나와 2차선 국도에 접어들었다. 한동안 한산한 도로를 달렸다. 얼마 뒤 정신병원 건물이 보이기 시작했다.

병원과 조금 떨어진 야외 주차장에 차를 대고 천천히 걸어갔다.

병원은 산 초입에 세워진 크지 않은 건물이었다. 제법 후미진 곳에 있어 마음먹고 찾지 않으면 눈에 잘 띄지 않는 곳이었다. 병원 건물과 가까워지자 노랫소리가 들려왔다. 병원에서 나오는 소리는 아니었다. 병원 옆에 작은 교회가 있었다. 노래는 교회에서 흘러나왔다.

석준은 스마트폰을 꺼내 시간을 확인했다. 오전 11시였다. 한창 예배가 진행 중인 모양이었다. 교회를 힐끔 보고 다시 몸을 움직였다. 그런데 이번엔 개 짖는 소리가 들렸다.

병원과 교회 사이에 차 한 대가 들어갈 만한 공간이 있었다. 그곳에 큼지막한 개집이 있었고, 방금까지 잠을 잔 것으로 보이는 하얀 진돗개가 낯선 이의 등장을 알아채고 집 밖으로 나와 시끄럽게 짖어대는 거였다.

석준은 그 소리를 무시하고 건물 입구로 향했다. 두꺼운 유리문을 몸으로 밀어 내부로 들어갔다.

병원 현관에 또 하나의 유리문이 있었다. 그 문은 굳게 닫힌 상태였다. 면회가 가능한 점심시간까지는 아직 한 시간이 남았다. 다른 사람들이 오기 전에 빨리 일을 마칠 생각이어서 주저하지 않고 유리문 옆의 벨을 눌렀다.

"무슨 일이세요?"

스피커를 통해 탁한 남자 목소리가 들려왔다. 몸을 조금 숙여 스피커에다 대고 대답했다.

"급한 일이 생겨서 아이를 좀 데려가려 합니다."

"잠시만요."

상대는 바로 나오지 않았다. 기다리는 동안 석준은 유리문에 비친 제 모습을 훑어봤다. 검은 코트 차림의 중년 남자가 반듯이 서 있었다. 아직도 얼굴은 낯설게 느껴졌다.

잠시 뒤에 헐렁한 명상복 차림을 한 남자가 나타났다. 남자는 목에 걸린 카드키로 유리문을 열고 밖으로 나왔다.

휑한 이마에 이중으로 늘어진 턱, 가늘게 찢어진 눈이 특징적인 남자였다. 대략 사십 대 초중반으로 보였다. 직원이라기보다 관리자에 가까워 보여 오히려 다행이란 생각이 들었다. 석준은 깍듯하게 고개 숙이며 인사를 건넸다.

"아이를 데리러 왔다고요? 누구 보호자이신데요?"

남자는 미간을 좁히며 못마땅한 눈길로 석준을 쳐다봤다. 석준은 스마트폰으로 박한나의 친모 사진을 내보였다. 남자가 다시 물었다.

"박지율이 할머니신데, 무슨 일이라도?"

이곳에선 도지웅을 박지율로 부르는 모양이었다. 석준이 준비해놓은 대답을 꺼냈다.

"어젯밤에 교통사고를 당하셔서 위독하신 상황입니다. 손자가 여기 있다고 들어서요."

"정말요?"

남자가 작은 눈을 치켜떴다.

"시간이 별로 없어서 급하게 아이를 데리러 왔습니다."

"일단 들어오세요."

남자는 다시 한번 카드키로 유리문을 열고 석준을 내부로 들였다.

석준은 그를 뒤따라 면회실로 향했다. 큰 테이블이 여러 개 놓인 넓은 공간에 들어섰다. 앉지도 않고 서성이는데 남자가 다시 가늘게 눈을 좁히며 말을 걸었다.

"혹시 도경수 교수님 아니세요?"

남자의 목소리가 처음과 달리 부드러웠다. 석준이 어색하게 미소

짓자 남자는 '맞죠?' 하며 목소리를 높였다. 예전부터 팬이었다며 도경수가 출연한 프로그램들을 일일이 거론했다. TV에 나오는 유명인이 병원을 찾은 게 처음이라고도 중얼거렸다.

석준은 남자의 행동에 적당히 응해줬다. 한껏 상기된 상대를 보니 어렵지 않게 일을 마칠 수 있겠다는 생각이 들었다.

"아까 말했듯이 제가 늦지 않게 지율이를 데려가야 합니다. 이곳에 절차가 있는 건 알지만 워낙 급한 일이라 선생님께 부탁을 좀 드릴게요."

"상황이 좀 그렇긴 하네요. 그래도 면회나 외출은 지정된 보호자만 신청이 가능한 거라……."

석준은 남자에게 슬쩍 도경수의 명함을 건넸다. 내부적으로 문제가 생기면 연락 달라고 했고, 무슨 일이든 자신이 책임지겠다고 말했다. 준비해뒀던 돈 봉투도 내밀었다.

"다른 뜻은 없습니다. 그저 감사를 표할 수 있는 게 이런 방법뿐이라서요."

남자는 망설이는 얼굴을 했지만 돈 봉투를 받고는 확연히 표정이 누그러졌다. 돈을 조금 질러주면 쉽게 될 거라는 아내의 말이 얼추 맞아떨어졌다.

"제가 교수님을 못 믿는 건 아닌데, 그래도 절차상 확인은 해봐야 해서요."

스마트폰을 꺼내 들더니 남자가 어디론가 전화를 걸었다. 한참 신호가 갔는데도 연결이 안 되는 걸 확인하고 어쩔 수 없다는 듯 고개를 끄덕였다.

"지율이 데려올게요. 잠시만 앉아 계세요."

남자는 몸을 돌리려다 멈칫하고 물었다.

"지율이한테는 누가 왔다고 할까요?"

"아빠라고 하세요."

의외의 대답을 들었다는 듯 남자가 고개를 갸웃거렸다. 그의 모습이 사라지고 오 분 정도 뒤에 계단을 내려오는 발소리가 들렸다. 석준은 엉거주춤 의자에서 일어났다. 면회실 입구로 시선을 고정한 채 도지웅이 나타나길 기다렸다. 곧 하얀 환자복 차림의 청년이 눈에 들어왔다.

180센티미터 정도의 큰 키에 몸매가 날렵했다. 바가지 머리 아래로 뚜렷한 이목구비가 드러났다. 턱과 코 밑에 수염이 거뭇거뭇 올라와 있었다. 올해 스물한 살인 그는 또래들처럼 평범해 보이기만 했다. 비슷한 나이대 아이들과 섞이면 그다지 눈에 띄지도 않을 듯했다.

도지웅은 면회실에 서 있는 석준을 보고 눈동자를 몇 번 깜빡였다. 무언가 확인하려는 듯 게슴츠레 응시하더니 '아빠'라고 말했다.

"아빠가 왜 여기 있어요?"

큰 키와 어울리지 않게 목소리가 얇고 가늘었다. 거기다 톤까지 높아서 왠지 장난스러운 그 한마디에 평범해 보이던 인상이 확 바뀌었다. 다시 보니 서 있는 자세부터 시선의 방향까지 보통 그 나이 때 또래들과 달랐다.

성경이가 세상을 떠난 지 6년이 지났다. 그 시간 동안 딸 아이가 왜 세상을 떠나야 했는지 누구도 알려주지 않았다. 자식이 죽은 이유도 모른 채 피가 마르는 심정으로 살아왔다.

마침내 그 이유를 알 만한 사람을 찾았다. 그토록 찾아 헤맸던 사람이 눈앞에 있었다. 석준은 요동치는 심장 박동을 느끼며 도지웅에게 다가갔다. 옆에 있는 남자는 호기심 어린 눈으로 석준과 도지웅을 연신 번갈아 봤다.

"아빠 보는 거 오랜만이지?"

"네."

"오늘 아빠랑 잠깐 나갔다 오자. 맛있는 것도 먹고."

"어디 갈 건데요?"

"나중에 얘기해줄게."

"엄마는요?"

"엄마도 조금 이따 만날 거야."

남자가 손에 든 종이 가방을 도지웅에게 내밀었다. 가방 속에는 외출복과 패딩이 담겨 있었다.

"지율아, 여기서 옷 갈아입어. 문 닫아줄게."

도지웅은 가방 속에서 노란색 라운드 티와 청바지를 꺼내 입었다. 면회실 문을 닫고 온 남자가 석준에서 손을 가리고 속삭였다.

"진짜 아들은 아니죠?"

"맞아요. 친아들."

"정말요?"

"그간 일이 바빠서 아이에게 신경을 못 썼습니다."

남자는 조금 과장되게 몇 번 고개를 끄떡인 뒤 말했다.

"하긴 정말 바쁘셨죠. 이 땅에 하도 나쁜 놈들이 많아서 교수님 같
은 분들이 고생이 많으십니다. 지율이는 저희가 잘 돌보고 있으니 걱
정하지 마세요."

"감사합니다."

외출복으로 갈아입은 도지웅이 멀뚱히 서 있었다. 석준은 남자의 배
려로 외출 신청서 작성을 생략한 채 도지웅을 데리고 밖으로 나갔다.

또다시 하얀 진돗개가 짖기 시작했다. 그런데 뒤에 따라오던 도지
웅을 보고는 짖는 걸 멈추고 꼬리를 흔들어댔다. 도지웅도 개를 향해
손을 휘저었다.

석준의 시선이 개에서 교회로 옮겨갔다. 어느새 예배가 끝났는지
사람들이 한둘씩 나오기 시작했다. 괜히 다른 사람과 마주치면 문제
가 생길 수 있다는 생각에 걸음을 서둘렀다.

석준이 종종걸음으로 병원과 멀어지자 도지웅도 뛰듯이 쫓아왔다.

석준은 승용차 앞에 먼저 서서 도지웅을 기다렸다. 그가 뒷좌석으
로 향하자 '앞에 타' 하고 말하며 조수석을 가리켰다. 조수석으로 들
어가는 걸 확인하고 자신도 운전석에 올라탔다.

"오늘 아빠 집에 갈 거야."

도지웅의 안전띠를 먼저 채워줬다. 그다음에 자신의 벨트를 끌어

당겼다.

"그전에 지웅이한테 물어볼 게 있어서 몇 군데 들릴 거고."

도지웅은 대답이 없었다. 제대로 듣지도 않은 것 같았다. 승용차를 탄 게 오랜만인지 이것저것 만지고 살피느라 바빠 보였다. 석준은 시동을 걸고 주차장을 빠져나왔다.

폭이 좁은 도로에 여러 대의 차량이 맞은편에서 오고 있었다. 속도를 줄인 채 서행하며 그 차들을 지나쳤다. 병원 주변에서 벗어나 2차선 국도로 들어서자 도지웅이 고개를 돌렸다.

"밥은 언제 먹어요?"

"배고프니?"

"네."

"고속도로 휴게소에서 먹자. 삼십 분 정도만 참아."

도지웅은 삼십 분이라는 말을 중얼거리더니 더 이상 대꾸 없이 고개를 돌렸다. 석준도 입을 다물었다.

차가 고속도로에 접어들며 속도를 높였다. 거친 바람을 뚫고 지나가는 차 소리만이 내부에서 맴돌았다. 휴게소에 도착하기 전까지 두 사람은 여느 부자지간처럼 말없이 앞만 바라봤다.

2

영안실에서 딸아이의 죽음을 확인하고 나왔을 때, 아내는 버티지 못하고 차가운 바닥에 주저앉았다.

"나 때문에 죽은 거예요."

너무 울어서 혼이 나간 얼굴이었다. 바람만 불어도 넘어질 것처럼 야위어 있었다. 석준은 아내를 일으켜 근처 벤치로 이동했다.

아내와는 대학병원 인턴 생활 중에 만나 결혼까지 이어졌다. 고등학교 졸업 후 엘리트 코스를 밟으며 의사가 된 두 사람은 젊은 나이에 첫 병원을 개원했고 함께 운영해왔다.

하지만 하안시로 내려온 뒤 아내는 병원 일에서 손을 뗐다. 온전히 딸아이에게 관심을 기울이겠다는 게 이유였지만 그때는 이미 부부 사이가 심하게 틀어진 상태였다.

평생 살아온 서울에서 쫓겨나듯 내려온 것과 아는 사람 하나 없는 곳에서 외톨이처럼 지내는 것에 아내는 심한 열등감과 우울감을 느꼈다. 그래서인지 종종 아이를 가사도우미에게 맡기고 서울로 나들이를 다녀왔다.

누구도 아내가 어딜 다녀오는지 알지 못했다. 석준은 아내의 외도를 의심했지만 따져 묻지 않았다. 몰래 뒤를 밟거나 파헤쳐볼 생각도 하지 않았다. 뭘 하든지 그냥 둘 작정이었다. 어느새 두 사람은 말을 섞는 것 자체가 귀찮아진 사이가 돼버렸다.

어쨌든 아내가 가사도우미를 부르지 않고 집을 비운 건 딱 한 번뿐이었다. 하루 정도는 괜찮을 거라 여겼을 것이다. 아이가 집 밖으로 나가도 놀이터나 슈퍼 정도만 다녀올 거라고 생각했을 테고. 스마트폰도 가지고 있으니 크게 걱정되지 않았다고 했다. 그런데 딱 한 번뿐이었던 그날, 아이는 집을 나가 돌아오지 않았다.

"내가 집에만 있었으면 안 죽었을 텐데, 쓸데없이 돌아다녀서."

겨우 멈췄던 아내의 눈물이 다시 쏟아졌다. 잔뜩 충혈된 눈동자 때문인지 말 그대로 피눈물을 흘리는 것 같았다. 석준은 아내를 진심으로 끌어안았다.

되돌릴 수 없을 것 같던 부부 관계는 아이러니하게도 아이가 사라진 뒤 빠르게 개선됐다. 아이가 살아있을 거라는 실낱같은 희망을 움켜쥔 채 서로에게만 의지하다 보니 이전보다 더 굳건해지는 걸 느꼈다.

그리고 뒤늦게 아내가 서울에서 심리 상담을 받고 왔다는 사실을 알게 됐다. 혹여 지인들 사이에서 소문이 돌까 봐 누구에게도 알리지 않고 조용히 상담사를 만나온 거였다. 자존심 강한 아내가 어떤 심정으로 서울을 다녀왔을지 충분히 짐작이 갔다.

"당신 때문이 아니야. 내 잘못이야."

석준은 깊이 숨겨둔 진심을 고통스럽게 꺼내보였다. 집을 비운 건 아내만이 아니었다. 해외 손님 유치를 핑계로 여러 사람을 만났고 그러며 집에 들어가지 않은 날이 셀 수 없이 많았다. 그때 다른 여자를 품은 적도 여러 번이었다.

하안시로 내려오기 훨씬 전부터 이미 아내와 아이는 주된 관심으로부터 멀어졌다. 언젠가는 벌어질 일이었다는 생각이 머릿속에서 떠나지 않았다.

'나 때문에 자식이 죽었다'라는 큰 형벌을 짊어지고 석준과 아내는 집으로 돌아왔다. 이제 정말 성경이 방을 정리해야 한다고 생각하니 겨우 버텨온 마음이 완전히 무너져 내렸다.

그리고 나서 며칠간 여러 명의 전화를 받았다. 친구, 친척, 지인, 방송국 기자까지 모두가 슬픔을 공감해주고 위로를 건네줬다. 하지만 그들의 말이 전혀 가슴에 와닿지 않았다. 가슴이 이미 상처를 입고 뻥 뚫렸으니 그런 말들이 와닿지 않은 게 당연했다. 어떻게 해야 휑한 마음을 채울 수 있을지, 아니 어떻게 살아가야 할지 감도 잡을 수 없었다.

아내는 한동안 잠을 이루지 못했다. 수면제에 의지해 겨우 눈을 붙이곤 했는데, 사건과 관련된 해괴한 꿈을 꾼 뒤로는 그것조차 불가능했다. 잠을 이루지 못하는 날이 늘어나자 아내는 눈에 띄게 쇠약해졌고 그게 석준을 두렵게 했다.

급기야 병원에서 빼낸 소량의 마취제를 아내에게 투약했다. 편히 잠든 얼굴을 보고서야 석준은 한결 마음이 놓였다. 그로부터 며칠 뒤에 자신의 팔꿈치 안쪽에도 주삿바늘을 꽂았다.

그때 이후로 아이가 너무 보고 싶으면 마취제에 의지해 그리움을 잊었다. 차츰 빈도가 늘었고 더는 병원에서 약물을 빼내기 어려워졌다. 어쩔 수 없이 다른 방법을 찾아야만 했다.

서울에 있을 때 가까이 지냈던 제약회사 직원에게 적당한 핑계를 대어 약물이 거래되는 은밀한 루트를 확인했다. 그가 알려준 루트대로 몇 사람을 거치니 조금의 마취제를 구매할 수 있었다. 그걸 아내에게 투여하며 말했다.

"범인이 밝혀지면 내 손으로 죽일 거야. 공범이 있다면 그들도 가만두지 않을 거고. 그러니 버텨. 그때까지 버텨야 해."

이 말을 어떻게든 지키겠다고 스스로에게 다짐했다.

그로부터 4년 뒤, 석준은 유력 용의자 지원학을 만났다. 그의 얼굴을 마지막으로 다시 본다는 건 영원히 보지 않기 위해서였다. 영원히 보지 않기 위한 확신을 얻기 위해서였다. 그런데 교도소에서 그와 대화를 나누는 동안 확신을 얻기는커녕 이상한 게 한두 군데가 아니었다. 교도소를 나섰을 때는 전부 다 이상하다고 느꼈다. 그날 이후, 의심의 방향이 생각지도 못한 쪽으로 뻗어갔다.

한동안 도경수와 박한나, 도지원을 지켜봤다. 그들의 행적과 행동 패턴을 빠짐없이 살폈다. 그런데 도지웅은 어디에서도 보이지 않았다. 마치 지우개로 감쪽같이 지운 것처럼 그들 가족으로부터 사라진 것이다. 시간이 흐를수록 의혹은 더 짙어졌다.

이래저래 고민한 끝에 결론에 다다랐다. 어떻게든 도지웅을 찾아야 했다. 석준은 자신의 다짐을 떠올리며 구체적인 계획을 세우기 시작했다. 그때쯤 김광래의 전화가 걸려왔다.

대략 1년 만이었다. 지인이든 친척이든 모두 연락을 끊은 상태였지만 모든 인연이 끊겨도 김광래와의 관계는 끝내고 싶지 않았다. 그래서 그에게만은 비상 연락처를 알려줬었다. 석준은 그의 연락이 반갑고 고마웠다.

서로 안부 인사를 주고받았다. 김광래는 연락이 늦었다며 미안한 마음을 드러냈다. 그리고 상기된 목소리로 물었다.

"성경이 옷이 발견됐다면서요? 어떻게 된 겁니까?"

김광래는 뒤늦게 소식을 접했다고 했다. 이제 정말 범인이 잡힌 거냐는 기대에 찬 물음에 석준은 차분히 상황을 설명했다.

"재수사가 시작된 지 이미 몇 달이 지났어요. 진척된 건 아무것도 없고요. 또다시 기다려야 할 거 같습니다."

"그렇군요. 이제 끝났다고 생각했는데 아니었네요."

그의 목소리가 한풀 꺾인 채 돌아왔다. 스마트폰 너머로 짧은 정적이 흘렀다. 김광래가 먼저 분위기를 바꾸듯 아내의 안부를 물었다.

석준은 하안시를 떠나 다른 곳에서 함께 머물고 있다는 것만 알렸다.

김광래는 계속 같은 일을 하다가 얼마 전에 다리를 다쳐 직장을 그만뒀다고 했다. 석준이 어쩌다 다친 건지 묻자 급식소에서 작은 사고가 있었다는 대답이 돌아왔다. 석준은 과거 그와 함께 갔던 한 무료 급식소를 떠올렸다.

장애아동, 노숙자, 독거노인 등 소외계층을 대상으로 운영하는 시설로 오래전부터 김광래가 무료 봉사를 해온 곳이었다. 그때 그는 익숙하게 시설 사람들을 돌봤다. 마치 자신의 가족을 대하는 듯했고, 그들과 자신을 동일시하는 것처럼 보이기도 했다.

"요즘에도 급식소 나가시는군요?"

"시간 날 때마다 가는데, 이젠 늙어서 도움이 되는 건지 잘 모르겠어요."

"아직 젊으신데 왜 그런 말씀을 하세요."

더 나올 얘기가 없어지자 서로의 건강을 염려하는 대화가 오갔다. 김광래는 그만둔 직장을 언급하며 앞으로 어떤 일을 더 할 수 있을지 모르겠다는 푸념 섞인 걱정도 꺼내놨다. 그렇게 통화가 또 더 이어졌고 마지막 인사를 건네기 전에 석준이 사뭇 무거운 톤으로 말했다.

"여전히 성경이 일에 신경 써주셔서 감사합니다."

"감사는 무슨요, 당연히 신경 써야죠. 제 일이기도 한데."

진중한 그의 목소리에 석준은 자기도 모르게 고개를 꾸벅 숙였다.

김광래는 석준의 아파트 단지 경비원 중 한 명이었다. 당시 오십

대 중반이었던 그는 경비원 중 제일 젊었고 그래서 힘을 쓰는 일 대부분을 도맡아서 했다. 성경이가 사라졌던 그 날도 시설설비 작업자들을 돕느라 분주했다고 한다. 그래서 초소를 비운 것뿐인데 그날 자리에 없었다는 이유로 유독 여러 번 경찰 조사를 받았다. 마지막 경찰 조사를 받고 나온 뒤부턴 성경이가 사라진 걸 정말 자기 탓으로 여기는 듯했다.

항상 성실하게 일해온 남자였지만 사나운 인상 때문에 주민들로부터 좋은 소리를 듣지 못했다. 주민들은 그의 외모를 비하하는 말을 자주 했고, 눈에 띄게 무시하는 태도도 보였다. 어른들의 그런 비열한 행동을 보고 배운 건지 아이들도 그를 도깨비 아저씨라고 놀려댔다. 그런데 그가 경찰 조사를 여러 번 받았다는 소문까지 퍼지자 주민들의 눈빛이 더 싸늘해졌다. 주민들은 일부러 그를 멀찌감치 피해 다니기까지 했다.

그의 입장에선 갖은 오해와 멸시로 머리 꼭대기까지 분노가 치밀 상황이었다. 하지만 그는 경멸 어린 시선을 견디며 누구보다 적극적으로 경찰 수사를 도왔다.

성경이 시체가 발견되면서 단순 실종 사건이 하안시 무악산 살인 사건으로 변경됐다. 용의자도 아파트 단지 내부가 아닌 과거 비슷한 범행을 저지른 외부 인물로 추정됐다. 그제야 김광래를 보던 주민들의 따가운 시선이 어느 정도 누그러들었다. 그때도 그는 서운하거나 섭섭한 감정을 드러내기보다는 어떻게든 경찰 수사에 도움이 되려 노력했다.

사건이 발생하고 몇 개월 후 계약이 종료된 김광래는 다른 지역 경비 용역 업체로 직장을 옮겼다. 그렇게 하안시를 떠났지만 사건 당일 자신이 놓친 게 없는지 매일같이 생각했고 미심쩍은 게 아무리 사소하더라고 그런 게 떠오르면 바로 석준에게 알렸다. 그 행동이 마치 죄책감에서 벗어나려는 자신의 모습과 닮아서 석준은 날이 갈수록 그에 대한 고마움과 미안함이 커졌다.

사건 수사가 길어지며 둘의 관계는 더 가까워졌다. 석준은 이제 그만 자책하는 마음을 내려놓으라고 일부러 여러 차례 말해주기도 했다. 하지만 그는 범인이 밝혀질 때까지는 무거운 마음을 계속 안고 살 수밖에 없지 않느냐고 반문하기도 했다. 때로는 그래야 조금이라도 빨리 범인이 잡힐 것 같다고도 했다. 그의 마음 씀씀이가 석준뿐만 아니라 아내의 텅 빈 심정을 조금이나마 채워주었다.

1년 만에 걸려온 전화를 끊고 석준은 아내에게 그가 연락해온 사실을 알렸다. 김광래가 아직도 우리가 겪고 있는 고통의 일부를 함께 지고 있다는 말도 덧붙였다. 그러니 이 사건을 빨리 끝내는 것이 그의 고통을 비워주는 일이기도 하다고.

"우리가 하려는 일, 김 씨 아저씨랑 함께 하는 건 어때?"

석준이 조심스럽게 말을 꺼냈다. 사뭇 놀란 표정을 지을 거라 예상했는데 아내는 같은 생각이 있었는지 거부감 없이 고개를 끄덕였다.

"좋아요. 아무래도 우리 둘만으론 힘에 부칠 거예요. 누군가의 도움을 받아야 한다면 아저씨한테 받는 게 좋잖아요."

오히려 아내의 얼굴에 반기는 기색이 완연했다. 김광래를 만나러 갈 때마다 아내는 이 표정을 지었다. 지금은 속마음을 털어놓을 정도로 가까운 사이가 되었지만, 처음엔 석준과 아내의 마음에 부끄러운 오해가 자리 잡고 있었다.

하안시에 막 이사를 왔을 때 석준과 아내는 여느 주민들처럼 그를 피하거나 무시하지 않았다. 그렇다고 살갑게 대한 것도 아니었다. 그저 별다른 관심이 없었을 뿐이다. 그러던 어느 날, 아내와 김광래 단둘만 엘리베이터에 탄 적이 있었다. 그때 김광래는 수줍게 말을 건넸다.

한참 뭔가를 물어왔는데 아내는 제대로 듣지 못했다. 우울감이 심해지며 갑자기 죽고 싶다는 생각이 급습해 집을 나온 거였다. 서울로 향할 생각에 머릿속이 복잡했다. 그래서 그의 말이 잘 들어오지 않았다. 뭐라 되묻지도 않고 1층에 도착하자마자 엘리베이터에서 나갔다.

그로부터 며칠 뒤에 성경이 사건이 일어났다. 얼마 안 돼 주민들이 김광래에 관해 쑥덕거리는 소리가 석준과 아내의 귀에 들어왔다. 문득 아내는 그날 엘리베이터 안에서의 일이 떠올랐다. 자신이 놓친 게 있는지 곰곰이 되짚어봤지만 워낙 짧은 시간이라 잘 생각나지 않았다. 기억이 명확하지 않으니 김광래에 대한 의심만 짙어졌다. 석준도 사나운 시선으로 그를 살피기 시작했다.

하지만 성경의 죽음과 함께 드러난 사건의 진상은 김광래와 전혀 관련이 없었다. 그날 엘리베이터 안에서의 일도 큰 착각이었다. 경찰 조사 내용을 확인해보니, 김광래는 아내에게 장애인 주차구역에 있는 아내의 차를 언제 빼줄 수 있는지 물었던 거였다.

아내는 창피하고 미안한 마음에 어떤 식으로든 김광래에게 보상을 해주고 싶어 했다. 그 마음은 지금도 변함없어 보였다.

"그런데 도와주실까요?"

"살짝 물어볼게. 싫다고 하면 어쩔 수 없지."

다음 날 오전, 석준은 김광래에게 연락을 취했다. 그리고 그날 오후에 그의 집을 방문했다. 전화상으론 다친 다리가 걱정돼 잠깐 들르는 거라고 했다. 병문안을 하듯 전복죽과 과일 바구니를 사서 집으로 들어갔다.

꿉꿉한 냄새가 배어 있는 반지하 집이었다. 한낮에도 불을 켜야 할 만큼 어두웠고, 좁은 거실과 방에는 짐이 가득 쌓여 있었다. 김광래는 누추하다며 어쩔 줄 몰라 했다. 가족이라곤 몇 해 전에 돌아가신 어머니뿐이었으니 꽤 오랫동안 이 집을 방문한 사람이 없었을 것이다.

오랜만에 그의 얼굴을 보는 거였다. 이전에 봤을 때보다 얼굴 살이 더 빠진 듯했다. 그래서 사나운 인상이 더욱 도드라져 보였다. 석준은 그게 안타까웠다.

다리에 깁스를 하고 있는 그를 대신해 석준이 과일 바구니에서 귤을 꺼내 씻었다. 김광래는 거실에 있는 낡은 1인용 소파를 석준에게 양보하고 옆에 나무 의자로 가서 앉았다. 석준은 그를 다시 소파로 보낸 뒤 여기가 편하다며 바닥에 털썩 앉았다.

정확히 어느 부위를 다친 건지 확인했고 식사나 세면 같은 일상생활은 어떻게 하는지 물었다. 그는 인근 복지센터로부터 매일 도시락 하나를 배달받는다고 했다. 그 도시락과 이웃들이 챙겨준 라면으로 끼니를 해결하고 샤워는 힘들지만 머리와 얼굴을 씻는 건 목발을 짚으면 되니 어렵지 않다고 말했다.

대화는 김광래의 다친 다리에서 석준의 요즘 생활로 넘어갔다. 그 뒤에 성경이 사건 소식으로 옮겨갔다. 앞으로의 계획을 묻는 그의 말에 석준은 자연스레 이 집을 찾은 목적을 꺼냈다.

"지원학 말고 따로 의심 가는 사람이 있습니다. 이번엔 경찰 대신 제가 직접 알아보려 하고요."

"원장님이요?"

김광래가 눈을 번뜩였다. 얼굴은 엄격해 보였지만 눈동자에는 걱정의 빛이 어려 있었다. 석준은 도경수와 도지웅을 지목했고, 간단히 자신의 계획을 알렸다.

"모든 일이 불법입니다. 큰 죄를 지을 거고요. 그래도 저희는 이 일을 하기로 했습니다."

석준이 잠시 뜸을 들였다.

"혹시 저희 부부를 도와주실 수 있을까요? 사례는 충분히 하겠습니다."

"제가 도와야죠. 뭐든 말씀해주세요."

되레 반기는 그의 대답에 석준은 긴장했던 마음을 풀고 좀 더 자세한 얘기를 털어놨다.

대략 1년의 준비 기간이 필요할 것이다. 그 기간에 많은 위험을 감수해야 한다. 매달 월급 형태로 급여를 줄 생각이다. 모든 계획이 끝나면 사례금으로 오억 원을 더 지급하겠다.

"저희는 일을 마치고 바로 이 나라를 떠날 겁니다. 동남아의 작은 도시에서 지낼 생각이고 다시는 돌아오지 않을 거예요. 혹시 원하신다면 저희와 함께 떠나셔도 됩니다."

"외국이라니 당치도 않아요. 제가 거기서 뭐 해 먹고 살겠습니까."

"은퇴 이민을 가시는 겁니다. 그간 고생하셨으니 그곳에선 편히 쉬신다고 생각하시면 됩니다. 준비는 저희가 다 해드릴 수 있어요."

"본래 사람은 자기 분수에 맞게 살아야죠. 저는 그저 제주도라도 한번 가봤으면 좋겠습니다."

"저희가 드리는 사례금만으로도 외국에서 생활하시는 데 문제없으실 겁니다. 오히려 그곳이 더 살기 편하실 거예요."

"그 정도 돈이면 한국에서도 무시 안 당하고 살 수 있지 않나요?"

"그래도요. 천천히 한번 생각해보세요."

"네, 그럴게요. 그나저나 일은 언제부터 하면 될까요?"

다음 날부터 나석준과 김지연 그리고 김광래가 같은 목표를 향해 나아갔다.

휴게소에서 점심을 해결하고 다시 고속도로에 올랐다. 조수석에 앉은 도지웅은 호두과자 봉지를 손에 쥔 채 창밖을 바라봤다. 입을 오물거리면서 호두과자를 하나 더 입안에 넣었다.

석준은 휴게소에서 사 온 커피를 한 모금 마셨다. 카페 종업원의 사인 요청에 당황하지 않고 응했는데 사인 밑에 적은 인사 글을 평소 자신의 필체로 적어버렸다. 그게 떠올라 커피 맛이 씁쓸하게만 느껴졌다.

한 시간 반 정도를 더 달려 하안시에 접어들었다. 그리고 삼십 분 뒤에 무악산 입구에 도착했다. 이곳이 목적지는 아니었다. 도지웅이 이 산에 관해 알고 있는지 궁금해서 잠깐 들른 거였다. 도경수와 도지웅이 함께 공모해 산에다 선경이를 감췄을 수도 있다.

차를 세우자 꾸벅꾸벅 졸던 도지웅이 창밖을 둘러봤다.

"어디예요?"

"하안시에 있는 무악산이야. 이전에 아빠랑 온 적 있지?"

도지웅은 한참 창밖을 바라보다 '아니요' 하고 대답했다. 일부러 얼굴을 마주 보았는데 표정에는 아무런 변화도 없었다.

"하안시에서 살 때 여기 온 적 있는데, 기억 안 나니?"

"기억 안 나요."

"여기에 여자아이와 함께 온 것도 기억 안 나?"

"나 여기 온 적 없어요."

"하안 3단지 아파트에서 살았던 건 기억나고?"

"네."

"그럼, 그 아파트로 가보자."

"거긴 왜요?"

도지웅이 남 일처럼 담담하게 물었다.

"예전 기억을 떠올리고 싶어서."

석준의 말에 도지웅은 아무런 대꾸 없이 고개를 돌렸다.

무악산 입구에서 나와 십오 분 정도를 달렸다. 그때부터 대규모 아파트 단지가 보이기 시작했다.

석준은 딸과 함께 살았던 아파트 건물이 가장 먼저 눈에 들어왔다. 곁눈질로 도지웅을 쳐다봤다. 그도 예전 집이 반가워 그런 건지 자신이 살았던 건물을 빤히 보고 있었다.

아파트 단지 입구에 들어섰다. 어디 가는 거냐는 경비원의 제지에 과거 자신이 살았던 집 주소를 불러주었다. 이것저것 따져 물을 땐 도경수의 명함을 보일 생각이었는데 경비원은 더 묻지 않고 입구를 열어줬다.

입구를 통과해 2단지 쪽으로 방향을 틀었다. 그쪽이 아니라는 도지웅의 목소리가 끼어들었다.

"저쪽에 편의점 하나 있잖아. 거기부터 들르자."

"편의점은 우리 집 쪽에도 있어요."

도지웅이 손가락까지 내저으며 하는 말을 무시하고 계속 움직였다.

일요일이라 주차 공간을 찾기 어려웠다. 2단지 전체를 크게 한 바퀴 돌았는데 마침 차 한 대가 빠져나가는 게 보여 그곳에 차를 세웠다.

차에서 내린 석준은 멀리 보이는 편의점을 향해 걸어갔다. 도지웅이 말없이 따라붙었다.

도지웅은 만화 캐릭터가 그려진 탄산음료를 골랐다. 석준은 물 하나를 가져와 탄산음료와 같이 계산했다. 편의점에서 나와 일단 물을 맘껏 들이켰다. 갈증이 심했는지 물 한 통을 거의 다 비웠다. 도지웅은 뚜껑을 열어 음료를 빨아 먹었다. 물끄러미 지켜보던 석준이 앞서 걷자 도지웅도 음료 병을 입에 물고 따라왔다.

아파트 단지 안에 조성된 정원을 지나치자 아이들의 목소리가 들리기 시작했다. 그 소리가 나는 쪽으로 걸어갔다. 곧 아이들로 북적거리는 놀이터에 도착했다. 놀이터 옆 벤치로 다가간 다음 잠깐 쉬는 것처럼 벤치에 앉았다. 도지웅은 남은 음료 몇 방울을 입에 마저 털어 넣었다. 아쉬운 듯 입맛을 다시는 걸 보며 석준이 말을 걸었다.

"아빠가 무슨 일 하는지 알고 있니?"

"네."

"무슨 일 하지?"

"경찰 도와서 나쁜 사람 잡는 일이요."

"맞아, 경찰 도와서 나쁜 사람 잡는 일 하고 있어. 그런데 아직 잡지 못한 사람이 있어서 지웅이한테 물어보려고 해. 지웅이가 아빠 좀 도와줄 수 있어?"

"네."

석준은 스마트폰을 열어 턱 밑으로 내밀었다.

"이 여자아이 기억하니?"

화면 속에 6년 전 성경이 사진이 있었다. 도지웅은 스마트폰을 가져가 화면을 쳐다봤다. 깜짝 놀랄 수도 있을 거라고 예상했는데, 예상과는 달리 담담해 보였다.

"이 아파트에서 실종된 아이잖아요. 예전에 경찰이 물어봤어요."

"그 아이가 실종되던 날, 지웅이도 이 놀이터에 왔었어. 기억나니?"

도지웅은 모르겠다는 얼굴로 석준을 쳐다봤다.

석준은 놀이터 뒤쪽에 있는 계단을 가리켰다. 지하주차장과 연결된 내리막 계단이었다. 경찰은 성경이가 저 계단으로 내려간 뒤 범인에게 붙잡힌 것으로 추정했다.

"그날 그 여자아이가 저 계단 아래로 내려갔어. 지웅이도 저 계단 밑에 내려간 적 있지?"

"아니요. 우리 집 앞에는 내려간 적 있어요."

"그러니? 아빠랑 저기 한번 내려가 볼까?"

"왜요?"

"그냥, 궁금해서."

범행 현장으로 가자고 하는 건 이제껏 의뭉스럽게 관련되었을 장소를 보여주기만 하는 것과 차원이 달랐다. 당연히 동요할 수밖에 없는 몸짓이나 표정이 나와야 했다. 그런데도 도지웅에게서 일어나는 변화는 전혀 없다시피했다.

석준은 남은 물을 마저 마시고 자리에서 일어났다. 근처 쓰레기통에 물병을 버리고 계단을 내려갔다. 도지웅이 뒤따라왔다.

실제로 피해자나 목격자가 사건 현장을 다시 찾아 잊혀진 기억을 되살린 사례가 종종 있다. 해당 장소를 둘러보는 것만으로도 많은 것이 떠오른다고 한다.

석준은 지하주차장을 둘러보며 도지웅의 변화를 정확하게 살필 작정이었다. 정말 도지웅이 범인이라면 오랜만에 찾아온 범행 현장을 그냥 지나칠 수 없을 것이다. 정말 기억을 못 하는 건지 애써 거짓말을 해온 건지 알 수 없지만 어떻게든 이곳에서 도지웅의 반응을 끌어내야 한다. 아무것도 확인하지 못하면 집에서의 일이 더 힘들어진다.

그런데 주차장 내부를 둘러보기도 전에 도지웅이 걸음을 멈췄다. 그의 시선이 한 곳에 고정되는 것 같았다.

지하주차장과 연결된 커뮤니티센터와 헬스장 쪽이었다. 석준은 방향을 틀어 그쪽으로 다가갔다. 도지웅은 뒤따라오지 않았다. 표정이 눈에 띄게 굳었다. 몇 초 뒤에 얼굴이 일그러졌고 머리를 긁었다 멈췄다를 반복했다.

지금은 주민들을 위한 공간으로 꾸며져 있지만 성경이가 사라졌을 땐 두 곳 모두 내부공사가 시작되기 전이었다. 그래서 당시엔 텅 비어 있었고 문도 잠겨 있었다. 경찰은 지하주차장 전체는 물론이고 저 공간들도 꼼꼼히 살펴봤다. 하지만 어떠한 흔적도 발견하지 못했다.

석준은 도지웅에게 다가가 그의 팔목을 끌어당겼다. 도지웅은 두세 발 움직이다가 또다시 얼어붙었고 더는 꼼짝하지 않았다. 한동안 뭔가를 떠올리는 것 같기도 했고 다른 생각을 하는 것 같기도 했지만 도통 알 길은 없었다. 그러다 갑자기 한곳을 뚫어지게 쳐다봤다. 조금 전까지 확실하지 않았던 시선의 끝이 명확해졌다. 지하 커뮤니티센터였다. 도지웅이 고개를 떨군 채 머리를 부여잡았다.

"왜 그래?"

"머리가 아파요."

"뭔가 기억나는 게 있는 거야?"

"아니요, 그냥 어지러워요."

도지웅은 머리를 흔들었다. 그런데도 나아지지 않는지 주먹으로 머리 양옆을 때렸다. 석준은 그의 주먹질이 끝날 때까지 지켜보며 기다렸다.

"너 저기 들어갔던 적 있는 거지?"

눈앞에 있는 커뮤니티센터를 가리켰다.

"저 안에서 무슨 일이 있었던 거야?"

"몰라요."

"좀 더 생각해봐!"

"싫어요. 여기서 나갈래요."

몸을 돌리려는 도지웅의 양팔을 붙잡았다. 그의 팔뚝을 움켜쥐고 목소리를 높였다.

"저 안에 여자아이가 있었어, 맞지?"

도지웅은 입을 앙 다문 채 고개를 푹 떨궜다.

"너랑 같이 있었잖아! 기억해내, 얼른!"

그가 고개를 번쩍 들었다. 잔뜩 구겨진 얼굴이 새파랗게 질려 있었다.

"배 아파요. 토할 거 같은데."

지하주차장에 있던 사람들의 시선이 하나둘씩 석준에게로 향했다. 무슨 일인지 궁금해하는 눈치였고 곧 다가와 이것저것 물을 기세였다. 석준은 주변을 훑어보고 손에서 힘을 풀었다.

도지웅은 바로 몸을 돌렸다. 어슬렁거리며 따라오던 조금 전과 달리 뛰듯이 걸었다. 빨리 여기서 벗어나려는 행동이라는 게 명확했다. 석준은 치미는 흥분을 삼키고 계단을 오르는 그의 뒷모습을 바라봤다.

3

성형외과를 찾는 손님 대부분이 유명 연예인 사진을 가져와 그와 똑같이 해달라고 한다. 그때마다 석준은 얼굴의 조화로움을 완성하는 방향으로 수술이 이뤄져야 한다고 강조한다. 누군가와 똑같아지는 수술은 애초에 불가능한 일이다. 항상 그렇게 생각해왔는데 인생의 마지막 수술을 앞두고 생각을 바꿨다.

자신의 얼굴을 도경수와 똑같이 만들 작정이었다. 상대가 다른 사람이면 불가능한 일이겠지만 도경수라면 어느 정도 가능해 보였다.

한국인의 얼굴은 북방계와 남방계로 나뉜다. 북방계는 넓적한 얼굴과 작은 눈이 특징인 반면 남방계는 대부분 눈이 크고 쌍꺼풀이 발달해 있다. 일단 도경수는 석준과 같은 북방계 얼굴이었다.

이마가 좁고 높다, 눈이 홑꺼풀이고 지방층이 두껍다, 입술이 얇고 윤곽이 흐리다 등 두 사람 사이에 제법 닮은 구석이 있었다. 그에 반해 우뚝 솟은 콧날, 날렵한 눈매, 갸름한 턱선은 석준과 차이를 보이는 도경수만의 특징이었다. 그 부분들 때문에 도경수가 훨씬 잘생겨 보였다.

이번 수술 집도는 아내에게 맡겼다. 그래서 모든 과정을 아내와 의논하며 준비했다. 둘이 함께 도경수의 얼굴을 면밀하게 관찰했고 부위별 형태와 특성을 분석했다. 석준의 얼굴을 토대로 도안을 만들기 시작했다. 완벽한 수술을 위해 디자인 작업에도 심혈을 기울였다.

작업한 내용을 토대로 시뮬레이션 영상을 만들어 수술 과정 전체를 되짚어봤다. 자주 드러나는 실수를 하나씩 줄여나갔고, 그래도 혹시 모를 사고에 대비해 안전장비와 응급시스템을 갖췄다. 발생할 수 있는 모든 변수를 철저히 점검했다. 그 뒤에야 수술실로 들어갔다.

석준의 뭉툭한 코를 높고 오뚝하게 만들어야 했다. 코끝을 감싼 피부 지방이 두꺼우므로 콧속을 통해 살 일부를 절제했다. 코뼈도 조금 제거한 뒤 벌어진 연골을 가운데로 모았다. 그렇게 코끝을 날씬하게 만들어준 다음 귀 연골을 이용해 코끝 모양을 다듬었다. 코에 삽입한 보형물이 자리 잡기까지는 두 달 이상이 소요됐다.

갸름한 턱선은 사각 턱 절제술과 피질절골술 등 두세 가지 수술을 복합적으로 시술했다. 서너 시간이면 끝나는 수술이었지만 일주일 정도 압박용 마스크를 착용해 부기를 빼줘야 했다. 턱선은 3개월이 지난 뒤에야 자리를 잡았다.

눈은 비교적 간단히 해결됐다. 눈의 바깥쪽을 절개하는 뒤트임으로 눈꼬리를 아래로 내렸고 미세 앞트임을 통해 전체적인 눈 모양을 완성했다.

TV 속 도경수 얼굴과 제법 흡사해진 건 8개월쯤 흐른 뒤부터였다. 수술은 예상보다 훨씬 성공적이었다. 부족한 부분은 필러와 보톡스를 주입해 조금씩 완성도를 높였다.

얼굴 다음은 표정과 행동이었다. 아내는 TV에 나온 도경수의 모습을 전부 녹화해 그가 자주 짓는 표정부터 그 자신도 알지 못할 무의식적으로 나오는 인상까지 상세히 알려주고 연습하게 했다. 외부에서 연기와 성대모사 강의도 듣고 와 자신이 먼저 도경수의 손짓과 목소리를 흉내 내며 열성적이었다.

석준은 아내에게 그것들을 배웠고 매일같이 도경수의 모습을 재현했다. 산속 주택에만 갇힌 채 똑같은 말과 행동을 반복했다.

석준이 집 안에만 머물며 도경수를 닮아가는 사이, 김광래는 도경수 가족을 철저하게 관찰했다. 도경수와 박한나, 도지원을 돌아가며 살폈고 날마다 그들의 행적을 석준에게 보고했다. 1년 동안 하루도 빼먹지 않고 보고가 이뤄졌다. 예전 흥신소 직원들이 도경수와 도지원에게 발각된 것과 달리 그는 어떤 문제도 일으키지 않았다.

석준은 날마다 전해진 그의 보고 덕분에 도경수 가족의 생활 패턴을 완전히 확인할 수 있었다. 어딘가에 도지웅을 숨기고 있을 거란 의혹도 확신으로 바뀌었다.

12월 중순, 도경수의 대학교 강의가 끝났고 약 두 달간의 방학이 시작됐다. 그의 일정을 훔쳐보니 1월엔 방송 출연 및 학회 참석 일정이 빼곡했지만 2월은 그리 바빠 보이지 않았다. 특히 도경수의 아버지 기일 전후로는 주요한 일정이 없었다.

도경수는 명절과 부모님 기일에 홀로 산소를 찾았다. 매번 밤늦게 출발했고 산소 인근에 있는 허름한 모텔에서 하룻밤을 묵었다. 이번에도 같은 동선으로 움직일 거라 예상됐다.

석준은 도경수의 아버지 기일을 이번 계획을 실행하는 디데이로 정했다.

디데이 일주일 전, 산속 2층 주택을 도경수 명의로 변경했다. 처음 주택을 지을 때만 석준의 명의였고 이번 계획을 준비하며 정체 모를 노숙자 명의로 변경해뒀다. 도경수가 그 노숙자로부터 주택을 산 것처럼 조작했다. 관련 서류들은 추후 도경수의 책상 서랍에 넣어둘 생각이었다.

디데이 하루 전, 도경수 얼굴로 불법 마취제를 대량으로 구매했다. 기존에 알던 루트를 이용했고 조금의 협박을 가미해 판매자들이 구할 수 있는 최대치를 거래했다. 김광래는 도경수의 검은 승용차에 위치추적장치를 부착했다.

그날 저녁 8시쯤 차량이 움직인다는 신호가 떠올랐다.

석준과 아내 그리고 김광래는 미리 경상남도 의령군으로 내려가 있었다. 그곳에서 도경수가 오기만을 기다렸다.

도경수가 의령군 톨게이트에 들어섰을 때, 세 사람은 각자의 위치에서 대기했다. 석준은 도로 한복판에 SUV를 세워둔 채 스마트폰을 뚫어지게 바라봤다. 늦은 시각이라 더는 차가 다니지 않았다.

십 분 뒤, 스마트폰 화면 속 빨간 점이 구불구불 휘어진 도로로 들어왔다. 마음속으로 열을 셌다. 하나, 둘, 셋…… 마지막 열을 마음속으로 외치며 함께 기어를 바꿨다.

다리에 힘을 실어 속도를 높였다. 맞은편에서 올라오는 차량 소리가 들렸다. 빨간 점이 코앞까지 다가왔다. 어금니를 꽉 깨물고 검은 승용차를 향해 핸들을 돌렸다.

쾅, 소리와 함께 충격이 그대로 전해졌다. 가슴팍을 때린 에어백 때문에 몇 초간 숨쉬기가 어려웠다. 머리가 얼떨떨했다. 그래도 미리 대비하고 있었던 덕분에 금방 정신이 돌아왔다.

앞 유리 너머로 뿌연 연기가 피어올랐다. 그 연기를 뚫고 김광래가 다가왔다.

"고생하셨습니다. 이제 저에게 맡겨주세요."

김광래는 이 말만 남기고 눈앞에 있는 승용차로 걸어갔다.

석준은 긴 한숨을 내쉰 뒤 운전대에 엎드렸다. 그때부터 미동도 하지 않고 바깥소리에 귀를 기울였다.

몇 분 후 짧은 클랙슨 소리가 들렸다. 김광래가 일을 마쳤다는 신호였다. 고개를 들자 목이 뻐근하게 아파왔다. 목덜미를 부여잡고 SUV에서 내렸다.

석준과 김광래는 승용차 뒷좌석에서 도경수를 빼냈다. 그를 부축

해 뒤에 서 있는 차량 트렁크로 옮겼다. 기다리고 있던 아내가 그 차를 몰고 먼저 현장에서 사라졌다. 김광래는 조금 전까지 석준이 앉아 있던 SUV로 향했다. 석준은 도경수의 검은 승용차 운전석으로 들어갔다.

자정을 알리는 스마트폰 알림이 울렸다. 화면 속으로 디데이라는 표시가 깜빡이고 있었다.

차단기를 통과하며 아파트 단지에서 나왔다.

도로에 접어들기 위해 좌회전 신호를 기다리는데 옆자리에서 시끄러운 소리가 들렸다. 석준의 시선이 저절로 그리로 움직였다.

스마트폰을 손에 쥔 도지웅이 측면 버튼을 눌러 볼륨을 줄였다. 어느새 모바일 게임을 다운받아 게임을 시작한 모양이었다. 곧 초록 화살표가 눈에 들어와 다시 차를 움직였다.

도지웅은 지하에서 나와 놀이터 옆 벤치에 널브러지더니 계속 머리가 아프다며 끙끙거렸다. 고개를 처박은 채 윽윽, 하는 신음을 토해내는 게 뭔가 심상치 않아 보였다. 아파트 단지 지하로 내려갔던 게 효과가 있었다.

일단 어르고 달래서 차로 데려왔다. 차 안에서도 죽는소리를 해서 하나 더 가지고 다니던 스마트폰을 그의 손에 쥐여줬다. 그러자 단번에 조용해졌다.

일요일이라 평소보다 도로 위에 차가 많았다. 마음이 급해서인지 꽉 막힌 도로에 울화가 치밀었다. 시간을 확인하니 벌써 오후 4시가 가까워지고 있었다. 스마트폰을 꺼내 아내에게 전화를 걸었다. 금방 통화가 연결됐다.

"어디쯤이야?"

"방금 공항 도착했어요."

"김 씨는?"

"4시까지 오겠대요."

아파트 단지에서 나오기 전에 석준은 아내와 김광래에게 '도지웅이 맞다'라는 짧은 메시지를 보냈다. 아직 직접 들은 건 없었지만 그 애가 범인이 맞다는 걸 직감적으로 느낄 수 있었다. 아내와 김광래 둘 다 메시지를 확인했다. 따로 답장을 보내오진 않았다.

아내는 약 두 시간 전에 박한나 친모 집에서 나와 인천공항행 KTX에 올랐다. 그 집을 떠나기 전 박한나와 그녀의 친모에게 마지막으로 한 번 더 마취제를 투여했다. 김광래도 오늘 정오까지 도경수와 도지원을 감시한 뒤 산속 주택에서 나왔다. 뒷산을 통해 내려와 터미널로 갔고 그곳에서 공항 리무진 버스를 탔다. 두 시간 전쯤 아내는 그의 계좌로 약속한 사례금을 전달했다.

두 사람은 저녁 6시 반 비행기를 타고 방콕으로 향한다. 방콕 공항에 도착하면 김광래가 먼저 치앙마이로 이동한다. 아내는 다음 비행기로 오는 석준을 기다린 뒤에 함께 움직인다. 필요한 짐은 미리 보내놓은 상태다. 세 사람 다 떠나기만 하면 된다.

"당신은 집 도착했어요?"

"가는 중이야. 곧 도착해."

잠시 침묵이 흘렀다. 스마트폰 너머에서 전해지는 정적만으로도 석준은 아내의 모습이 그려졌다. 근심이 가득한 얼굴로 안절부절못하고 있을 것이다.

"걱정하지 마. 잘 끝내고 갈게."

"우리 정말 괜찮을까요?"

아내가 한 박자 쉬고 말을 이었다.

"이제 와서 이런 말 하면 안 되는데…… 이게 맞는 거겠죠?"

목소리에 초조함이 묻어났다. 계획이 실행되는 동안 생각보다 침착하고 차분하게 굴었던 아내였지만 지금은 심하게 흔들리고 있었다. 그래서인지 석준의 마음도 술렁였다.

아내가 뭘 망설이는지 알고 있었다. 하지만 여기서 멈출 수는 없다. 본래 얼굴을 없애고 과거를 지우며 여기까지 왔다는 건 더 물러설 데가 없다는 것이었다.

"전화 끊으면 바로 스마트폰부터 꺼. 더는 아무것도 생각하지 마. 생각이 많아지면 떠나지 못해. 당신부터 무사히 나가야 나도 뒤따라갈 수 있어."

석준은 못을 박듯 일부러 단호하게 말했다. 아내는 기어들어 가는 목소리로 '알겠어요'라고 대답했다.

통화를 마치고 슬쩍 고개를 돌렸다. 도지웅은 여전히 모바일 게임에 빠져 있었다.

얼마 뒤 하안대학교 방향으로 핸들을 돌렸다. 하안대학교 인근에 한 동짜리 아파트가 있다. 그곳이 도경수가 사는 집이다. 오늘 그 집에서 도지웅을 살해할 계획이다.

그 뒤에 산속 주택으로 돌아간다. 그곳에 갇혀 있는 도경수에게 마지막 약물을 투여한다. 이때 기억상실을 유발하는 성분과 환각 증세를 일으키는 성분을 다소 과하게 사용할 생각이다.

그다음 석준은 도경수의 모습을 벗는다. 자신도 아니고 도경수도 아닌 제삼자의 모습으로 산을 내려가 방범 카메라가 미치지 않는 곳까지 움직인다. 그곳에서 택시를 불러 터미널로 이동한다. 터미널에서 공항버스를 탄 후 공항에서 비행기를 기다린다.

비행기에 오르기 전에 배달 어플로 음식을 주문한다. 배달원이 도착했을 때 도경수의 집 문은 열려 있을 것이다. 배달원이 도지웅의 시체를 발견하고 바로 경찰이 움직인다.

경찰은 수많은 CCTV에 찍힌 석준의 흔적을 도경수의 행적으로 여긴다. 도지웅 시체를 발견한 지 몇 시간 안 돼 산속 주택을 찾아낼 것이다. 그곳에서 약에 취해 있는 도경수를 체포한다. 산속 주택은 도경수가 자주 들러 불법 약물을 투여한 곳으로 추정될 것이다.

경찰이 도경수를 깨워 정신이 들어 심문을 시작할 때쯤이면, 석준은 이미 태국에 도착해 준비해둔 장소로 몸을 숨기고 있을 것이다.

여기까지가 석준의 계획이었다. 그런데 예상치 못한 문제가 생겼다.

도경수의 아내 박한나는 누가 자신을 감금한 건지 모른다. 나중에 경찰로부터 자신의 남편 짓이라는 걸 듣게 될 거다. 하지만 도지원은 석준의 존재를 알고 있다. 석준이 도경수 행세를 한 것도 눈치챈 듯하다.

아내는 추가 살인을 원치 않았다. 하지만 김광래는 도지원을 죽여야 한다고 했다. 그 살인 또한 도경수의 범행으로 만들면 된다고 했다. 그 아이를 죽이지 않으면 되레 석준과 아내가 위험해질 거라고 걱정을 내비쳤다.

일단 김광래의 말을 따르기로 한 상태였다. 도경수에게 마지막 약물을 투여할 때, 도지원에게는 치사량보다 많은 양을 집어넣을 계획이었다. 그런데 조금 전 아내의 초조한 목소리를 들어서인지 마음이 흔들리기 시작했다.

어느새 아파트 건물이 눈에 들어왔다. 입구와 점점 가까워졌고 곧 주차장에 차를 세웠다. 도지원을 어떻게 할지는 나중에 생각하기로 했다. 지금은 도지웅에게 집중할 때라 여기며 차량 시동을 껐다.

"여기가 아빠 집이야. 내리자."

"엄마는요?"

도지웅이 물었다. 여전히 손에 쥔 스마트폰만 바라보고 있었다. 그게 애써 석준의 시선을 피하는 것처럼 느껴졌다.

"지금 오는 중이야. 곧 도착해."

석준은 가능한 한 부드럽게 말했다. 스스로도 차분해야 했기 때문이다. 먼저 안전띠를 풀고 운전석에서 나왔다. 도지웅은 한참 움직이지 않다가 석준이 아파트 입구로 들어설 때쯤에야 차에서 나와 느긋하게 따라왔다.

두 사람은 엘리베이터를 타고 올라가 집 안으로 들어갔다. 대문이 닫히자마자 석준은 이중 잠금장치를 돌려 혹시 모를 돌발적인 도주가 일어날 상황을 차단했다. 현관에서 신발을 벗고 벽에 있는 스위치를 눌렀다.

천장 조명이 켜지며 거실 공간이 드러났다. 넓은 창 전체를 가리고 있는 암막 커튼 때문에 벌써 늦은 밤이 된 듯했다.

거실엔 벽면을 가득 채운 책장과 1인용 리클라이너 의자가 있었다. 도지웅을 거실 바닥에 앉혀놓고 잠시 기다리라고 했다. 도지웅은 낯선 거실을 두리번거리다 금방 흥미를 잃었는지 다시 모바일 게임에 집중했다.

석준은 코트를 벗어 식탁 의자에 걸쳤다. 준비해둔 초콜릿 과자를 거실로 가져와 작은 탁자 위에 올렸다. 도지웅은 과자를 한 움큼씩 집어 입에 넣었다. 석준이 캔콜라를 건네자 바로 뚜껑을 따서 연거푸 마셨다. 그러다 어느 순간, 거실과 부엌 사이에 있는 그릇을 발견하고 궁금한지 호기심 어린 눈으로 보았다.

"저거 뭐예요?"

"고양이 밥그릇."

"집에서 고양이 키워요?"

도지웅이 돌연 눈을 치켜떴다. 석준이 그렇다고 하자 스마트폰을 내려두고 사료 그릇이 있는 쪽으로 다가갔다.

"고양이 지금 어디 있어요?"

"숨었을 거야. 낯선 사람이 오면 숨었다가 한참 뒤에 나와."

도지웅은 부엌으로 가 식탁 주위부터 살폈다. 다음으로는 화장실 문을 열었고 침대가 있는 안방과 컴퓨터가 있는 서재도 둘러봤다. 고양이가 보이지 않는데도 들뜬 표정으로 거실로 돌아왔다.

"집에서 고양이 키워도 돼요?"

석준은 눈썹을 올리며 무슨 말이냐고 되물었다.

"예전에 안 된다고 했는데, 고양이는 밖에서 살아야 한다고 했잖아요."

"내가 그렇게 말했었니?"

"네, 고양이는 사람들이 없는 곳에서 지내야 한다고, 그래야 스트레스 안 받고 잘 살 수 있다고 했어요."

"이 고양이는 괜찮아. 사람을 좋아해."

"정말요?"

도지웅이 천진난만한 얼굴로 반색을 하며 석준을 보았다. 이미 성인이 된 몸집과 어울리지 않은 순진무구한 눈동자에 석준의 가슴이 덜컹 내려앉았다.

"고양이 이름이 뭐예요?"

석준은 도지웅이 묻는 것에 대답하지 않고 화제를 돌렸다.

"거실에 가만히 앉아 있어. 고양이가 그 과자들 먹으면 안 되잖아."

"맞아요. 초콜릿 먹으면 안 돼요."

도지웅이 고개를 끄덕였다. 바닥에 둔 스마트폰을 다시 손에 쥔 채 고양이가 나타나길 기다렸다. 석준은 도지웅을 홀로 두고 화장실로 들어갔다. 가슴이 벌렁대기 시작했다.

화장실 문을 잠갔다. 문고리를 두세 번 당겨 문이 움직이지 않는 걸 확인했다. 거울에 비친 자신의 얼굴을 바라보며 긴 숨을 내뱉었다.

갑자기 자신이 하려는 일이 너무나 끔찍하게 여겨졌다. 솟구치는 망설임과 죄책감에 짓눌려 가슴이 답답해졌다. 안정을 찾기 위해 반복해서 숨을 더 내쉬었다. 애써 거울 속 얼굴을 외면했다. 호흡을 가다듬으며 마음을 다잡은 뒤에 벽장을 열어 검정 파우치와 갈색 유리병을 꺼냈다.

검정 파우치 속에 얇은 주사기와 작은 플라스틱 통이 들어 있었다. 주사기 바늘을 플라스틱 통에 꽂아 소량의 마취제를 주사기에 담았다. 주삿바늘 뚜껑을 닫고 주사기를 바지 주머니에 넣었다.

이어서 갈색 유리병을 열었다. 알코올 냄새가 코끝을 찔렀다. 벽장 안에서 수건 하나를 꺼내 유리병 입구로 가져갔다. 약물을 흠뻑 젖힌 수건을 들고 화장실에서 나왔다.

도지웅은 여전히 스마트폰 화면만 들여다보고 있었다. 입안 가득 담긴 과자 씹는 소리가 들려왔고 작게 게임 전자음도 새어 나왔다. 석준은 도지웅의 등 뒤로 갔다. 뒤에서 수건으로 그의 코와 입을 틀어막았다. 도지웅이 놀라 고개를 돌리려 했지만 석준의 완력에 짓눌려 꼼짝하지 못했다.

그가 팔을 뒤로 뻗어 석준을 붙잡으려 했다. 하지만 그것도 잠시뿐이었다. 곧 허공을 잡아 뜯을 듯 헤매던 팔에 힘이 풀렸다. 석준은 오른손을 바지 주머니에 넣었다. 얇은 주사기를 꺼내 뚜껑을 벗겼다. 이내 도지웅의 목 우측 혈관으로 주삿바늘을 밀어 넣었다. 주사액이 주입되고 얼마 뒤 그의 고개가 아래로 툭 떨어졌다.

도지웅의 몸을 끌어다가 1인용 리클라이너 의자에 앉혔다. 거실 책장에 준비해둔 굵은 밧줄을 꺼내 단단히 몸을 결박했다. 석준은 일을 마치고 바닥에 주저앉아 숨을 헐떡거렸다. 도지웅이 먹던 캔콜라가 눈에 들어와 얼른 낚아채 입으로 가져갔다. 한 방울도 남아 있지 않았다.

바닥을 짚고 몸을 일으켜 세웠다. 부엌으로 가 찬물로 목을 축이고 식탁 의자에 앉아 숨을 골랐다. 이십 분 정도를 그냥 흘려보냈다. 그 뒤에 500mL 컵에 물을 받아 거실로 돌아갔다.

도지웅 얼굴에 컵에 받아온 물을 끼얹었다. 한 번으로 깨어나지 않아 같은 행동을 반복했다. 세 번 만에 그가 반응을 보였다.

물기가 가득한 얼굴로 꿈틀거리며 깨어나니 갓 물속에서 구조된 것처럼 보였다. 정말 그런 상황인 것처럼 힘겹게 눈을 치켜떴다. 몸을 감싼 밧줄을 확인하고 눈앞에 있는 석준에게 초점을 맞췄다.

석준은 바닥에 떨어진 수건을 집어 들었다. 약물은 이미 공기 중으로 날아간 상태라 더는 알코올 냄새가 나지 않았다. 수건으로 도지웅의 얼굴을 문지르며 물기를 닦아냈다.

"나 때리려는 거예요?"

도지웅이 입을 열었다. 그의 건조한 목소리가 이어졌다.

"내가 또 잘못했어요?"

감정이 담기지 않은 기계 같은 목소리였다. 석준은 하려던 행동을 멈추고 한 걸음 물러섰다.

도지웅이 석준을 멍하니 쳐다봤다. 표정이 덤덤하기만 했다. 그 모습이 석준의 가슴을 옥죄었다. 빨라지는 심장 박동을 누그러뜨리려 짧게 심호흡을 했다. 작은 원목 의자를 가져와 도지웅 앞에 앉았다.

"아까 아빠가 했던 말 기억하니? 아직 잡지 못한 사람이 있다고 했던 거. 지웅이가 아빠 도와준다고 했었잖아."

"네."

"지웅이가 솔직하게 말해주면 돼. 그게 도와주는 거야."

"네."

석준은 스마트폰을 꺼내 다시 한번 성경이 사진을 열었다. 화면 속 성경이 얼굴을 도지웅의 눈앞으로 가져갔다.

"좀 전에 다녀온 아파트 지하에서 이 여자아이 봤을 거야."

도지웅은 눈을 가늘게 뜨고 성경이 얼굴을 바라봤다. 뭔가 떠올리려는 표정을 지었지만 결국 '잘 모르겠어요.'라는 대답을 내뱉었다.

석준은 사건 당일 놀이터 주변 상황을 자세하게 말해주었다. 노란 조끼를 입은 어른들이 이삿짐 차량에서 꺼낸 상자를 사다리차에 올린다. 사다리차가 움직이며 덜컹대는 소리가 사방으로 퍼진다. 아파트 단지 중앙에선 정원을 가꾸는 할아버지 할머니가 분주하게 움직인다. 다른 한편에선 회색 작업복을 입은 남자들이 새로 설치된 가로등을 점검하고 있다. 그날 아파트 단지 안에 있었던 모든 사람의 진술을 떠올리며 하나씩 말을 꺼냈다. 석준은 다시 한번 도지웅의 기억을 끄집어내려 했다. 하지만 그의 대답은 조금 전과 마찬가지였다. 지친 한숨을 내뱉고 원목 의자에서 일어났다.

리클라이너 의자를 돌려 책장과 마주 보게 했다. 책장에 있는 탁상 거울에 도지웅의 얼굴이 비치도록 의자와 거울 높이를 조정했다. 도지웅은 거울 속에 비친 자신의 얼굴을 마주 봤다. 석준이 책장 밑에서 줄넘기를 꺼내 들었다.

성경이는 탄력성이 있는 고무끈에 의해 살해된 걸로 추정됐다. 성경이 목에 상흔이 여러 개 있었지만 아이를 죽음으로 이끈 건 얇은 고무끈이었다. 경찰은 범행도구로 줄넘기를 의심했다. 줄넘기 중에서도 줄이 얇은 단단한 고급형 제품일 거라고 했다.

석준은 경찰이 제시한 줄넘기와 가장 비슷한 제품을 구매했다. 그 줄넘기 줄로 도지웅의 목을 감쌌다. 줄을 엑스자로 교차시켜 끌어당기기 시작했다.

피해자나 목격자가 사건 현장을 찾아 잊혀진 기억을 되살리는 것처럼 가해자도 현장검증을 통해 기억의 착오를 바로 잡는 경우가 있다고 한다. 가해자가 범행 당시 행동을 재연하고 직접 보는 과정에서 잊고 있었던 사건의 진상을 토로한 사례도 있다.

정말 도지웅이 범인이라면, 그가 줄넘기로 성경이를 죽였다면, 아파트 단지 지하에서처럼 이번에도 반응을 보일 것이다. 석준은 그가 사건의 진상을 토로해주길 간절히 바랐다.

탁상거울을 통해 점점 벌게지며 일그러지는 도지웅의 얼굴이 보였다. 도지웅이 몸을 뒤틀며 고통스러워했지만 큼직한 의자는 꼼짝도 하지 않았다. 석준이 손에서 힘을 풀자 그의 입에서 기침이 터져 나왔다.

"그 여자아이가 이렇게 죽었어. 아직 기억나는 거 없니?"

"몰라요."

"너는 여자아이랑 아파트 지하에 있었어. 그때 일을 기억해야 해."

줄넘기 줄이 다시 팽팽해지자 도지웅이 발악하듯 소리쳤다.

"하지 마!"

무시하고 줄을 끌어당기려 했다. 그런데 거울 속에 비친 그의 얼굴에서 완연히 다른 변화가 나타났다.

뭔가를 떠올리듯 눈을 동그랗게 떴다. 깜짝 놀란 표정인데 그 상태로 미동도 하지 않았다. 뺨에서 가벼운 경련이 일었다.

석준의 얼굴에서도 땀이 흘러내리고 있었다. 눈이 쓰려 신경질적으로 비볐다. 온 신경이 날카로워지고 있었다. 손에 쥔 줄을 느슨하게 풀고 거울 속 얼굴을 바라봤다. 한쪽 눈이 충혈된 자신의 얼굴과 그 아래 입을 벌리고 침을 흘리면서도 꼼짝 않는 도지웅. 그에게 다시 한번 물으려는데, 짜여진 각본처럼 고양이 울음소리가 들렸다.

도지웅의 시선이 옆으로 돌아갔다. 석준은 거울 속 그의 얼굴을 살폈다.

절묘한 타이밍에 방에서 나온 검정 고양이가 자기 밥그릇으로 다가갔다. 과거 집에서 키웠던 우주와 같은 종으로 뾰쪽한 귀와 노란 눈이 특징인 고양이였다. 몇 주 전 우주와 똑 닮은 이 아이를 발견했고 도지웅이 우주에 관해 알지도 모른다는 생각에 데려왔다. 정말 혹시나 하는 마음으로 데려온 건데, 도지웅은 고양이를 뚫어지게 쳐다봤다. 그 모습이 의미심장해 보여 석준은 숨이 멎을 것만 같았다.

"아……."

도지웅의 얼굴이 일그러지더니 눈을 질끈 감았다. 입이 움직이려다가 멈추고 다시 움직이려다가 멈췄다. 석준은 줄넘기 줄을 걷어내고 리클라이너 의자를 자기 쪽으로 돌렸다. 도지웅의 어깨를 움켜쥔 채 '뭐야? 빨리 말해봐!' 하고 소리쳤다. 도지웅이 입을 씰룩거리더니 중얼거리듯이 말했다.

"저 고양이 분명히 죽었는데?"

"뭐?"

"그 창고에서 죽었는데."

"고양이가 죽어?"

도지웅은 바로 대답하지 않았다. 석준은 마른침을 꿀꺽 삼켰다.

"누가 죽였는데?"

"어떤 여자애요. 아주 못된 계집애가."

"여자애? 그 아이 얼굴 기억났어?"

"아니요."

"더 말해봐. 얼른!"

석준이 도지웅의 멱살을 잡고 말을 이었다.

"여자애가 왜 고양이를 죽였는데?"

"몰라요. 그 애가 죽였대요."

"그 애가 고양이를 뭐라고 불렀니? 고양이 이름 기억나?"

"그게…… 우주라고 한 거 같은데."

다시 스마트폰을 꺼내 성경이 사진을 들이밀었다.

"이 아이 맞지?"

"얼굴은 몰라요. 뒷모습만 봤어요."

도지웅이 고개를 숙이고 잔뜩 쉰 목소리를 내뱉었다.

"이제 그만할래요. 머리가 어지러워요."

석준은 그의 목덜미를 붙잡고 머리를 치켜들었다. 양손으로 그의
얼굴을 움켜줬다.

"그때 네가 그 여자애를 죽였어. 왜 죽인 거야?"

"내가 죽였다고요?"

"그래, 이 줄넘기로 목을 졸라서, 이제 기억나니?"

"줄넘기로……."

도지웅이 눈을 크게 떴다. 기억의 뚜껑이 열리기라도 한 듯 토끼 눈으로 석준을 쳐다봤다. 이내 얼굴이 일그러지더니 목청을 높였다.

"하지 마!"

석준은 바닥에 떨어진 수건을 주워 그의 입에 쑤셔넣었다. 그의 얼굴과 팔다리가 격렬하게 요동쳤다.

"그 창고에서 네가 죽인 거야. 네가 여자애를 죽였어. 왜 그랬어?"

석준의 음성이 울먹이면서도 차가웠다. 퍼덕이던 도지웅은 갑자기 움직임을 멈췄고 힘없이 고개를 떨궜다. 그 상태로 잠시 정적이 흘렀다.

"왜 그런 거야?"

간신히 다시 묻는데도 그는 끝내 대답이 없었다.

석준은 궁금한 게 많았다. 하지만 더 이상 묻지 않았다. 쌓였던 분노가 솟구치며 온몸이 뜨거워질 줄 알았는데 이상하게 싸늘한 한기만 느껴졌다. 주변 공기는 차갑지 않았다. 몸 안에서 맴도는 기운이 서늘했다. 얼른 계획을 마치고 참기 힘든 한기에서 벗어나고 싶었다.

이대로 계속 소란을 피우면 옆집에서 수상하게 여길 것이다. 옆집이 아니더라도 주민이 뭔가 낌새를 느끼고 경찰에 신고할 수도 있다. 석준은 바닥에 둔 줄넘기를 다시 쥐었다.

줄넘기 줄로 그의 목을 감쌌다. 힘껏 당기기만 하면 되는데 하필 그때 책장 위 탁상 거울에 시선이 닿았다. 거울 속 도지웅의 얼굴이 새파랗게 질려 있었다. 바로 시선을 돌렸지만 새파란 얼굴이 머릿속에 남아 사라지지 않았다. 거울을 치우려다 얼굴을 가리는 쪽을 택했다. 줄넘기를 내려놓고 안방으로 들어갔다. 서랍 속에서 누런 광목 주머니를 꺼냈다.

도지웅의 입에서 수건을 빼냈다. 그가 막혔던 숨을 몰아쉬었다. 석준이 들고 있는 광목 주머니가 어떻게 사용될지 눈치챘는지 이전보다 더 크게 눈을 부라렸다. 광목 주머니 입구를 벌리자 그의 입에서 아, 하는 짧은 신음이 터져 나왔다.

석준은 마지막으로 그의 얼굴을 한 번 쳐다보고 마음속으로 용서를 구했다. 그리고 그의 얼굴에 주머니를 씌웠다. 주머니 끈을 잡아당기려는 순간, 짧고 굵은 목소리가 튀어나왔다.

"도깨비 아저씨!"

석준은 끈을 끌어당겼다. 지금 멈추면 나중엔 더 어려워질 거라 여겼다. 하지만 몇 초 지나지 않아 손에서 힘이 풀렸다. 도지웅이 방금 내뱉은 말이 마음에 걸렸다. 도지웅의 얼굴에서 주머니를 걷어내고 물었다.

"방금 뭐라고 했어?"

"그때 그 아저씨가 저걸로 얼굴을 덮었어요."

핏발이 선 도지웅의 눈이 광목 주머니로 향했다.

"저걸로 여자애 목을 졸랐어요."

석준은 도지웅의 늘어지는 몸을 다시 반듯하게 세웠놓고 무슨 말이냐고 다그쳐 물었다.

"그 창고에 도깨비 아저씨가 있었어요. 그 아저씨가 아주 못된 계집애라고 했어요."

도지웅은 두어 번 쿨럭쿨럭 기침을 했고 두 눈을 꼭 감았다. 그때부터 마치 최면 수사를 받는 목격자처럼 떠오른 기억을 하나씩 중얼거렸다. 그날 그곳에서 본 장면을 묘사하듯 짧은 문장들이 차례로 나열됐다. 석준은 귀에 들어오는 문장을 머릿속으로 그리며 그날의 일을 재구성했다.

약 오 분간의 진술이 끝났다. 질문과 대답이 십 분 정도 더 이어졌다. 도지웅의 입에서 여러 이야기가 나왔다. 석준은 감정이 정리되지 않았다. 팔뚝에 잔뜩 소름이 돋아 있었다.

그날 그곳에 남자 한 명이 더 있었다. 그 남자가 먼저 성경이를 죽이려 했다. 누런 광목 주머니를 얼굴에 씌우고 끈을 조여서.

도지웅은 조금 전 광목 주머니를 보고 그 남자를 떠올렸다. 그게 사실인지 따져보기도 전에 몹시 혼란스러운 생각이 뇌리를 스쳤다.

광목 주머니를 사용하라고 한 건 다름 아닌 김광래였다. 누군가를 기절시킬 때 이게 가장 손쉬운 방법이라고, 오래전 군대에서 배웠다며 차근히 알려줬다.

지난 1년간 김광래는 불법인 줄 알면서도, 그래서 얼마나 위험한 일이지 잘 알면서도 우리 부부를 거리낌 없이 도왔다. 여러 이유가 있겠지만, 우리 부부의 고통과 열망이 그에게 통한 것이라고 여겼다. 별다른 의심 없이 그의 도움을 당연한 것처럼 받아들였다. 뒤늦게 뭔가 크게 잘못됐다는 걸 느꼈다.

석준은 스마트폰 사진첩에서 김광래 사진을 찾았다. 이민 비자 신청을 위해 받아둔 게 있었다. 그의 얼굴을 화면에 띄우고 도지웅의 눈앞으로 가져갔다.

"도깨비 아저씨, 맞아?"

도지웅은 헛기침만 할 뿐 사진을 확인할 정신이 없었다. 석준은 부엌에서 차가운 물을 가져와 도지웅의 입가로 흘려 넣었다.

"다시 한번 봐봐."

화면 속 김광래의 얼굴에서 두 눈을 확대했다. 그의 삼백안 때문에 아이들이 그를 도깨비 아저씨라 불렀다.

"이 아저씨 맞지?"

도지웅이 화면을 바라봤다. 바로 고개를 위아래로 흔들었다.

석준은 김광래가 보여준 여러 행동을 떠올렸다. 그는 누구보다 성경이 사건에 관심을 기울였고 진심으로 범인이 검거되길 바랐다. 부모인 자신들 만큼이나 간절한 모습이었다. 제 일처럼 여겨주는 그 모습이 고맙기만 했다. 단 한 번도 이상해 보이지 않았다.

머리가 얼얼했다. 무거운 쇠망치로 얻어맞은 것 같았다. 몸속에서 뭔가가 맥없이 뒤틀려 다리가 휘청거렸다. 책장을 부여잡고 고개를 들었다. 지금이 어떤 상황인지도 모르는 멍청한 표정을 한 도지웅이 눈에 들어왔다. 방금까지 정신을 장악하던 적개심과 살의가 손가락 사이로 모래 빠져나가듯 사라졌다.

그러고 보니 지금 아내와 김광래가 함께 있다. 두 사람은 곧 이 나라를 떠난다. 석준은 스마트폰을 꺼내 아내에게 전화를 걸었다.

기기가 꺼져 있다는 안내 음성만 흘러나왔다. 김광래의 전화도 마찬가지였다.

"설마, 아닐 거야……."

중얼거리면서도 불안감이 가슴을 죄어왔다. 시간을 보니 비행기 이륙까지 한 시간 이십 분 정도가 남아 있었다. 어쩌면 그들이 떠나기 전에 도착할 수도 있다.

방에 들어가 가방을 둘러멨다. 집을 나서기 전에 주사기 하나를 꺼내 도지웅의 손등에 마취액을 주입했다.

차에 올라타 시동을 걸고 주차장에서부터 속도를 냈다. 속도위반 카메라와 버스 전용차선을 무시한 채 내달렸다. 액셀러레이터를 끝까지 밟아 눈앞의 차량들을 추월해나갔다. 여전히 전화는 꺼져 있었다. 걱정이 계속 부풀어 올랐다. 김광래를 향한 믿음은 완전히 깨진 상태였다.

다행히 고속도로는 뻥 뚫려 있었다. 속도를 더 높이며 거침없이 달렸다. 도지웅의 말만 듣고 이렇게까지 의심을 품는 자신이 이상하게 느껴지기도 했다. 설령 그의 말이 사실이 아니라 해도, 이렇게 된 이상 아내와 김광래 둘만 떠나게 내버려둘 수 없었다.

앞 차량을 추월하기 위해 차선을 변경했다. 도로가 얼었는지 바퀴가 살짝 미끄러졌다. 옆에서 다가오는 차량을 피하려 핸들을 꺾었다. 그런데 이번엔 뒷바퀴가 미끄러지며 그대로 뻥 돌았다. 뒤에서 쫓아오던 덤프트럭이 제때 멈추지 못하고 석준의 차를 들이받았다. 차량이 빠른 속도로 밀려 나가더니 중앙 가드레일과 충돌했다.

충격이 온몸을 때렸고 석준은 힘겹게 눈을 떴다. 완전히 깨진 앞유리 너머로 뿌연 연기가 피어올랐다. 탄 냄새가 코끝을 찔렀고 귓가에서 거북한 이명이 굉음처럼 들렸다. 겨우 고개를 들어 앞쪽과 옆을 둘러봤다. 뒤따라오던 차들이 연쇄적으로 충돌했는지 도로는 아수라장이 돼 있었다.

가슴과 다리에서 맹렬한 통증을 느꼈다. 조금만 참으면 괜찮아질 거라 여기며 정신을 가다듬었다. 하지만 좀처럼 이명이 사라지지 않았다. 통증은 점점 더 심해졌다. 창밖 사람들의 모습도 차츰 흐릿해졌다.

시간이 얼마 없다. 일단 공항으로 가야 한다. 머릿속에선 이렇게 외치고 있는데 몸이 따라주지 않았다. 눈꺼풀이 무거워지며 절로 눈이 감겼다.

창밖에 있던 뿌연 연기가 몸속으로 들어와 뇌리를 잠식했다. 얼마 뒤 뿌옇기만 한 어느 세계로 뚝 떨어져 갔다.

4

　간신히 눈을 떴다. 바로 정신이 돌아오지 않는 걸 보니 또다시 약에 취해 잠들었나 보다.

　제 몸이 아닌 것처럼 몸속에서 기운이 전혀 느껴지지 않았다. 근육이 축 늘어져 땅으로 꺼지는 기분이었다. 거친 숨을 터트리고 한 손을 얼굴로 가져왔다. 눈을 두세 번 비비니 희미하던 시야가 서서히 선명해졌다. 그제야 손이 자유로운 걸 알았다. 시선이 아래로 향했다. 팔과 다리에 묶여 있던 가죽끈도 보이지 않았다. 도경수는 벌떡 상체를 들어 올렸다.

　침대에서 내려와 커튼을 젖혔다. 어둑하던 내부가 밝아지며 자연스레 눈살이 찌푸려졌다. 허리와 다리에서 저릿한 통증이 느껴졌다. 잠시 제자리에 머물며 위축된 근육을 풀었다.

　창문에 기댄 채 방안을 둘러봤다. 벽시계가 오후 4시 10분을 가리키고 있었다. 선반 위에 있는 생수가 눈에 들어왔다.

찬물을 들이켜니 정신이 좀 드는 거 같았다. 방을 나가려는데 문에 붙어 있는 종이 한 장이 시선을 사로잡았다. 우두커니 서서 종이에 적힌 글을 읽었다.

도지원은 1층 우측 방에 있다. 박한나는 부안 집에 있다. 이들은 살아있다.
도지웅은 당신 집에 있다. 곧 나석준이 죽일 거다.
1층 TV 옆 전파 중계기를 켜라. 거기 있는 스마트폰으로 택시를 불러라.
서두르면 도지웅을 살릴 수 있다.

사인펜으로 또박또박 힘주어 쓴 글이었다. 둔탁했던 신경이 찌르듯이 곤두섰다. 경수는 종이를 뜯어내고 서둘러 문을 나섰다.

계단을 내려가 거실에 있는 TV로 달려갔다. 스탠드형 TV 옆에 작은 스위치와 스마트폰이 놓여 있었다. 스위치 버튼을 누르고 스마트폰 전원을 켰다.

그러면서도 주변을 경계했지만 인기척은 느껴지지 않았다. 스마트폰 통화 목록에 콜택시라고 적힌 번호가 남아 있었다. 그곳으로 전화를 걸었다.

꺼진 TV 화면 속으로 환자복을 입고 있는 자신의 모습이 비쳤다. 너무나도 나약해 보이는 모습을 이물스럽게 쳐다볼 때, 통화가 연결됐다.

별다른 설명도 안 했는데 상대는 위치를 알고 있다며 이십 분 뒤에 택시가 도착한다고 알렸다. 통화를 마친 경수는 종이에 적힌 1층 우측 방으로 향했다.

문을 열고 전등을 켰다. 며칠 전까지 경수가 있었던 침대에 지금은 다른 사람이 누워 있었다. 단번에 딸이 맞다는 걸 확인했다.

"지원아."

딸의 몸을 흔들었다. 깨어나지 않았지만 숨은 규칙적으로 쉬고 있었다. 흙이 잔뜩 묻은 옷과 발목에 두른 붕대가 눈에 들어왔다. 경수의 가슴이 뻐근할 정도로 저렸다.

팔과 다리에 묶인 끈부터 풀어줬다. 다시 한번 딸의 이름을 불렀다. 억지로 눈을 뜬 딸이 경수의 얼굴을 한참 바라봤다.

"아빠 맞아요?"

"응, 아빠 맞아."

경수는 딸의 손을 꼭 붙잡았다. 부엌에서 생수를 가져와 목을 축일 때까지 기다렸다. 어떻게 이곳에 오게 된 건지 묻자 딸이 어제 있었던 일을 두서없이 늘어놨다.

딸의 설명이 끝났을 때 2층에서 가져온 종이를 펼쳐 보였다. 딸은 놀란 표정으로 몸을 고쳐 앉았다.

"곧 택시가 올 거야. 아빠는 바로 가봐야 해."

"네, 엄마한테는 제가 갈게요. 빨리 지웅이한테 가주세요."

"그래."

두 사람은 곧바로 방에서 나왔다. 딸은 다리를 절뚝이며 화장실로 들어가 얼굴을 닦았다. 경수는 택시를 한 대 더 불렀고, 서산경찰서 홈페이지에서 형사과 번호를 찾았다. 그쪽으로 전화해 민준규 과장 연락처를 물었다.

민준규와 연락이 닿자 다짜고짜 지원이 집으로 가달라고 했다. 지원이에게 무슨 일이 있냐는 물음에 딸이 아닌 딸 남자친구가 괜찮은지 확인해달라고 했다.

통화를 마쳤을 때 밖에서 차 소리가 들려왔다. 경수는 창문 밖으로 택시를 확인하고 딸에게 스마트폰을 넘겼다.

"미안하다, 지원아."

"……."

"아빠가 나중에 다시 사과할게."

죄스럽고 부끄러운 감정이 뒤엉켜 얼굴이 화끈거렸다. 차오르는 눈물을 숨기기 위해 먼저 등을 돌려 대문을 나갔다. 어느새 택시가 주택 앞까지 와 있었다.

경수는 택시 조수석으로 들어가 자신의 집 주소를 알렸다. 택시기사는 환자복 차림의 경수를 의아하게 쳐다보다가 '서둘러요!' 하는 경수의 큰 소리에 얼른 핸들을 돌렸다.

아파트 입구까지 한 시간 반이나 걸렸다. 집으로 오는 동안 경수는 택시기사에게 자신이 누군지 설명했고, 적당히 얘기를 지어내 아주 급박한 상황임을 알렸다. 결국 택시비는 오늘 중에 계좌로 보내기로 합의했다.

택시에서 내려 계단을 뛰어 올라갔다. 도어록 비밀번호를 누르고 안으로 뛰어들었다. 거실 의자에 축 늘어진 지웅이가 보였다.

신발도 벗지 않은 채 들어가 지웅이의 얼굴부터 살폈다. 목 측면에 손가락을 갖다 댔다. 한쪽 귀를 지웅이의 입에 두고 가슴과 배가 움직이는지 확인했다.

맥박이 뛰었다. 지웅이의 입김이 귀에 닿았다. 심호흡도 규칙적이었다. 다시 한번 아들의 얼굴을 만지며 온기를 느꼈다. 살아있음을 확인하고서야 힘이 탁 풀렸다. 다리가 후들거려 거실 바닥에 나자빠지듯 주저앉았다.

기를 쓰고 감췄던 사건이 결국 드러나버렸다. 숨길 수 있다고 여겼던 자신의 오만이 끝내 가족 모두를 죽음으로 내몰 뻔했다. 설령 죽지 않았다 해도 앞으로 더 처참하게 죽어갈 것이다. 이 모든 게 자신의 잘못이라는 생각이 떠나지 않았다.

경수는 이제 뭘 해야 되는지도 모른 채 멍하니 앉아 있었다. 정적만 가득한 집 안에서 인기척과는 다른 이상한 움직임이 감지됐다. 가슴이 철렁 내려앉았다. 몸을 돌려 기척을 확인했다. 아무도 눈에 들어오지 않았다.

소리 나지 않게 몸을 일으켜 세웠다. 발걸음을 죽여 안방 문을 슬쩍 열었다. 좁은 문틈 사이로 검정 고양이 한 마리가 튀어나왔다. 깜짝 놀란 경수는 엉겁결에 몇 걸음 물러났다. 그제야 아직 집 안을 살펴보지 않았다는 걸 알았다. 안방과 서재를 차례로 살폈다. 옷장과 베란다까지 확인했지만 이 집에는 지금 아들과 자신뿐이었다.

고개를 숙여 식탁 아래로 숨어 들어간 고양이를 보았다. 처음 보는 고양이였다. 뒤늦게 거실에 감도는 꾸릿한 동물 냄새가 느껴졌다. 저 녀석이 왜 이곳에 있는지 의문스러웠다. 그때 서재에서 전화벨이 울렸다.

스마트폰이 아닌 유선 전화기였다. 대학교 사무실과 연결된 전화로 방학 중 사무실로 걸려온 전화는 주로 서재에서 받았다. 경수는 서재로 들어가 전화기에 찍힌 발신 번호를 확인했다. 하안경찰서에서 걸려온 전화였다. 스마트폰이나 메신저가 연락이 안 되니 사무실로 전화한 모양이었다. 경찰이 움직이기 시작했다고 생각하니 수화기를 들기 두려웠다. 길게 숨을 내쉬고 마음의 준비를 한 다음 전화를 받았다.

"도경수 교수님 맞으시죠?"

"네, 맞습니다."

"지금 괜찮으신 거죠?"

"네?"

"휴대전화가 꺼져 있어서 걱정했습니다."

"무슨 일이시죠?"

"좀 전에 고속도로에서 교통사고가 있었습니다. 한 운전자분이 정신을 잃어서 병원으로 이송됐는데 그 사람이 교수님이라는 연락을 받아서요. 사고 차량도 교수님 차가 맞아서 사고 담당자가 저희 쪽으로 전화를 줬나 봐요. 혹시 형제분 중에 교수님 차를 갖고 나가신 분이 계신가요?"

상대가 뜻밖의 얘기를 전해왔다. 경수는 단번에 상황을 파악하고 바로 물었다.

"그 운전자 어디 병원으로 갔습니까?"

"잠시만요."

경찰은 곧바로 병원 이름과 대략적인 위치를 알려줬다. 경수는 자신이 병원으로 가겠다는 말과 함께 고맙다는 말을 덧붙였다.

안방으로 들어가 옷을 갈아입었다. 신용카드를 챙겼고 서랍에서 예전에 쓰던 스마트폰과 커다란 열쇠를 꺼냈다.

거실로 나온 경수는 아들의 얼굴을 애잔한 눈으로 바라봤다. 3년 만에 제대로 보는 거였다. 이전보다 핼쑥해진 얼굴에 경수의 가슴이 먹먹해졌다.

아들을 감싸고 있는 밧줄이 눈에 걸렸다. 그래도 밖으로 나가지 않는 편이 덜 위험할 거란 생각에 풀지 않고 그대로 뒀다.

"금방 올게. 조금만 더 참아줘."

집을 나서기 전, 현관에서 도어록 전원을 껐다. 오직 열쇠로만 문을 열 수 있게 변경한 뒤 밖으로 나왔다. 경수는 대문을 잠그고 계단을 뛰어 내려갔다.

5부

———

면 식 범

1

병실 문이 열리면서 여자가 엉거주춤 들어왔다. 그녀는 1인실 공간을 빠르게 훑어봤다. 소파에 앉아 있는 도경수와 눈이 마주치자 단숨에 얼굴이 하얗게 질렸다.

경수는 말없이 들어오라고 손짓했다. 불과 이삼 일 만에 다시 보는 거였는데 그녀가 제법 낯설게 느껴졌다. 유독 큰 눈은 오늘따라 더 커 보였다. 그러고 보니 항상 마스크를 쓴 얼굴만 봐왔다. 눈코입 전체를 보는 건 이번이 처음이었다.

기억 속 김지연의 얼굴과 확실히 차이가 있었다. 인상이 달라졌다는 느낌을 지울 수 없었다. 그녀 또한 본래 자신의 얼굴을 버린 듯했다.

경수의 턱 끝이 침대를 가리켰다. 그곳에 그녀의 남편인 나석준이 있었다. 김지연은 매섭게 경수를 노려보곤 천천히 다가갔다. 남편의 얼굴과 그의 팔에 연결된 튜브와 링거팩을 확인했다.

"어떻게 된 거예요?"

그녀는 몸을 돌리지도 않은 채 물었다. 경수가 그녀의 등을 보고 대답했다.

"공항으로 가던 길에 사고가 났나 봅니다. 사고 접수를 한 경찰이 건너건너 나한테 연락을 했고요. 좀 전에 의사가 왔다 갔어요. 곧 깨어날 거라고 합니다."

"당신은 어떻게 여기에…… 아니 어떻게 거기서……."

"일단 거기 좀 앉아요. 서로 할 얘기가 많을 테니."

김지연의 시선이 침대 옆에 있는 접이식 의자로 향했다. 한 번 더 남편의 상태를 확인하고 의자로 가 앉았다.

경수는 입을 꾹 다문 채 그녀의 얼굴을 빤히 쳐다봤다. 자신에게 마취제를 놓던 그녀의 모습이 다시 떠올랐다. 절로 온몸이 뜨거워졌다. 아마 그녀도 같은 심경인 모양이었다. 핏기 어린 그녀의 눈동자가 경수를 집요하게 노려보고 있었다. 증오와 적대감을 품은 두 사람이 서로를 마주 봤다.

한 시간 전, 나석준의 외투에 있던 스마트폰에서 진동이 울렸다. 경수가 나석준을 1인실로 막 옮겼을 때였다. 전화를 받는 순간, 상대가 김지연이라는 걸 눈치챘다. 바로 당신 남편이 이곳에 있다고 알렸다. 병원 이름과 병실 호수를 알려주고 전화를 끊었다.

"당신들을 도왔던 남자가 날 풀어줬어요."

경수가 다시 말을 꺼냈다. 김지연의 얼굴에 놀란 기색이 떠올랐다.

"하얀아파트 2단지 경비원 김광래 맞죠?"

김지연은 큰 눈을 치켜뜬 채 입을 열지 않았다. 경수가 말을 이어 갔다.

"당신들이 그 사람을 고용했나 보군요. 그런데 그 사람은 아무래도 마음에 걸렸나 봅니다. 나한테 이런 종이를 남겼어요."

주머니에서 종이를 꺼내 김지연에게 건넸다. 종이를 받아든 두 손이 미세하게 흔들렸다.

"당신들 목적이 지웅이를 죽이는 거였습니까? 죽인 뒤에 떠날 생각이었나요?"

김지연은 대답하지 않았다. 그저 종이만 바라봤다.

"당신 남편은 그러지 않았습니다. 아이를 살려둔 채 공항으로 갔어요."

"정말인가요?"

그녀가 다시 놀란 얼굴로 물었다. 경수는 고개를 끄덕였다. 그녀의 입에서 짧은 한숨이 새어 나왔다. 한동안 그녀의 반응을 살피고 차분히 말을 건넸다.

"어떻게 안 겁니까? 지웅이가 그랬다는 걸, 지웅이 짓이었다는 걸."

경수의 시선이 자연스레 바닥으로 내려갔다.

"남편이 지원학을 만났어요."

김지연은 2년 전 나석준이 지원학을 만나게 된 과정을 들려줬다.

"직접 확인해보고 정말 그가 맞다면 어떻게든 복수할 생각이었어요. 그런데 그때 그 접견에서 지원학은 당신 이름을 꺼냈어요. 당신이 미리 그 집에 가서 성경이 옷을 숨겼을 거라고."

그녀의 목소리에 실린 경멸과 분노가 경수에게 고스란히 전해졌다.

"무심코 나온 그 말 때문에 당신을 의심하게 됐어요. 오랫동안 당신들을 지켜봤고요. 그리고 어쩌다 보니 일이 이렇게……."

경수는 말을 듣는 내내 시선을 떨군 채 꼼짝없이 앉아 있었다. 조금 전까지 몸 안에서 감돌던 뜨거운 기운이 차갑게 식었다. 문득 TV 프로그램에 나가서 했던 말이 떠올랐다.

'악행은 반드시 드러나기에 하루빨리 심판받고 상응하는 벌을 받아야 합니다. 숨겨지면 숨겨질수록 악행은 거듭되고, 결국에는 파경에 이르는 것이 악행의 속성입니다.'

그저 대본을 읽은 거였지만 무슨 낯으로 그런 말을 내뱉었는지 스스로 이해할 수 없었다. 손바닥에 땀이 배어 바지를 문질렀다.

"죄송합니다."

경수는 무겁게 가라앉은 목소리로 말했다. 그리고 한동안 입을 떼지 못했다. 절로 몸이 바르르 떨렸다. 이마에 맺힌 식은땀이 떨어져 얼굴로 흘러내렸다.

과거의 기억 하나가 떠오른다. 6년 전 무악산에 나성경을 숨기고 집으로 돌아와 몸을 씻을 때였다. 샤워를 멈추고 욕조에 움츠린 채 앉아 있었는데 천장에 맺힌 물방울 하나가 눈에 들어왔다. 잠시 머릿속을 비우고 아무 생각 없이 그걸 바라봤다. 그 물방울은 아슬아슬하고 위태롭게 흔들렸지만 끝내 떨어지지 않았다. 그때 경수는 스스로에게 다짐했다. 저 물방울처럼 자신도 악착같이 버텨내겠다고.

하지만 이제 더는 버틸 수 없었다. 마음을 굳게 먹어야 했다. 얼굴에 묻은 땀을 닦아내고 다시 말을 건넸다.

"남편분이 깨어나면 지웅이를 데리고 경찰서로 가겠습니다. 모든 걸 털어놓고 제대로 용서를 구하겠습니다."

너무 늦었지만 이제라도 잘못된 걸 바로잡겠다고 목소리를 쥐어짰다.

김지연은 어떠한 반응도 보이지 않았다. 다시 한번 '죄송합니다'라고 말하자 그녀가 입을 열었다.

"죄송해할 거 없어요. 우리는 당신 자식들을 죽이고 이 모든 걸 당신 짓으로 꾸밀 생각이었으니까."

김지연은 김광래와 먼저 태국행 비행기에 오를 계획이었다. 그녀의 남편은 다음 비행기로 뒤따라오기로 했다. 그런데 김광래가 공항에 나타나지 않았고 남편과도 연락이 끊기는 바람에 그녀는 비행기에 오르지 않았다. 불길한 기분에 사로잡혀 여러 차례 남편에게 전화를 걸었다. 그러다 경수와 연결된 거였다.

"뭐가 어찌 됐건…… 남편이 멈춰줘서 다행이에요. 그래도 그 애가 살아서."

김지연이 메마른 목소리로 말했다. 경수가 그제야 시선을 들어 올렸다.

김지연은 구부정하게 앉아 허공을 바라봤다. 겨울나무처럼 야윈 그녀의 몸과 얼굴이 거칠고 쓸쓸해 보이기 시작했다.

아무런 대화도 오가지 않는 순간이 짧게 머물렀다. 기이하게도 정적이 흐르는 이 순간에 경수의 마음이 조금 편안해졌다.

침묵이 소리 없는 파도처럼 밀려갔다 밀려오며 시간이 흐를 때, 경수의 스마트폰이 울렸다. 딸 지원이의 전화였다. 소파에서 일어나 병실을 나갔다.

"지금 병원 도착했어요. 어디 계세요?"

전화를 받자마자 병실 호수를 알려주었다. 몇 분 지나지 않아 지원이가 병실 앞으로 걸어왔다.

"할머니는 좀 괜찮으시니?"

경수가 노쇠한 장모의 안부부터 물었다. 몇 분 전, 전처와의 통화로 대략적인 상황을 알렸다. 그때 장모의 상태가 그리 좋지 않다고 들었다.

"엄마랑 병원에 가셨어요. 지금은 괜찮으시대요."

딸이 숨을 몰아쉬고 대답했다. 경수의 마음이 조금은 놓였다.

"지웅이는 아빠 집에 있어. 잠시만 동생 옆에 있어 줘."

경수가 주머니에서 꺼낸 열쇠를 내밀었다. 딸은 열쇠를 손에 쥐고 병실 문을 힐끔거렸다.

"그냥 집에 있으면 돼요?"

"응, 아빠도 곧 갈게. 이제 별일 없을 거야."

고개를 끄덕인 딸이 왔던 길을 되돌아갔다. 경수는 딸의 뒷모습이 사라질 때까지 바라본 뒤 몸을 돌렸다.

병실 문을 열자 '정신이 들어요?' 하며 외치는 소리가 들리고 김지연이 침상에 바짝 붙어있는 게 보였다.

얼른 침대로 다가갔다. 김지연에게 향해 있던 나석준의 눈길이 경수에게로 옮겨졌다. 몸이 깨어나며 실감하는 통증 때문인지, 경수를 본 것이 괴로워서인지 미간을 좁혔다. 이내 상체를 일으켜 세웠다.

쌍둥이처럼 닮은 두 얼굴이 거울에 비치듯 마주했다. 두 사람은 눈앞에 얼굴이 아닌 서로의 진짜 얼굴을 떠올리며 상대를 향해 눈을 부라렸다. 그러다 나석준이 먼저 고개 돌려 병실 내부를 훑었다.

"김 씨는?"

목소리가 더 커졌다.

"김 씨는 어딨어?"

"연락이 안 돼요. 공항에도 나오지 않았어요."

김지연은 김광래의 부재로 비행기에 오르지 않았던 것과 그가 경수에게 남긴 종이를 설명했다.

"아무래도 죄책감을 느꼈나 봐요. 그래서 당신을 막으려고……."

"그게 아니야."

나석준이 김지연의 말을 잘랐다. 팔에 꽂힌 주삿바늘을 멋대로 빼내고 침대에서 나가려 했다. 하지만 격한 통증을 느꼈는지 악, 소리를 내며 얼굴을 잔뜩 찌푸렸다. 다시 침대에 몸을 기댔다.

"우리가 속았어. 김 씨가 범인이야."

나석준의 입에서 뜻밖의 말이 나왔다. 경수는 바로 이해하지 못했다. 김지연도 눈을 동그랗게 뜨고 물었다.

"그게 무슨 말이에요?"

"그날 도지웅 옆에 김 씨가 있었어."

"지웅이 옆에 김 씨가 있었다니? 그게 무슨……."

경수가 혼이 나간듯한 목소리를 내뱉었다. 순간 나석준이 손을 뻗어 경수의 멱살을 끌어당겼다.

"나한테 묻기 전에 당신부터 똑바로 얘기해. 2단지 지하 커뮤니티 센터 창고, 거기에 성경이 시체가 있었고 당신이 그 시체를 무악산에 묻은 거야, 맞지?"

경수는 망연자실한 얼굴로 고개를 끄덕였다. 곧 모든 게 드러날 거다. 뭘 물어도 솔직히 말해줄 수 있었다.

"왜 확실히 묻지 않았어?"

나석준이 눈을 치켜떴다.

"그 창고에서 무슨 일이 있었는지, 성경이는 뭘 하고 있었는지, 다른 사람은 없었는지, 그런 것들을 왜 당신 아들에게 제대로 묻지 않았느냐고."

"아이가 기억이 안 난다는 말만 해서……."

실제로 지웅이는 그 일을 머릿속에서 지웠다. 무의식적으로 기억의 회로를 닫은 거였다. 경수는 왜 그런 현상이 일어났는지 의심하지 않았다. 오히려 그 현상이 사건을 숨기는 데 도움이 된다고 여겼다. 그래서 지웅이의 기억을 끄집어낼 생각조차 하지 않았다.

"어떻게 해서든 확인했어야지!"

"제 잘못입니다. 그러니 말해줘요. 뭐가 어떻게 된 건지."

"당신 아들이 말했어. 그날 창고에서 무슨 일이 있었는지."

나석준은 도지웅의 기억을 일깨우기 위해 하얀아파트 2단지를 다녀온 것부터 언급했다. 이어서 지웅이가 힘겹게 꺼낸 말들을 늘어놓았다.

경수는 주먹을 움켜쥔 채 부들부들 떨며 귀를 기울였다. 단편적인 정보가 나열됐지만, 머릿속에선 당시 아들이 겪었던 상황이 고스란히 그려졌다. 그저 상상일 텐데 실제보다 더 생생하게 느껴졌다.

지웅이는 여느 때와 마찬가지로 줄넘기를 들고 집을 나선다. 줄넘기를 조금 돌리다 이전에 봤던 고양이가 생각나 3단지 커뮤니티센터 창고로 내려간다. 그런데 그곳에 사람들이 있어서 그냥 나온다.

아들은 생각 없이 걷다가 2단지에도 똑같은 공간이 있는 게 떠올라 그곳으로 향한다. 2단지 지하 커뮤니티센터 창고로 들어가 보니 예상대로 고양이가 있다. 처음 보는 검정 고양이다.

그런데 뭔가 이상하다. 눈에 흰자만 드러낸 채 혀를 내밀고 있다. 전혀 움직이지 않는다. 이리저리 만져본 뒤에야 고양이가 죽었다는 걸 알게 된다.

조용히 가려는데 문이 열리는 소리가 들린다. 자기도 모르게 큰 선반 뒤에 숨는다. 그때 나성경이 창고로 들어와 고양이에게 다가간다. 그리고 '우주야!' 하고 소리친다.

나성경은 바닥에 앉아 고양이를 살핀다. 또다시 문이 열리고 검은 옷을 입은 김광래가 들어온다. 김광래는 나성경 옆으로 가 앉는다.
나성경은 그를 '도깨비 아저씨'라 부른다.

"우주 죽었어?"

"그런 거 같구나."

"누가 죽인 거야?"

"나도 모르지."

"아저씨가 그런 거지?"

"아니야."

"아저씨가 그런 거잖아!"

뜬금없이 나성경이 목소리를 높인다.

"아니라니까. 난 이 고양이를 찾은 것뿐이야."

"난 다 알아. 아저씨가 그런 거."

김광래는 대꾸하지 않는다.

"엄마한테 다 말할 거야. 이 살인자야."

"너 지금 뭐라고 했니?"

"네가 죽였잖아, 이 살인자야."

나성경의 말이 끝나는 것과 동시에 김광래가 손을 뻗는다. 그의 두
손이 나성경의 목덜미를 붙잡는다.

"살인자라니, 어린 게 말버릇이 그게 뭐야. 너도 네 엄마 닮아서 날
무시하는 거야."

이어서 악! 하는 김광래의 외침이 들린다. 나성경이 그의 손을 깨

문 듯하다. 나성경은 그에게서 벗어나 몸을 일으켜 세운다. 바로 문 쪽으로 가려 했는데 다시 그의 손에 붙잡히고 만다.

몸을 뒤틀며 어떻게든 벗어나려 한다. 김광래는 나성경의 입을 틀어막고 몸을 끌어당긴다. 잠깐의 소란 끝에 그의 주먹이 나성경 얼굴을 내리친다. 한 번, 두 번. 나성경이 그대로 픽 쓰러진다. 김광래는 쓰러진 나성경 옆에 쪼그리고 앉는다.

나성경이 뭐라 중얼거린다. 김광래는 한참 나성경을 바라본다. 그러다 결심한 듯 허리에 찬 가방 속에서 누런 주머니를 꺼낸다. 주머니 입구를 열어 나성경 얼굴을 덮어씌운다. 곧장 주머니 끈을 조인다.

나성경의 손과 발이 바닥을 내리친다. 그 모습이 살려달라는 행동으로 보인다. 정말 곧 죽을 것 같다. 그때까지 잠자코 있었던 지웅이가 선반 밖으로 나가 '하지 마!'라고 소리친다. 김광래가 행동을 멈춘다. 무서운 눈을 하고 위협적으로 다가온다. 금세 표정을 바꾼다.

"지웅이구나."

그는 안심한 듯 부드럽게 말한다.

"착한 지웅이."

"나 알아요?"

"알지 그럼. 언제부터 거기 있었니?"

"아까부터요."

"여긴 왜 들어왔어?"

"고양이 보러……."

"고양이 찾으러 온 거구나. 맞다, 지웅이 고양이 좋아하지."

"어떻게 알아요?"

"난 다 알아."

어느새 그는 지웅이 바로 앞에 와 있다. 목소리를 죽이고 말을 이어간다.

"저기 있는 검정 고양이 저 여자애가 죽인 거야. 어제 이곳에서 저 아이가 죽이는 거 봤어. 자기가 죽였으면서 날 살인자 취급한 거야."

지웅이는 그를 멀뚱멀뚱 쳐다본다.

"너도 들었지? 어린 게 반말하면서 날 무시하는 거. 아주 못된 계집애야."

"아주 못된 계집애요?"

"응. 저 아이는 항상 날 무시해왔어. 어린애한테 무시당하는 거, 너는 어떤 기분인지 잘 알지?"

한참 뒤에야 이해했다는 듯이 지웅이가 고개를 끄덕인다.

"가만히 있는데 화내고 욕하고 손가락질하고 그런 거. 너도 많이 당해봤잖아, 그렇지?"

"네."

"아주 못된 애들이야. 그런 애들은 벌을 받아야 해."

김광래는 지웅이의 손에 있는 줄넘기를 뺏어 든다. 그걸 가지고 나성경에게 되돌아간다.

"그래서 이 아이에게 벌을 주는 거야."

줄넘기 줄로 나성경의 목을 감싼다.

"지웅이가 아저씨 좀 도와줄래?"

지웅이는 김광래가 시키는 대로 줄을 끌어당긴다. 얼마나 그러고 있었을까, 나성경의 몸이 축 늘어진다. 김광래는 나성경 얼굴에서 누런 주머니를 걷어낸다.

"지웅아, 이건 우리만의 비밀이야."

그가 지웅이의 손을 붙잡고 말한다.

"절대 엄마 아빠한테 말해선 안 돼. 아무한테도 말하면 안 되는 거야. 지웅이는 착한 아이니까 아저씨 말 무시하지 않을 거지?"

"네."

김광래는 지웅이의 머리를 쓰다듬는다. 그리고 지웅이의 등 뒤로 가서 느닷없이 지웅이 얼굴에 주머니를 씌운다. 주머니 끈이 조여진다. 지웅이는 발버둥 치다 정신을 잃는다.

다시 눈을 떴을 때 엄마가 보인다. 엄마가 이것저것 물어왔지만 대답할 수 없다. 이상하게 아무것도 기억나지 않는다.

경수는 모든 게 얼떨떨했다. 나석준의 말이 진작에 끝났음에도 머릿속에서 계속 여러 장면이 만들어졌다. 움켜쥔 주먹이 심하게 흔들렸다. 그 발작적인 떨림에 놀라 정신을 되찾았다.

나석준은 바짝 마른 목을 큼큼거리며 침을 삼켰다. 김지연은 몸을 가누지 못하고 의자에 털썩 주저앉았다.

경수는 머리 안쪽 신경이 마비돼가는 걸 느꼈다. 땅이 빙빙 도는 것처럼 어지럼증이 찾아왔다. 가슴도 턱 막혔다. 몸을 돌려 창문 앞으로 갔다. 얼른 창을 열어젖혔다.

찬 공기를 들이마시니 숨통이 트이는 것 같았다. 격동하던 가슴도 조금씩 가라앉았다. 멈춰버린 머릿속 톱니바퀴가 삐걱대며 다시 움직이기 시작했다.

하지만 뭐부터 생각해야 할지 몰랐다. 어디서부터 잘못된 건지 혼란스러웠다. 머릿속은 뿌옇기만 했다.

눈을 감고 모든 신경을 머리에만 집중했다. 한 치 앞도 안 보이는 것 같던 안개 속에서 한 줄기 빛이 드리웠다. 한 남자의 실루엣이 나타났고 기이한 그의 눈빛이 번쩍였다.

'그냥 있으라니까, 어딜 가려고요.'

중저음에 허스키한 남자 목소리가 들렸다. 이어지는 웃음소리를 뒤로한 채 경수는 두 눈을 떴다.

"그 사람 내가 데려올게요."

나석준과 김지연을 향해 말했다.

"국내에 있든 해외에 있든 어떻게든 데려올게요. 데려와서 지웅이 말이 맞는지 확인할게요. 그러니 그때까지만 기다려줘요."

울분이 가득 담긴 목소리였다. 한동안 입술이 파르르 떨렸다. 나석준과 김지연은 말없이 앉아 있었다. 창밖에서 불어오는 바람 소리가 병실 내부에 음울하게 울려 퍼졌다.

"해외로 가진 않았을 거예요."

나석준이 침묵을 깼다.

"혼자 나갔을 리 없어요. 여권도 우리한테 있고요."

김지연은 남편의 말이 맞다는 듯 고개를 끄덕였다. 나석준의 말이 이어졌다.

"하지만 찾는 게 쉽지 않을 겁니다. 가족이나 친척도 없고, 연고지도 딱히 없는 사람이라 어디로 갔을지 감이 안 와요. 더구나 이미 현금이랑 가상화폐로 돈을 준 상황이라."

"돈이라니요?"

나석준은 김광래에게 건넨 급여와 사례금을 언급했다. 생각지도 못한 큰 액수에 경수가 눈을 가늘게 좁혔다.

그 정도 돈이면 이름을 바꾸고 경력을 위조한 뒤 다른 사람으로 살아가기 충분했다. 그러기 전에 빨리 찾아야 한다. 다시금 손끝이 떨려오며 가슴이 답답해졌다.

"일단 제가 나름대로 알아보겠습니다. 곧 연락하겠습니다."

경수는 몸을 돌렸다. 조금이라도 빨리 찾으러 나가고 싶었다. 짐을 챙겨 병실을 나서려는데 나석준의 말이 들려왔다.

"제주도요. 제주도로 갔을 겁니다."

막 병실을 나서려던 경수가 고개 돌려 나석준을 쳐다봤다. 고개를 길게 뺀 나석준이 말을 이었다.

"거기부터 확인해주세요."

경수는 병실에서 나왔다. 격렬하게 뛰는 심장을 진정시키기 위해 가슴에 손을 얹었다.

갑자기 시야가 흔들렸다. 빙글빙글 현기증이 나고 주위 소리가 멀어졌다. 머릿속에서 몇 번이나 같은 말이 반복됐다.

지웅이가 죽인 게 아니었다. 범인이 따로 있었다. 그럼, 나는 도대체 무슨 짓을 한 건가?

다시금 어안이 벙벙했다. 머릿속이 새하얘졌다. 이내 병실에서 들었던 모든 말이 되살아났다. 걸음을 멈추고 그 말들을 떨쳐냈다. 하지만 왜 확실히 묻지 않았냐는 나석준의 외침만은 가슴 내벽에 찰싹 달라붙어 뱃속을 휘젓고 다녔다. 그때부터 참을 수 없는 욕지기가 치밀어 올랐다. 서둘러 뛰쳐나가 병원 밖 화단에 속을 게워냈다.

땅바닥에 주저앉은 채 숨을 헐떡였다. 이제야 얼굴이 뜨거워지며 피가 솟구치는 게 느껴졌다. 끓어오르는 분노가 서서히 고개를 치켜들었다. 하지만 누구를 원망해야 할지 전혀 갈피를 잡지 못했다. 결국 허공을 향해 괴성을 터트리며 울분을 토해냈다.

다음 날, 경수는 경찰 현역 시절 자신의 상사였던 선배에게 전화를 걸었다. 현재 제주도에서 보안회사를 운영하고 있으며, 경수와는 그간 종종 안부를 주고받던 사이였다.

언젠가 제주도 내 호텔 대부분이 그의 고객이라는 말을 들은 적 있었다. 그때 그의 회사와 호텔 사이에 범법자나 범죄 가능성이 높은 고객을 이중으로 체크하는 시스템이 있다는 걸 들었다.

선배와 간단하게 안부를 주고받은 뒤 본론으로 넘어갔다. 그에게 제주도 내 호텔에 김광래가 투숙 중인지 확인해달라고 부탁했다. 김광래가 누군지 물어와서 미제사건자료를 검토하다가 눈에 띈 사람이라고 설명했고, 과거에 알던 정보원을 통해 김광래가 제주도에 있다는 소식을 접했다고 알렸다.

선배는 민간인 신분의 경수가 경찰 수사에 가까운 행동을 하는 것에 다소 염려를 드러냈다. 하지만 이내 김광래를 찾는 일이 자신의 사업에 득이 된다고 생각했는지 한번 알아보겠다는 대답을 내놓았다.

그는 제주도에 있는 모든 호텔을 확인할 수 있는 건 아니고 시간도 오래 걸릴 거라며 힘든 내색을 했지만 어찌된 일인지 단 사흘 만에 먼저 연락을 해왔다.

제주도에서 가장 큰 호텔 중 한 곳에 김광래가 투숙 중이라고 했다. 이렇게 빨리 확인할 수 있었던 건 호텔 쪽에서 김광래를 주시하고 있었기 때문이었다.

홀로 와서 일주일 치 비용을 카드가 아닌 현금으로 결제하기에 수상하게 여기고 있었다. 호텔에선 그렇게 얘기했는데, 아마도 여느 고객과 다른 분위기의 외모를 눈여겨봤을 것이다. 어찌 됐건 예상보다 빨리 그를 찾았다. 경수는 바로 제주도로 갈 채비를 했다.

공항으로 가기 전에 부안 집에 들러 지웅이를 만났다. 지웅이는 아빠를 보려고도 하지 않고 방에만 틀어박혀 있었다. 말을 걸어도 대답이 없었다. 나석준에게 어떤 곤욕을 치렀을지 누구보다 짐작이 되었으므로 아무것도 묻지 않았다. 그게 트라우마가 되어 다시 스스로를 괴롭힐까 봐 그것만이 한없이 괴로울 뿐이었다.

지웅이의 기억이 맞다면, 그날 그 창고에서 아들은 나성경을 도우려 했다. 설령 지웅이가 나성경을 죽였다고 해도 그건 김광래의 살인이었다. 처음부터 아들은 살인자가 아니었다. 그런데도 자신은 단 한 번도 제대로 묻지 않았다. 기회가 많았을 텐데 진실을 확인하려 들지 않았다.

경수는 아들에게 진심으로 말해주고 싶었다. 네 잘못이 아니었다고, 네가 그런 게 아니라고.

하지만 자신에게 그런 말을 할 자격이 있을지 의문스러웠다. 그간 아들에게 향해 있던 불신과 편견이 속속들이 떠올랐다. 세상에서 아들을 지워버린 자신이야말로 진짜 살인자였다는 생각이 머릿속을 가득 채웠다. 염치없는 후회가 가슴을 후벼팠다.

지난 나흘간 마음이 격하게 흔들렸다. 수많은 생각과 함께 심리적 갈등을 겪었다. 그런데 오늘 아들의 모습을 보니 어느 정도 마음에 결단이 섰다. 경수는 묵묵히 집을 나와 제주행 비행기에 올랐다.

모든 살인에는 그럴싸한 이유가 있지만 그것을 면밀히 살펴보면 죄다 납득하기도 공감하기도 어렵다. 그 이유를 이해하고 설명하는 것이 평생에 걸쳐 자신이 해온 일이다. 지금으로선 김광래가 왜 그런 짓을 했는지 명확히 알 수 없다. 그 이유를 밝히는 것은 자신의 몫이었다.

이번엔 여느 때와 달리 극도의 긴장감이 감돌았다. 그 긴장감과 함께 가슴이 찢어질 듯한 아픔도 느꼈다. 틀림없이 이런 감정을 각오하고 있었는데, 그런데도 막상 겪으니 순식간에 자기 연민에 빠지며 눈물이 핑 돌았다.

다음 날 아침 일찍 호텔 로비에 자리를 잡았다. 로비 곳곳에 있는 거울을 통해 자신의 모습을 훑어봤다. 운동복에 가벼운 외투 차림이라 여느 호텔 투숙객과 다름없어 보였다. 혹여 자신을 알아보는 사람이 있을까 해서 큼지막한 선글라스를 썼다. 한두 시간에 한 번씩 자리를 옮겨가며 시간을 보냈다. 그렇게 대여섯 시간이 흐른 뒤에야 한 남자가 눈에 들어왔다.

야구 모자를 눌러쓴 중년 남자가 구부정한 자세로 엘리베이터에서 나왔다. 평범한 등산복 차림이었는데 한눈에 봐도 얼마 전에 산 새 옷이란 걸 알 수 있었다. 경수는 허리를 펴고 남자의 얼굴을 살폈다.

모자 아래로 깊게 새겨진 팔자 주름과 툭 튀어나온 광대뼈, 뭉툭한 주먹코가 드러났다. 모자챙에 가려 눈은 보이지 않았지만 확실히 김광래가 맞았다.

김광래는 로비 중앙을 성큼성큼 가로질러 호텔 밖으로 나갔다. 경수도 슬며시 일어나 그를 뒤쫓았다. 그가 어디로 가는지 이미 알고 있었다. 호텔에서 제공하는 버스 투어를 신청했다는 걸, 어제 선배한테서 들었다.

오후 2시 정각에 버스가 출발했다. 28인승 버스에 운전기사를 제외하고 열 명이 탔다. 중년 부부 두 쌍과 젊은 모녀 한 쌍, 그들을 제외한 나머지 네 명은 혼자였다. 그 네 명 중에 경수와 김광래가 포함돼 있었다. 다행히 김광래는 사람들에게 관심을 보이지 않았다.

버스 내부에서 대포 주상절리대와 귤 농장, 천제연폭포 등을 들른다는 안내 방송이 흘러나왔다. 경수는 고개 돌려 창밖을 바라봤다. 차창에 비친 자신의 얼굴이 언뜻언뜻 스쳐 지나갔다. 선글라스로 눈을 가리고 있음에도 분노와 적대감이 얼굴 곳곳에 묻어 있었다.

첫 번째 목적지인 대포 주상절리대 주차장에 도착했다. 모두가 버스에서 내렸다. 매표소로 가 입장료를 내고 검표소를 지났다. 경수는 김광래와 멀찌감치 떨어져 걸었다.

길게 뻗은 목조 데크로 접어들자 시원한 바람과 경쾌한 파도 소리가 들렸다. 구름 하나 없는 푸른 하늘 아래로 넘실대는 바다가 눈에 들어왔다. 바다와 절묘하게 어우러진 절벽을 감상하며 모두가 발걸음을 옮겼다. 목조 데크 중간에 있는 전망대에서 하나둘씩 걸음을 멈췄다.

김광래는 사진을 찍는 사람들을 지나쳐 전망대에 몸을 기댔다. 상념에 잠긴 얼굴로 눈앞에 펼쳐진 광경을 한참이나 바라봤다.

경수가 그의 옆으로 가 자리를 잡았다. 선글라스를 벗고 그에게 말을 걸었다.

"멋지네요. 아무래도 동남아 쪽보다 우리나라가 좋죠."

말이 들린 쪽으로 고개를 돌리던 김광래의 얼굴에 놀란 기색이 역력했다.

"잠깐 얘기 좀 하시죠. 저기 앉아서."

경수의 시선이 등 뒤에 있는 나무 벤치를 가리켰다.

김광래의 대답이 돌아오지 않아 경수가 먼저 벤치로 이동했다. 김광래는 잠시 뒤에 무거운 발걸음으로 다가와 앉았다.

두 사람은 서로의 시선을 피한 채 멀리 보이는 수평선을 바라봤다. 경수가 먼저 입을 열었다.

"절 풀어주신 건 감사하게 생각하고 있습니다."

감정을 짓누르며 말했다. 차분하고 냉정하게 하나씩 꺼내야 한다.

"덕분에 지웅이를 살릴 수 있었어요. 그리고 지웅이가 기억을 해냈습니다."

경수는 고개 돌려 김광래를 바라봤다. 숨을 급하게 삼키는 얼굴이 눈에 들어왔다.

"그날 무슨 일이 있었는지, 어떻게 살인이 이뤄졌는지, 누가 나성경을 죽였는지도."

잠시 뜸을 들이고 말을 이었다.

"그날 지웅이 옆에 당신이 있었어요."

"무슨 말을 하는 겁니까?"

김광래가 무뚝뚝하게 되물었다. 경수는 6년 전 지하 커뮤니티센터 창고에서 김광래가 어떤 짓을 벌였는지 행동 하나하나를 구체적으로 열거했다. 경수의 말이 끝나자 그는 작게 콧숨을 내쉬었다.

"당신 아들이 터무니없는 얘기를 지어냈군요. 그리고 당신은 도지 웅이 저지른 짓을 이제 나한테 덮어씌우려는 거고요."

신경질적인 그의 목소리에 힘이 들어갔다.

"도지웅이 나성경을 죽였습니다. 그리고 감쪽같이 속여왔죠. 원장 님이 당신 아들을 죽이려는 건 당연했습니다. 나도 그걸 원했고요. 그런데도 내가 당신을 풀어준 건 늦게나마 양심의 가책을 느껴서였 습니다."

"아까 말했듯이 그건 감사하게 생각합니다. 그런데 그와 별개로, 저는 사건의 진상을 다시 확인해야만 했습니다. 당신에 대해 궁금증 도 생겼고요. 그래서 좀 알아봤어요."

지난 나흘간, 모래알을 긁어모으듯 흩어져 있는 김광래에 관한 정 보를 끌어모았다. 밤새 그것들을 차근히 들여보고 김광래의 마음 기 저에 자리 잡은 욕구와 욕망을 살펴봤다. 그 결과 경수는 어느 정도 범행 동기를 감지해냈다. 제멋대로 상상한 것에 불과할 수 있지만 지 금은 직감을 믿고 밀어붙이는 수밖에 없었다.

어떻게든 그의 입에서 자백을 끌어내야 한다. 긴 시간이 주어지는 피의자 면담과 달리 지금은 불과 십여 분 정도밖에 사용할 수 없다. 이 시간 동안 급격하게 그의 감정을 뒤흔들어야 한다. 일단 마음이 흔들리고 화가 치밀면 자신도 모르게 속마음을 드러내게 될 것이다. 그때 인간적인 면담으로 넘어가고 자백을 얻어낸다.

"경비원이 되기 전에, 인천에 있는 전기공업사에서 일하셨더군요.

그 지역 사람들한테서 당신 얘기를 많이 들을 수 있었습니다. 당신이 일했던 전기공업사 주인은 여전히 당신을 의심하고 있던데요."

경수는 준비해온 얘기를 꺼냈다. 냉정한 목소리가 바닷바람에 실리자 더 차갑게 느껴졌다.

"그 동네에서 벌어진 남자아이 살인사건의 진범으로요."

김광래가 무슨 뜻이냐는 듯 눈을 부릅뜨고 경수를 보았다.

"피해자가 열 살이더군요. 목에 선명한 끈 자국도 남아 있었고요."

이틀 전, 경수는 경찰 데이터베이스에서 김광래의 이름과 생년월일을 검색했다. 검색 결과 하나의 사건이 등장했고, 김광래가 주요 참고인으로 조사받은 기록을 발견했다. 즉시 해당 사건 관계자들을 만났다. 그들에게 김광래를 조사 중이라고 알리자 모두들 흔쾌히 시간을 내주었다.

해당 사건은 피해자인 아이 목덜미 상흔에서 친부의 유전자가 검출되며 친부 쪽으로 혐의가 기울었다. 그런데 친부가 교통사고로 사망하는 바람에 수사는 지지부진하다 허무하게 종결됐다.

하지만 김광래와 함께 일했던 전기공업사 주인은 다른 의혹을 품고 있었다. 언젠가 한번 김광래가 피해 아동을 몰래 쫓아가는 걸 봤기 때문이었다. 당시엔 그가 일부러 김광래를 불러 세워서 아무런 일도 벌어지지 않았지만, 훗날 그 기억이 꺼림칙한 생각으로 이어졌다. 조심스레 주변 사람들에게 자신의 생각을 알렸다. 그제야 모두가 비슷하게 짐작하고 있다는 걸 알았다. 거기엔 무엇보다 김광래와 죽은 아이 친부의 관계가 좋지 않았다는 게 한몫했다.

피해자 친부는 김광래를 볼 때마다 욕을 하거나 빈정거리며 업신여겼다. 그 모습을 자주 봐온 피해 아동도 아빠와 같은 말투로 김광래를 못생긴 아저씨 혹은 괴물 아저씨라고 놀려댔다. 그런데 따지고 보면 그 둘만이 아니었다. 마을 사람 대부분이 김광래를 향해 무시와 냉소의 말을 한두 번쯤 해본 적이 있었다.

마을 사람들 성화에 경찰은 김광래를 불러 한 차례 조사를 진행했다. 하지만 명확한 증거가 없어 더는 그를 부르지 않았다.

몇 개월 뒤, 김광래가 마을을 떠났다. 마을 사람들은 더 이상 그를 언급하지 않았고 사건은 차츰 잊혀졌다. 하지만 사람들 마음속에 각인된 공포는 쉽게 사라지지 않았다. 그들은 그 사건의 범인이 김광래라고 확신했다. 그리고 언젠가 그가 마을로 돌아와 다시 살인을 저지를 거라고 예상했다. 이번엔 자신이 피해자가 될 수도 있다는 공포가 꽤 오랫동안 그들을 두려움에 떨게 했다.

"그 마을 사람들이 실토했습니다. 유독 당신에게 험한 말을 많이 했다고요. 당신 외모를 비하하고 헐뜯고 놀렸다고 하더군요. 그래서 그 살인사건의 진범으로 당신이 의심된다고 했습니다."

"무슨 말을 하고 싶은 겁니까?"

"당신이 왜 성경이를 죽인 건지 얘기하는 겁니다."

열이 올라오는지 김광래의 얼굴에 붉은 기가 감돌았다. 경수가 말을 이어갔다.

"하얀아파트 주민들도 마찬가지였잖아요. 당신을 두고 했던 주민들의 말을 생생히 기억합니다. 저도 옆 동네 살면서 여러 번 들었으니까요. 무섭게 생긴 경비원, 못생긴 경비 아저씨, 아이들 사이에서 도깨비 아저씨란 별명도 생겼죠. 어른들이 먼저 당신을 하대하니 아이들도 당신을 도깨비 아저씨라 놀려댔어요."

자극적인 말을 꺼내고 나서 경수가 그의 얼굴을 집요하게 살펴봤다. 입 주변이 조금씩 실룩거렸다. 양 볼도 가늘게 떨렸다. 동요가 일어나기 시작했다.

"당신은 사람 좋은 얼굴을 하고 있었지만 마음은 전혀 괜찮지 않았을 거예요. 예전부터 외모 콤플렉스를 갖고 있었으니까."

경수의 목소리에 조금 더 무게감이 실렸다.

"그날 당신은 2단지 지하 커뮤니티센터 창고에 있었습니다. 처음엔 그럴 의도가 없었지만 어쩌다 보니 나성경을 죽여야만 했죠. 누구나 자기 내면을 파고드는 특정한 말을 들으면 전혀 다른 사람으로 변하곤 합니다. 그날 당신은 나성경이 내뱉은 '살인자'라는 한마디에 이성을 잃고 다른 사람이 되어버린 거예요. 그 말에 발끈해서 행동한 것이 그만 돌이킬 수 없는 상황을 만들어버린 거고요."

"말도 안 되는 소리! 더 이상 지껄이지 마세요!"

그가 목소리를 높였다. 이내 외면한 채 고개를 절레절레 흔들었다. 그의 눈 밑이 파르르 떨렸다. 하지만 그뿐이었다. 더는 눈에 띄는 변화가 나타나지 않았다. 경수는 준비했던 말을 이어갔다.

"당신은 아파트 단지 내 CCTV 카메라가 작동하지 않는다는 걸 알고 있었어요. 그럴 경우 현장만 잘 정리하면 경찰이 증거를 찾지 못할 거라는 것도 알고 있었죠. 과거에 비슷한 경험이 있었으니까요."

경수가 조금 더 날카롭게 쏘아붙였다.

"그간 무시와 놀림을 참아왔는데 더는 안 되겠다는 생각도 했을 겁니다. 그래서 상황이 어긋난 김에 나성경을 본보기 삼아 죽이기로 한 거고요."

"내가 사람들 놀림 때문에 살인을 저질렀다는 거요?"

그는 태연한 척 말을 내뱉었다. 그의 얼굴에서 검은 눈동자만 미세하게 움직였다. 벌겋던 얼굴빛도 차츰 원래 색으로 돌아왔다. 경수는 아랫배에 힘을 주고 흔들리는 감정을 짓눌렀다. 조금 더 그의 마음을 흔들어야 한다. 속이 바짝 타들어 간 탓에 목소리가 성마르게 튀어나왔다.

"제가 어떻게 당신을 찾았는지 아십니까?"

그는 대답이 없었다.

"큰돈이 생겼으니 동남아 대신 제주도라도 가지 않았을까 생각했습니다. 제주도에 있는 숙박업소에 당신 이름과 생년월일을 문의하니 금방 연락이 오더군요. 고객 정보를 철저히 비밀에 부치는 고급 호텔에서 왜 그렇게 빨리 회신을 준 건지 궁금했습니다. 알고 보니 이 호텔도 당신을 눈여겨보고 있었어요."

"눈여겨보다니?"

"사나운 당신 얼굴을 꺼림칙하게 여기고 있었다는 말입니다."

순간 그의 얼굴 전체가 일그러졌다. 경수는 조금 더 차갑게 말했다.

"도망갈 수 없다는 얘기예요. 쉽게 눈에 띄니 빠져나갈 수 없다고요."

그는 매서울 만큼 날이 선 눈으로 경수를 노려봤다. 파도와 바람 소리에 이어 주변을 맴도는 새소리가 들려왔다. 그 소리가 잠잠해지 길 기다린 뒤에 경수가 다시 입을 열었다.

"그런데 한 가지 의문이 들었습니다. 그날 당신은 왜 지웅이를 죽 이지 않고 그 자리에 남겨뒀을까? 처음엔 지웅이에게 살인을 덮어씌 우기 위해서라고 생각했습니다. 하지만 언젠가 지웅이가 당신 존재 를 알릴 테고, 경찰이 당신과 관련된 증거를 찾아낼 텐데, 그걸 알면 서도 당신은 지웅이를 죽이지 않았던 겁니다. 왜 그런 건지 한참 생 각해봤어요."

경수의 목소리가 조금은 부드러워졌다.

"당신을 처음 봤을 때는 몰랐습니다. 한참 뒤에야 2단지 경비원이 라는 게 떠올랐어요. 그리고 기억을 더듬어보니 당신이 지웅이를 보 며 짓던 표정 하나가 생각나더군요. 진심으로 가엾고 애처롭다는 표 정이었어요. 그게 뭘 뜻하는지 얼마 전에야 깨달았습니다."

경수는 김광래가 오랫동안 봉사활동을 해온 사실을 언급했다. 장애 아동이나 노숙자 등 소외계층을 도와왔다는 걸 알고 있다고 말했다.

"6년 전에 당신은 지웅이를 죽일지 고민했을 겁니다. 고민 끝에 죽 이지 않기로 했던 거고요. 지웅이도 당신처럼 불쌍한 아이고, 세상에서 소외된 아이라고 여겼으니까요. 당신은 지웅이를 볼 때마다 그렇게 생각했던 겁니다. 그래서 그런 표정을 지었던 거예요."

경수는 외투 주머니에서 종이를 꺼내 보였다.

"그렇게 생각하니 당신이 남긴 이 글에서도 진심이 느껴졌습니다. 6년 전 그날처럼 이번에도 막상 지웅이를 죽이려고 보니 마음이 흔들렸던 거죠. 그래서 나석준으로부터 사례금을 받자마자 절 풀어준 거고요."

바로 말을 이으며 상대가 끼어들 틈을 주지 않았다.

"그런데 당신의 그 마음이 지웅이에게도 전달된 모양입니다. 지웅이는 그날 분명히 당신과 함께 있었다고 했어요. 하지만 나성경을 죽인 건 자신이라고 말했습니다. 재차 물어도 그 대답은 변하지 않았어요. 끝까지 당신은 아니라고 했죠."

김광래는 입을 다문 채 바다와 하늘 사이 어딘가를 바라봤다. 잠시 기다려봐도 그의 말은 돌아오지 않았다. 경수가 다시 입을 열었다.

"저는 숨겨왔던 모든 걸 세상에 알릴 계획입니다. 지웅이를 데리고 경찰서로 가서 그날 일을 낱낱이 밝힐 생각이에요. 나석준과 김지연도 자신들의 범죄 사실을 고백하겠다고 했습니다. 그렇게 되면 당신도 자유롭지 못할 거예요. 그 전에 저희와 함께 자수해주세요."

호통이 되려는 목소리를 억누르고 최대한 부드러운 어투로 말했다. 득달같이 달려드는 감정을 간신히 억제했다. 태연하게 말하는 것이 이토록 어려운 일인지 새삼 깨달았다. 호흡을 가다듬고 한 박자

쉰 뒤에 말을 이어나갔다.

"지웅이 혼자 감당하게끔 두지 말고 그날 무슨 일이 있었는지 밝혀주세요. 그날 일만 자백해준다면, 당신이 저지른 다른 죄들은 문제 삼지 않겠습니다. 제가 책임지고 어떻게 해서든 세상에 드러나지 않게 할게요."

김광래는 한숨을 내쉬고 경수 쪽으로 고개를 돌렸다.

"자백이고 뭐고 난 전혀 모르는 일입니다. 아까 당신이 언급했던 인천 사건도 나는 결백해요."

그가 입꼬리를 슬쩍 올렸다. 어느새 여유를 되찾았는지 목소리도 느긋해졌다.

"나한테 죄가 있다면 지난 1년간 당신 가족을 몰래 지켜본 거뿐입니다. 그건 조만간 자백할게요."

경수는 아무런 말도 하지 못했다. 이마와 목덜미에서 식은땀이 맺히기 시작했다. 김광래는 가늘게 눈을 뜨고 경수의 얼굴을 바라봤다.

"도저히 믿을 수 없다는 얼굴이군요."

그의 시선이 흔들림 없이 경수의 눈에 꽂혔다.

"당신 가족을 지켜보면서 내가 가장 놀랐던 게 뭔지 아시오? 당신들은 거짓 인생을 살고 있는데 모두가 당신들에게 신뢰나 존경 아니면 찬사를 보낸다는 점이었소. 무엇 하나 의심하지 않고 믿어주는 거, 그게 가장 놀라웠지. 나 같은 사람은 아무리 정직하게 살아도 그런 대접을 받을 수 없거든. 어째서 극악한 범죄를 저지른 당신들은 그런 대접을 받고, 나 같은 사람들은 항상 오해를 받아야 하는 거요? 범죄 심리학자니까 왜 그런지 잘 알 거 아니요."

경수는 어느 때보다 머리가 복잡했지만 얼굴에 드러내지 않으려고 애썼다. 잠시 그의 질문을 곱씹은 뒤 머릿속에 떠오른 대답을 내놓았다.

"사람들은 그때그때 자기가 믿고 싶은 것을 믿습니다. 각자가 처한 상황과 생각에 따라 선택하는 거죠. 당신이나 내가 어찌할 수 있는 게 아니에요."

"그때그때 자기가 믿고 싶은 것을 믿는다……."

그는 고개를 바로 하고 혼잣말하듯 '그래서 이 지경이 됐구먼'이라고 나직이 중얼거렸다. 다시 고개 돌려 경수에게 말했다.

"아무튼 난 아닙니다. 뭔가 크게 잘못된 모양이네요."

그의 얼굴에 진심을 담은 듯한 진중한 표정이 떠올랐다. 전혀 거짓 같지 않은 그 모습에서 불현듯 경수는 익숙한 기운 하나를 감지했다. 그간 범죄자들과 대면하며 셀 수 없이 경험했던 불온한 기운이었다.

김광래는 끝까지 발뺌했지만 그가 진범이라는 생각은 희미해지지 않았다. 오히려 경수의 확신이 더 굳어졌다. 하지만 '이 기운을 믿어도 되나?' 하는 의문이 빠르게 머릿속을 스쳤다.

6년 전 나성경의 시체를 집으로 가져온 날, 경수는 아들에게서 이 기운을 느꼈다. 그래서 아들이 살인자라는 확신을 얻었다. 이것 때문에 너무나 큰 착오가 생긴 거였다.

경험으로 생긴 직감인가, 그저 멋대로 만들어진 감각인가, 믿고 의지해도 되는 건가, 재차 의심해야 하는 건가, 상대가 내뿜는 독기인가, 내 안에서 피어오른 망상인가, 이런 생각들이 계속 머릿속에서 부딪쳤다.

경수는 잠시 넋을 놓고 있었다. 그러다 갑자기 들려온 말에 정신이 번뜩 들었다.

"이만 일어날게요."

김광래가 몸을 일으켜 세웠다.

"경찰이 오면 성실히 조사받겠습니다. 그리고 정말 도지웅이 아니라면, 진범을 꼭 찾길 바라고요."

주위를 둘러보니 다른 사람은 보이지 않았다. 한 무리의 사람들은 이미 다른 곳으로 자리를 옮겼다. 김광래는 경수를 힐끔 내려본 뒤 몸을 돌렸다.

머릿속에서 떠돌던 여러 생각을 빠르게 걷어냈다. 생각이 많을 필요가 없었다. 따지고 보면 처음부터 김광래의 자백은 중요한 게 아니었다. 어느 쪽을 믿을 건지만 선택하면 되는 거였다. 경수는 이번에야말로 어떠한 의심도 없이 아들을 믿기로 했다.

힘겹게 짓눌렀던 여러 감정이 솟구쳤다. 분노와 적대감에 이어 살의까지 기어 올라왔다. 심호흡을 한 번 하고 몸을 일으켜 세웠다. 다시는 이런 기회가 없을 거라고 여기며 마음에 결단을 내렸다. 김광래가 한 걸음 떨어졌을 때 외투 지퍼를 열고 어깨걸이 권총집에서 총을 꺼내 들었다.

스미스앤웨슨 38구경으로 전처에게 줬던 호신용품과 동일한 모양이었다. 그래서일까, 김광래는 별거 아니라는 듯 헛웃음을 지었다. 총구가 자기 머리로 향해 있는데도 두려운 기색이 없었다.

경수는 망설임 없이 방아쇠를 당겼다. 거대한 총성이 평온한 하늘과 바다를 뒤흔들었다.

이마에서 피가 터지며 김광래가 그대로 쓰러졌다. 그의 예상과 달리 실물 권총이었다. 오래전 어렵게 입수한 것으로 어젯밤 총열과 총몸을 분해해 제주도로 가져왔다.

경수는 얼굴에 묻은 피를 닦아내고 한 걸음 다가갔다. 바닥에 쓰러져 있는 남자를 향해 두 번 더 총격을 가했다. 이어서 총구를 자신의 우측 관자놀이에 갖다 댔다.

악행은 하루빨리 심판받고 상응하는 벌을 받아야 한다. 경수도 자기 죄에 어울리는 벌을 받기로 했다. 진작에 받았어야 했는데 많이 늦은 감이 있었다.

두 눈을 감았다. 누군가 달려오는 발소리가 리듬감 있게 들려왔다. 그 발소리에 맞춰 손가락에 힘을 줬다.

어마어마한 충격이 머리를 뒤흔든다. 쿵 소리를 내며 머리가 바닥에 닿는다. 제대로 호흡을 할 수 없고 신음조차 낼 수 없다.

잿빛으로 변한 하늘이 눈에 들어온다. 교통사고 때와는 비교가 안 될 정도로 어지럽다. 어떤 여자의 날카로운 비명이 들린다. 그 소리가 점점 희미해지며 의식이 사라진다.

2

　나석준은 문을 열고 아내가 나오길 기다렸다. 복도를 두리번거렸지만 눈에 걸리는 사람은 없었다. 가방을 둘러멘 아내가 호텔 카드키를 챙긴 뒤 밖으로 나왔다.

　투숙객용 엘리베이터를 타고 지하주차장으로 내려갔다. 이틀 전에 빌린 소형 렌트카로 다가가며 석준은 다시 한번 주위를 훑어봤다.

　병원에 있을 땐 복도와 로비뿐 아니라 지하주차장에도 기자들이 잠복해 있었다. 그들을 따돌리기 위해 간호사들의 도움을 받아 이 호텔로 몸을 옮겼다. 아직까지 눈에 띄는 사람은 없었다.

　아내가 운전석에 올라탔다. 석준은 조수석에 앉아 안전띠를 매고 아내의 가방을 끌어안았다. 차량이 주차장을 빠져나와 도로에 접어들 때까지 석준의 시선은 사이드미러로 향해 있었다. 쫓아오는 차가 없는 걸 확인한 뒤에야 한숨을 쉬고 몸을 기댔다.

"잠깐 눈 좀 붙여요. 어제 한숨도 못 잤잖아요."

아내의 말에 석준은 고개를 끄덕였다. 잠을 못 잔 건 아내도 마찬가지였다. 화장으로도 숨기지 못한 피로가 얼굴에 고스란히 드러나 있었다. 당신은 어떠냐고 묻자 아내는 커피를 마셔서 괜찮다고 대답했다.

차량 시계가 아침 8시 정각을 가리켰다. 내비게이션에 나타난 도착 시각은 대략 11시 정도였다. 천천히 가도 된다는 말을 건네고 석준은 고개를 돌렸다. 창밖으로 토요일 아침 도시 풍경이 펼쳐졌다. 유독 바쁘게 움직이는 사람 몇이 눈에 들어왔다. 그들은 무엇에 열중하고 있는 걸까, 잠시 그런 생각이 들었다.

제주도 유명 관광지에서 총격 사건이 있은 지 이 주가 지났다. 유명 범죄 심리학자의 괴이한 살인사건은 한동안 사람들의 관심을 독차지했다. 지난주까지만 해도 연일 온라인 기사가 수십 개씩 쏟아져 나왔는데 지금은 좀 잠잠해진 편이었다.

두 명의 형사가 석준을 찾아온 건 사건이 발생하고 닷새가 지난 뒤였다. 그때까지도 석준은 병실에 누워 있었다. 교통사고 후유증과 호흡기 질병 등을 핑계로 마스크를 쓰고 있어서 그들은 석준의 얼굴을 제대로 보지 못했다.

형사들은 사건 발생 전 도경수가 석준의 병실에 찾아온 이유를 물었다. 석준은 그저 차 사고 때문에 도경수가 잠시 들른 거라고 했다. 그들이 오기 전에 이미 어떻게 대답해야 할지 정해뒀다. 아직은 사건 전체를 알리지 않기로 아내뿐 아니라 도경수의 가족과도 입을 맞췄다.

도경수의 가족도 석준이 벌인 일들을 언급하지 않겠다고 했다. 일단 당분간은.

형사들이 몇 개의 질문을 더 건넸지만 그다지 날카롭지 않았다. 그간 사건의 진상을 파악하려 분주히 움직여온 듯한데 실마리조차 찾지 못한 분위기였다.

이 주가 흐른 지금도 경찰은 아무것도 모르는 눈치였다. 가해자와 피해자 둘 다 현장에서 즉사해서 굳이 수사에 힘을 싣지 않는 것처럼 보이기도 했고, 과거 경찰이었던 유명인의 살인사건을 오롯이 들추어내지 못하는 것 같기도 했다.

어쨌든 도경수의 죽음으로 많은 것이 끝을 맺었다. 석준이 저질렀던 범행들도 어딘가 깊숙한 곳으로 감춰졌다.

병원에서 퇴원해 호텔에 머무르는 동안 석준은 아무것도 할 수 없었다. 지난 몇 년간 벼랑 끝에 서 있는 듯한 위태로운 마음을 버틸 수 있었던 건 범인을 죽이겠다는 다짐 때문이었다. 이제 분노와 증오를 폭발시킬 곳이 사라졌고 그만큼 살아갈 기력을 잃어버렸다. 이미 자기 자신을 버린 터라 다시 시작할 수 있는 일도 없었다.

종종 거대한 허무가 커다란 파도를 만들어 밀려왔다. 그 허무와 함께 누구에게도 심판받지 않고 모두를 속이고 있다는 불안이 엄습했다. 더는 삶에 미련이 없었다. 아내의 얼굴을 보니 자신과 같은 생각을 하는 듯했다. 그런데 불현듯 아내가 의외의 말을 꺼냈다.

"그 아이를 한번 보고 싶어요."

도지웅을 말하는 거였다.

"모두에게 사죄해야 하지만 그 아이한테 가장 먼저 용서를 구해야 할 거 같아요."

그 말을 듣는 순간, 석준은 잠시 잊고 있었던 기억 하나가 떠올랐다.

의자에 앉아 있는 도지웅의 얼굴에 누런 광목 주머니를 씌우고 주머니 끈을 조였다. 주머니 천이 그의 얼굴에 찰싹 달라붙었다. 나직한 신음이 들려왔다.

그 기억이 석준을 죄악의 늪으로 빠뜨렸다. 등골이 오싹해지며 몸이 순식간에 한기에 휩싸였다. 두 팔로 몸을 감싸 안았다. 그 늪에서 빠져나오기 위해 어떻게든 기력을 회복해야 했다.

호텔에서 나온 지 세 시간 반 만에 목적지에 도착했다. 정체가 심하지 않았지만 두 차례 휴게소를 들른 탓에 원래 도착 시각보다 삼십 분가량 늦어졌다. 점심시간은 정오부터니 아직 여유가 있었다.

주차장에서 십 분 정도 기다렸을 때 도지원으로부터 전화가 걸려왔다. 석준이 도착을 알리자 방금 들어온 하얀 차량에서 그녀가 내렸다. 운전석에 있는 젊은 남자는 나오지 않고 그대로 앉아 있었다.

석준과 아내는 차에서 내려 도지원을 만났다. 아내와 도지원은 첫 만남이었고 석준은 두 번째로 보는 거였다. 문득 사냥총을 겨눴던 때가 생각나 얼굴이 화끈거렸다. 세 사람 모두 어색하게 고개를 숙이며 인사를 주고받았다.

"엄마가 갑자기 일이 생겨서 제가 대신 왔어요."

그간 아내는 박한나와 전화를 주고받았다. 원래 박한나가 나오기로 했는데 도지원이 대신 온 거였다. 아내가 도지원에게 무슨 일인지 조심스럽게 묻자 외할머니 몸이 좋지 않다는 대답이 돌아왔다.

아내가 눈을 질끔 감았다. 석준의 가슴도 찌릿하게 저려왔다.

세 사람은 주차장에서 나와 정신병원으로 들어갔다. 정오까지 아직 십오 분 정도가 남았지만 병원 관계자는 그들을 면회실로 안내해 줬다. 이전에 석준이 만났던 사십 대 남자 관리자는 보이지 않았다.

석준은 면회실 입구에서 걸음을 멈췄다. 손에 든 가방을 아내에게 건네고 밖에서 지켜보겠다고 했다. 아내가 알겠다는 듯 고개를 끄덕였다. 아내와 도지원만 면회실 내부로 들어가 자리를 잡았다. 유리창 너머로 이미 테이블에 앉아 있는 서너 명이 보였다.

이틀 전 전화 통화에서 박한나는 아들이 석준을 만나는 걸 염려했다. 부안 집에서 지낸 며칠간 도지웅의 가슴에 응어리진 적개심이 도무지 가라앉지 않았다. 그래서 다시 병원으로 보냈는데 이곳에서는 그나마 안정을 되찾는 분위기였다. 석준과의 만남으로 그 안정이 다시 깨질까 걱정하는 눈치였고 그래서 아내만 도지웅을 만나기로 했다.

오 분 뒤 병원 관계자가 차례로 환자들을 데려왔다. 하얀 옷을 입은 중년 여자와 십 대 남자가 면회실로 들어갔다. 그다음 도지웅이 모습을 드러냈다. 며칠 사이에 몸이 더 야위었는지 큰 키가 더욱 도드라져 보였다. 석준은 고개를 돌려 도지웅의 얼굴을 피했다.

곁눈으로 도지웅이 면회실 내부로 들어가는 걸 확인한 후 창 너머로 세 사람이 만나는 모습을 바라봤다. 그들은 간단히 인사를 나눴고 테이블에 앉았다.

아내가 가방에서 몇 개의 도시락통과 음료를 꺼냈다. 새벽같이 일어나 직접 만든 음식이 도시락통에 담겨 있었다. 테이블 위에 음식을 펼쳐놓고 도지웅에게 수저를 건넸다.

석준은 몸을 움직여 도지웅이 잘 보이는 곳으로 자리를 옮겼다. 조금 전 애써 피했던 그의 얼굴이 눈에 들어왔다.

어두운 그림자가 깊이 드리워져 있었다. 눈에 빛이라고는 한 점도 없어 생의 기운이 좀처럼 느껴지지 않았다. 입을 꾹 닫고 있어서인지 세상 모든 걸 거부하는 듯했다. 한마디로 혼이 나간 빈껍데기 같은 얼굴이었다.

죽이지 않아서 안심했는데, 천만다행이라고 생각했는데, 아니었다. 저 아이는 이미 죽어 있었다. 오랜 시간 준비했던 석준의 계획이 기어코 실행된 거였다. 석준은 자신이 저 아이의 혼을 앗아갔다고 여겼다.

지독한 자괴감이 소용돌이쳤다. 후회하고 있었다. 반성도 했다. 가슴이 찢어지는 듯한 격통이 느껴졌다. 이를 악물고 신음을 참았다.

고개를 숙인 채 긴 숨을 몰아쉬었다. 다시 고개를 들었을 때 도지웅의 움직임이 눈에 띄었다.

도지웅이 손에 든 젓가락으로 음식을 집어 먹었다. 아내가 지그시 그 모습을 바라봤다. 웃는 것 같기도 하고 우는 것 같기도 한 표정이 아내의 얼굴에 떠올랐다. 석준은 잠시 그 자리에 서 있다가 조용히 병원 밖으로 나갔다.

사실 성경이 사건에서 명확하게 밝혀진 건 아무것도 없었다. 여전히 미제사건이었고 아직도 범인이 누군지 불분명했다. 하지만 더는 그 사건에 매달려 있지 않을 생각이었다.

오늘부터 꼭 해야 할 일이 생겼다. 자신이 죽인 저 아이를 다시 살려야 했다. 설령 저 아이가 숨기는 게 있다고 하더라도 이만하면 됐다고 여겼다. 오랜 기간 잃어버린 저 아이의 삶을 되찾아주고 싶었다.

그러기 위해서는 포기해버린 자기 자신부터 회복해야 한다. 그래야 주변 사람들의 신뢰를 얻고 도지웅을 살릴 수 있다. 이번에도 힘에 부치겠지만 어떻게든 해내야 한다고 다시 한번 다짐했다.

꽤 오랫동안 범인을 죽여야 한다는 생각에 매몰돼 있었다. 누군가를 살릴 수 있다는 생각은 전혀 하지 못했다. 이제라도 그쪽으로 생각할 수 있어서 다행이었다.

병원과 교회 사이에 하얀 진돗개가 있었다. 오늘은 이전처럼 짓지 않았다. 한번 얼굴을 봐서인지 석준을 보며 꼬리를 흔들어댔다. 석준도 개를 향해 손을 휘저었다.

구름 사이로 맑은 햇살이 비쳤다. 병원 주변에 펼쳐진 앙상한 나무를 바라봤다. 나뭇가지 대부분에 연두색 싹이 피어 올라와 있었다.

추위가 끝나려면 아직 멀었는데, 그래도 봄은 오는 모양이었다. 그러고 보니 차갑기만 하던 바람이 오늘따라 제법 따뜻하게 느껴졌다.

내가 나임을 포기한 순간부터 자신을 믿을 수 없었다.
스스로 믿을 수 없다는 건 세상 누구도 믿지 못한다는
뜻이기도 했다. 아마도 그때부터였을 것이다.
얼굴이 어색해지기 시작한 게.